Jugendsünden

Jugendsünden

Jürgen Reitemeier
Wolfram Tewes

Verlag topp+möller
Detmold 2007

Die ich rief, die Geister,
Werd ich nun nicht los.
(J.W. von Goethe, Dichter: Der Zauberlehrling)

Ich muss doch noch aufräumen, bevor ich sterbe!
(Anton Fritzmeier, Landwirt: Kapitel 51)

Damit wir wenigstens die Schreibfehler loswurden, haben sich Christiane Fischer, Andreas Kuhlmann, Andreas Naumann und Karl-Heinz Seiler mächtig ins Zeug gelegt und haben kräftig aufgeräumt mit falschen Zeiten, schiefen Methaphern, Kommafehlern und viel zu vielen Tippfehlern. Dafür können wir ihnen gar nicht genug danken!

Das Titelbild wurde wieder einmal von der meisterlichen Hand Alfons Holtgreves gestaltet. Unverwechselbar, unerreicht, unbezahlbar.

Bibliografische Information Der Deutschen Bibliothek
Die Deutsche Bibliothek verzeichnet diese Publikation in der Deutschen Nationalbibliografie; detaillierte bibliografische Daten sind im Internet über http://dnb.ddb.de abrufbar.

ISBN: 978-3-936867-22-0

Erste Auflage 2007

Verlag und Gesamtherstellung: topp+möller, Detmold

Ach ja,

falls Sie bei der Lektüre dieses Buches glauben, in der ein oder anderen Figur eine tatsächlich lebende Person erkannt zu haben, dann sagen Sie uns Bescheid. Wir beweisen Ihnen sofort das Gegenteil! Ob Sie es glauben oder nicht, aber die Handlung ist tatsächlich frei erfunden, alle Ähnlichkeiten sind rein zufällig und nicht beabsichtigt.

Prolog

Irgendwann musste doch mal Schluss sein!

Einen ganzen Abend waren sie den Paderborner Liboriberg hoch und runter gebummelt, hatten sich vom grellen Licht- und Lärmgewitter anregen lassen, hatten ihren Geldbeutel, aber auch Magen und Kreislauf in vielen Schwindel erregenden Kirmesattraktionen auf das Äußerste belastet.

Libori!

Die größte Innenstadtkirmes Ostwestfalens hatte wie immer Alt und Jung magisch angezogen. Tausende Besucher zogen an diesem warmen Sonntagabend, dem zweiten Liboritag des Jahres 1976, durch die engen und rappelvollen Budengassen, stopften sich voll mit Bratwürsten, Spießbraten und Paderborner Pils, setzten aber danach alles wieder aufs Spiel, indem sie in den zahlreichen Fahrgeschäften Dinge mit sich machen ließen, die in der Astronautenausbildung ihre Berechtigung haben mögen, von denen ein normal Sterblicher aber besser die Finger lassen sollte.

Auch die vier jungen Männer aus Warburg hatten sich berauschen lassen. Nun standen sie vor einer der Topp-Attraktionen: Schlüters Boxbude! Vor dem Boxzelt stand auf einer Art Bühne ein großer, schwarzhaariger Mann mit einem Mikro in der Hand und appellierte leidenschaftlich an den Mumm der anwesenden Männer. Es galt, einen seiner kampferprobten Boxer zu besiegen, um einen angeblich sensationellen Preis zu gewinnen. Man müsste nur sein Herz in die Hand nehmen und es versuchen. Um ihn herum tänzelten drei unterschiedlich große Männer, nur mit Boxerhosen und Boxhandschuhen bekleidet.

Mut korreliert bekanntlich mit dem Alkoholpegel und da es schon sehr spät am Abend war, waren viele der männlichen Anwesenden sehr mutig.

Einer der Boxer sah ganz harmlos aus. Den könnte man vielleicht schaffen, wird sich mancher gedacht haben. Bei der Schlägerei auf dem letzten Schützenfest waren ganz andere Kaliber dabei gewesen.

Auch die vier jungen Warburger diskutierten heftig über einen Kampfeinsatz. *Power* sollte es versuchen, meinten drei von ihnen und wurden immer aufgeregter bei der Vorstellung, durch eine geschickt platzierte Boxwette viel Geld zu verdienen. Der einzige, der von dem Plan nicht überzeugt war, war *Power*. Sicher, er war am ehesten dafür geeignet. Er war kräftig gebaut, war durchtrainiert und nüchtern! *Power* war Sportler mit Leib und Seele, der beste Leichtathlet seines Alters in Ostwestfalen. Ihm wurde eine große Zukunft vorausgesagt. Alles hätte er gemieden, was seinem sportlichen Erfolg hätte schaden können. Nikotin und Alkohol kamen für ihn nicht in Frage. Aber an diesem Abend hatte ihn sein Sportsgeist verlassen. Er wollte nur nach Hause. Es war Sonntagnacht und morgen früh begann für ihn und seine Freunde wieder ein anspruchsvoller Schultag. Zu allem Überfluss auch noch mit einer sehr wichtigen Klassenarbeit, die er auf keinen Fall versemmeln wollte!

Ärgerlich machte ihn, dass seine drei Freunde, die ja in derselben Situation waren wie er, sich darüber überhaupt keine Gedanken zu machen schienen. Die lebten tollkühn im Hier und Jetzt und hatten die Zukunft völlig ausgeschaltet. Außerdem hatten zwei von ihnen bereits entschieden zu viel getrunken. Sogar Andreas, ihr Fahrer, hatte sich im Laufe des Abends schon mehrere Biere gegönnt. Nein, es reichte jetzt! Schluss, aus, vorbei!

Mit deutlichen Worten machte er seinen Freunden klar, dass er sich auf gar keinen Fall in der Boxbude zum Affen machen würde, dass sie alle jetzt genug erlebt und bereits zu viel getrunken hätten, dass sie morgen ein harter Tag erwarte und sie jetzt nach Haus fahren sollten. Er schaffte es nach einer leidenschaftlich geführten Debatte auch, sich durchzusetzen. Aber zu einem hohen Preis. Auf dem langen Rückweg Richtung Maspernplatz, wo der alte gelbe VW Käfer stand, sprachen die drei kein Wort mit ihm. Vor allem *Seppel*, der stets voran marschierte, wenn es galt, etwas Verrücktes zu unternehmen, schien außerordentlich sauer auf ihn zu sein. *Power* bekam natürlich mit, dass die drei sich untereinander mit Handzeichen verständigten, dass sie hinter seinem Rücken tuschelten. Aber was sollte er machen? Diese Rolle war für ihn nicht neu. Immer war er es, der seine Freunde davon abhielt, sich restlos um den Verstand zu saufen, die Schule komplett zu vergessen, selbst den dümmsten Mädchen nachzusteigen, sofern sie nur willig waren, kurz, er verkörperte in dieser Clique halt- und perspektivloser Hedonisten die reine Vernunft. Eigentlich hätten sie ihm dankbar sein sollen! Stattdessen galt er als Spaßbremse, als Langeweiler. Man machte sich über ihn lustig. Er bekam, obwohl gut aussehend, bei Mädchen nie einen Fuß in die Tür. Diese Nervensäge *Seppel* hingegen, kleiner als er, absolut kein Schönling und bei weitem nicht so sportlich, räumte eine Braut nach der anderen ab.

Das Tuscheln verstärkte sich, als sie hinter dem Dom die Treppen hinabgestiegen waren. Zu Beginn der Hathumarstraße hielten die drei an und teilten dem ebenso verdutzten wie verärgerten *Power* mit, dass sie noch auf ein Bier in den „Sorbas“ gehen würden, damals eine der angesagten Kneipen Paderborns. Stinksauer fügte sich *Power* und ging mit hinein. Nun, durch diesen Teilerfolg bestärkt, führte *Seppel* das große Wort. Es blieb nicht bei dem einen Bier, und *Seppel* brachte es sogar fertig, *Kiste*, ihren Fahrer, zum Trinken zu bewegen. Die heftigen Proteste *Powers* brachten nichts. Eine volle Stunde später fuhren sie endlich los.

Den Weg durch das gut beleuchtete Paderborner Stadtgebiet, dann die Warburger Straße hoch, bewältigte *Kiste* erstaunlich souverän. Hinter Paderborn gab es keine Straßenlampen mehr, und er musste den Rest seiner Konzentration zusammennehmen. Eigentlich störte die laute Musik im Kassettenrecorder des Käfers nur, aber *Radar Love* von *Golden Earring* kam in ihrem Zustand sehr gut rüber. Da wollte *Kiste* nicht pingelig wirken. Er war kein Spaßverderber. Diese Rolle hatte standardmäßig *Power* inne.

Nach einem Kilometer ging es durch scharfe Kurven steil bergab in den Haxtergrund. *Seppel*, der auf dem Rücksitz saß, johlte vor Vergnügen, als *Kiste* schweißgebadet die erste Kurve nur mit quietschenden Reifen schaffte. Er forderte ihn auf, mal zu zeigen, was sein „Herbie" so drauf habe. *Power*, der auf dem Beifahrersitz saß, schrie ihn an, er solle endlich sein Maul halten, was die Stimmung nur noch mehr aufheizte. Die zweite Kurve schaffte *Kiste* besser, was ihm wieder Mut machte. Er drückte auf das Gas. Die dritte Kurve war noch weit weg, würde es eine Links- oder eine Rechtskurve sein? Abwarten! Es war noch Zeit genug. Doch dann kam die Kurve unglaublich schnell näher, war plötzlich direkt vor ihnen, war…

1

Mein Gott, dachte Hauptkommissar Josef Schulte gerührt, wie komme ich nur zu dieser Tochter?

Wie er rein technisch dazu gekommen war, daran konnte er sich schwach erinnern. Aber war die hübsche junge Dame, die an diesem Sonntagabend mit ihm im Detmolder *Café Treibsand* saß, wirklich seine Tochter? Zumindest hatte Lena Wiesenthal das behauptet, als sie vor zwei Jahren einfach bei ihm hereingeschneit kam und sich für die Dauer ihres Referendariats bei ihm einquartierte. Und Schulte, der sie vorher zwar nur sehr selten, aber immerhin ein Mal pro Jahr gesehen hatte, zweifelte keine Sekunde daran. Sicher, biologisch gesehen war sie ohne Frage seine Tochter. Aber hatte sie auch irgendetwas von ihm geerbt? Nichts an ihr, weder ihre munteren blauen Augen, noch ihr langes glattes blondes Haar, weder das heitere strahlende Gesicht, noch die Art, sich zu kleiden, am allerwenigsten ihr Sinn für Ordnung, Sauberkeit und geregelte Lebensführung hatte irgendetwas „Schultisches". Was war mit seinen Genen los? Konnten die sich nicht durchsetzen? Waren die zu schwach? Offenbar, denn neben ihm saß die perfekte Kopie von Karin, mit der er vor achtundzwanzig Jahren ganze fünfundvierzig Minuten seines Lebens liiert war. Aber die beiden hatten während des Calenberger Schützenfestes die Dreiviertelstunde sehr effektiv zu nutzen gewusst. Damals verstand die Jugend eben noch was mit ihrer Zeit anzufangen. Dass Schulte bereits wenige Stunden vorher mit Erna sehr erfolgreich *in den Büschen* war, hatte Karin, nachdem ihr dies zugetragen worden war, seinerzeit schockiert. Dass beide Erlebnisse zu einer Schwangerschaft führten, hatte wiederum Schulte in wochenlange Schockstarre versetzt. Zu Ina, der anderen Tochter, hatte Schulte ebenso wenig Kontakt gepflegt wie zu Lena. Als Vater war Schulte ein völliger Ausfall gewesen. Jahrelang hatte er sein Versagen verdrängt. Jetzt, wo er kurz vor dem fünfzigsten Geburtstag stand, sah er vieles anders und war glücklich darüber, zumindest zu einer seiner Töchter wieder eine einigermaßen zufrieden stellende Beziehung hergestellt zu haben. Auch wenn dies hauptsächlich das Verdienst von Lena Wiesenthal war.

Um die Mittagszeit waren Vater und Tochter zusammen im Hiddeser Heidental gewesen, um sich den *Hermannslauf* anzuschauen. Beeindruckend, wenn über siebentausend Menschen an einem vorbeilaufen. Erstaunlich, welch unterschiedliche Typen und Laufstile es zu sehen gibt, bei einigen scheint es unvorstellbar, dass sie bis zum Ziel in Bielefeld durchhalten. Schulte, der vor vielen Jahren selbst einmal als Teilnehmer diesen ostwestfälischen Kultlauf in voller Länge durchlitten hatte, konnte ansatzweise nachempfinden, was die zweiunddreißig Kilometer den Athleten bei dieser Wärme abfordern mussten. Unglaublich, der April des Jahres 2007! Temperaturen wie sonst im August, selbst in Lippe war kein Tropfen Regen gefallen. Die Bauern jammerten, die Inhaber von Biergärten freuten sich und der gemeine Lipper war hin- und hergerissen zwischen Gutwetter-Laune und Sorge um das Weltklima. Dass sich die Wetterverhältnisse im weiteren Verlauf des Sommers noch radikal ändern würden, war ja jetzt noch nicht abzusehen.

Das *Café Treibsand* war an diesem Abend proppevoll, und Schulte und Tochter hatten nur mit viel Glück einen Tisch bekommen, der eigentlich für vier Personen vorgesehen war. Das Café war nach langer Agonie vor exakt einem Jahr von einer jungen und sehr talentierten Wirtin wiedereröffnet worden. Nachdem Schulte bei seinem ersten Besuch herausgefunden hatte, dass Küche und Weinkeller echte Schätzchen boten, gehörte er mindestens einmal pro Woche zu den Gästen.

Um kurz vor elf Uhr traute Schulte plötzlich seinen Augen nicht mehr! Ein sehr gut aussehendes Paar kam zur Tür herein und schaute sich etwas hilflos nach einem Sitzplatz um. Die elegant gekleidete Frau war niemand anderes als seine Kollegin Maren Köster! Die Frau, der er selbst schon seit Jahren mehr schlecht als recht den Hof machte. Und wer war der Mann? Den hatte er schon häufiger mit Maren Köster zusammen gesehen. War das vielleicht doch mehr als ein guter Bekannter von ihr? Der Name lag ihm auf der Zunge, wie war der noch gleich? Grafenberg! Richtig, vor einem Jahr hatte dieser eine gewisse Rolle bei der Lösung eines Mordfalles gespielt. Jetzt hatte Maren Köster Vater und Tochter und somit auch die beiden freien Plätze an deren Tisch entdeckt. Sie lächelte, kam mit ihrem Begleiter direkt auf Schulte zu und fragte, ob sie sich dazu setzen dürften. Schulte konnte nun schlecht Nein sagen. Nachdem die beiden Platz genommen hatten, stellte Schulte seiner Tochter die Polizistin vor. Bei der Vorstellung Grafenbergs tat er, als könne er sich nicht an dessen Namen erinnern und überließ die Vorstellung seiner Kollegin. Lena Wiesenthal war ganz begeistert von den beiden und plauderte munter mit Maren Köster. Schulte hatte Zeit, sich den Mann an deren Seite genauer anzuschauen. Sah wirklich nicht schlecht aus, dieser Kerl, musste Schulte zugeben. Ein paar Jahre jünger als er, ein bisschen schlampig bei Frisur und Kleidung, ein Mensch mit Ecken und Kanten, kein geleckter Schönling. Eigentlich hätte er auf Schulte ganz sympathisch gewirkt, wäre er hier nicht als Begleiter ausgerechnet dieser Frau aufgetreten. Missgelaunt registrierte Schulte die kleinen zärtlichen Berührungen dieses Paares, kaum wahrzunehmen, aber vorhanden. Und die warmen Blicke der beiden, wenn sie sich in die Augen schauten, brannten tiefe Löcher in Schultes Wohlbefinden.

So ungezwungen sich die beiden Frauen unterhielten, so eisig gestaltete sich die Unterhaltung der beiden Männer. Maren Köster, die dies sehr wohl bemerkte, versuchte nach besten Kräften, eine Gesprächsklammer für beide zu finden, gab dies aber nach einigen Versuchen auf. Eine mühevolle

Stunde später erklärte sie, nun gehen zu müssen und stand auf. Grafenberg, der dem Wein schon ordentlich zugesprochen hatte, verabschiedete sich sehr nett bei Lena Wiesenthal und schloss sich Maren Köster an. Schulte bekam nur ein etwas verlegenes „Tschüss!" zu hören. Eine kurze Weile sagten weder Vater noch Tochter etwas. Dann war Lena Wiesenthal doch zu neugierig.

„Sag mal", fragte sie vorsichtig, „was war das denn gerade? Ich dachte, du kennst diesen Mann gar nicht. Aber eure Art zu schweigen, sagte mehr als tausend Worte."

Schulte brauste auf.

„Was reimst du dir da zusammen? Was soll das Schweigen denn ausgesagt haben, außer dass ich den Kerl nicht kannte und auch kein Interesse habe, ihn kennen zu lernen!"

Sie schmunzelte.

„So, so! Dass du an ihm kein Interesse hast, glaube ich dir gerne. Aber an ihr, oder? Ich kann mich irren, aber ich hatte so ein bisschen das Gefühl, dass du auf den Mann eifersüchtig warst. Kann das sein?"

Er schnaubte.

„Reine Einbildung! Maren ist meine Kollegin, wir kennen uns schon verdammt lange. Und du weißt doch, unter Kollegen würde ich nie…!"

„Schon klar!", lachte sie. „Dann habe ich das wohl falsch interpretiert. Lass uns auch gehen, es ist schon Mitternacht. Um halb sieben ist die Nacht für mich zu Ende."

2

Die ersten Sonnenstrahlen des Tages brachen sich in den Scheiben der Butzenfenster. Diese Richtungsänderung führte dazu, dass die Strahlen genau ins Gesicht von Grafenberg fielen. Trotz der geschlossenen Augenlider störte ihn die Helligkeit des Lichtes ungemein. Innerhalb der nächsten Minuten wich der Schlaf aus seinem Körper. Er öffnete die Augen, räkelte sich und sah auf die Uhr. Es war noch nicht halb sechs. Doch er wusste sofort, dass er nicht mehr einschlafen würde. Das Sommerwetter, das sich schon im April eingestellt hatte, freute und beunruhigte ihn gleichzeitig.

Grafenberg fühlte sich unausgeschlafen. Doch sollte er weiter im Bett liegen? Wissend, dass der Schlaf sich doch nicht mehr einstellen würde? Ächzend stemmte er sich hoch und hielt Ausschau nach seinen Hausschuhen. Bei dieser ersten intensiven Bewegung des Tages merkte er körperlich, dass er schon über fünfundvierzig Jahre war. Das Gefühl, alt zu werden, wurde von einem leichten Kater verstärkt, den er sich gestern Abend im *Café Treibsand* eingefangen hatte.

Der Wein hatte ihm geschmeckt. Grafenberg hatte die Nähe zu Maren Köster genossen, doch das Auftauchen ihres Kollegen Schulte hatte ihn verunsichert. Der Mann war nicht unfreundlich zu ihm gewesen, doch er hatte ihn auch nicht mit Achtung und Wertschätzung überschüttet. Genau genommen war Grafenberg vom Kommissar behandelt worden, als sei er für ihn nicht anwesend.

Irgendetwas war da zwischen Schulte und Maren Köster. Das konnte man geradezu somatisch wahrnehmen. Dieser Eindruck hatte nicht gerade zu einer entspannten Atmosphäre geführt. Vielleicht hatte auch die durch Schulte ausgelöste Verunsicherung dazu beigetragen, dass er ein Glas Wein mehr getrunken hatte, als es für ihn bekömmlich war.

Er durchwühlte die Schublade des Küchentisches nach einer Tablette Aspirin.

Gott sei Dank hatte Maren Köster die Zeche gezahlt. Hätte er selber seinen Anteil an der Rechnung begleichen müssen, wäre er bis zum nächsten Freitag blank gewesen. Erst an diesem Tag könnte neues Geld hereinkommen, da er auf einer Silberhochzeit mal wieder einen Auftritt als „*Leo, der letzte Lipper*" haben würde. Grafenbergs Tätigkeit als Comedian brachte ihm nicht das Meiste an Einkommen. „Zum Leben zu wenig und zum Sterben zu viel", hieß es bei den Bremer Stadtmusikanten. Das war auch seine Standardantwort, wenn er gefragt wurde, ob sich dieser Job lohnte.

Grafenberg musste sich unbedingt nach weiteren Erwerbsquellen umsehen, sonst würde er das gerade geerbte Haus nicht halten können. Zwar hatte er vor einiger Zeit im Fußboden seines gerade bezogenen Domizils einige Silbermünzen und etwas Schmuck aus dem siebzehnten Jahrhundert entdeckt. Der Wert dieser kleinen Kostbarkeit würde ihm unter Umständen etwas Geld einbringen. Doch die Besitzansprüche waren noch nicht abschließend geklärt. Also blieb es bei der ihm bekannten Armut.

Heute würde er in Detmold beim Arbeitsamt, genauer gesagt bei *Lippe pro Arbeit* vorsprechen, um sich zu erkundigen, welche Möglichkeiten es für ihn gäbe, in Lohn und Brot zu kommen. In seinem ‚hohen' Alter war das gar nicht so einfach, was er schon zu spüren bekommen hatte. Auch eine Erfahrung, die nicht spurlos an Grafenberg vorübergegangen war.

Maren Köster, die nur eine Straße weiter wohnte, würde ihn mit nach Detmold nehmen. So sparte Grafenberg Benzin und konnte gleichzeitig noch zusätzliche Zeit mit seiner Traumfrau verbringen. Maren Köster hielt ihn, obwohl auch sie Grafenberg sehr mochte, immer wieder auf Distanz. An dieser Frau würde er sich noch einige Zeit die Zähne ausbeißen.

Im Anschluss an den Besuch beim Arbeitsamt wollte Grafenberg den Nachbarn seiner Eltern, Hermann Rodehutskors, besuchen. Er war ihm im letzten Jahr, nach langer Zeit, wieder begegnet. Seitdem hatten sich die beiden ungleichen Männer angefreundet und trafen sich in unregelmäßigen Abständen.

In der Küche stellte Grafenberg den Wasserkessel auf den Herd. Dann ging er ins Badezimmer. Unschlüssig stand er vor der Duschwanne. Er überlegte, ob er sich wirklich unter den kalten Wasserstrahl stellen sollte. Das Nächste, was er in diesem Haus anschaffen würde, wäre fließend warmes Wasser. Dies schwor er sich jeden Morgen, wenn er den Kampf mit sich ausfocht: Kalt duschen oder nur 'ne Katzenwäsche? Auch heute entschloss er sich Wasser zu sparen.

Wenige Minuten später saß Grafenberg auf einem alten Stuhl im verwilderten Garten seines kleinen Hauses und genoss die erste Tasse Kaffee des Tages. Gerade wollte er sich eine weitere einschenken, da klopfte es an der Haustür. Maren Köster bat um Einlass. In der linken Hand hielt sie eine Tüte mit frischen Brötchen. Um ein Frühstück im Freien zu ermöglichen, stellte er schnell einen wackeligen Tisch auf die Rasenfläche und einen zweiten Stuhl.

Was für ein Tag, dachte Grafenberg, als er in seine Brötchenhälfte biss und sich dabei gleichzeitig glücklich fühlte, in das hübsche Gesicht Maren Kösters blicken zu dürfen.

Später stoppte Maren Köster ihr Cabriolet auf der Shell-Tankstelle an der Elisabethstraße. Bevor Grafenberg ausstieg, küsste er sie auf die Wange. Dann überquerte er die Straße zum Arbeitsamt.

Der Name „*Agentur für Arbeit*" ändert auch nichts an der Situation der Menschen, die regelmäßig dieses Gebäude besuchen müssen, dachte Grafenberg. Und das vor einiger Zeit für viel Geld geänderte Logo, sowie die damit verbundenen Kosten für neue Briefköpfe, Visitenkarten und so weiter, hätte man auch lieber den Menschen, die keine Arbeit haben, zu Gute kommen lassen können.

Er betrat das Gebäude, in dem schon reger Betrieb herrschte. Überall standen Leute in Schlangen und warteten darauf, dass sie ihr Anliegen erledigen konnten.

Grafenberg, der heute zum ersten Mal hier war, stellte sich an das Ende einer Reihe vor der Information. Langsam rückte er weiter auf. Nach einer viertel Stunde saß er vor einem Schreibtisch und erklärte den Grund seines Kommens. Eine junge Frau von circa zwanzig Jahren erklärte ihm genervt, dass er hier total falsch sei. Grafenberg sei, wenn überhaupt, jemand, der *ALG II* Empfänger sei. Da müsse er zwei Etagen höher. Also ging er auf die Suche nach der, wie die junge Frau sagte, *ALG II* Abteilung.

Dort angekommen bemerkte er, dass es auch bei der *Agentur für Arbeit* Menschen erster und zweiter Klasse gab. Hier oben waren die Flure enger als in den Räumen unten im Gebäude. Sie hatten keine Fenster und die Kunden, wie man das Besucherklientel gerne nannte, saßen viel zu eng vor den Zimmern, in die sie eingelassen werden wollten. Die Luft war verbraucht und stickig.

Nach fast einer Stunde hatte Grafenberg sich durchgefragt. Er hatte den Namen eines Fallmanagers, wie die Berufsbezeichnung seines Ansprechpartners war, genannt bekommen und die Zimmernummer. Nun saß er mit anderen, die wohl ebenfalls zu dem Bediensteten mit dem Namen Hoppe wollten, vor dessen Tür und wartete beharrlich darauf, aufgerufen zu werden. Anscheinend war der Mann hinter der verschlossenen Tür der Meinung, dass die Menschen, die zu ihm kamen, keine Eile hatten, da sie ja sowieso nicht arbeiteten.

Plötzlich öffnete sich die Tür. Ein grauhaariger, etwas übergewichtiger Mann mit übellaunigem Gesicht betrat grußlos den Flur und schloss seine Bürotür von außen zu. Er beachtete die Wartenden in keiner Weise. Als er von jemandem angesprochen wurde, der nachfragte, ob das Büro jetzt geschlossen sei, sagte der Missgelaunte unfreundlich:

„Auch ich habe das Recht auf eine Pause!“ Nach dieser Antwort ging er missmutig den Flur hinunter.

Von der guten Laune, die Grafenberg noch vor wenigen Stunden beim Frühstück so reichlich hatte, war nichts mehr vorhanden. Die letzten anderthalb Stunden hatten ihn maßlos deprimiert. Er begann darüber nachzudenken, seine Suche nach einer geregelten Arbeit wieder aufzugeben. Oder war es nur eine Prüfung? Wurde hier im Arbeitsamt schon im Vorfeld geprüft, ob man wirklich bereit war etwas auf sich zu nehmen, um Arbeit zu finden? Begann hier schon der Auswahlprozess der wirklich Arbeitswilligen aus der Masse der Erwerbslosen? Zweifel und Verärgerung machten sich in Grafenberg breit. Diese Gefühlslage wurde mit jeder Minute, die er wartete, ausgeprägter. Als er sich gerade dazu entschlossen hatte sein Warten aufzugeben, kam der Griesgram, der sich Fallmanager nannte, wieder den Flur hinauf. In der Hand trug er einen Becher Kaffee. Als er an Grafenberg vorbei ging, roch dieser kalten Zigarettenrauch und säuerlichen Schweiß. Der Mann kramte in seiner Hosentasche nach dem Schlüsselbund und verschwand nach dem Aufschließen wieder in seinem Büro. Nichts passierte. Die Minuten begannen wieder dahin zu schleichen. In den Reihen der Wartenden wurde es unruhig. Einige formulierten erste Unmutsäußerungen. Ein kräftiger Mann, bekleidet mit Jeans, Sandalen und beigefarbener Windjacke, erhob sich und betrat ohne anzuklopfen das Zimmer des Sachbearbeiters. Einige Anwesende, die anscheinend länger als dieser Mann warteten, murmelten Proteste.

Weiße Tennissocken und Sandalen – geschmackloser kann man sich nicht anziehen, dachte Grafenberg. Plötzlich kam aus dem Büro ein ohrenbetäubender Knall. Die Wartenden schreckten zusammen. Im nächsten Moment wurde die Tür aufgestoßen. Grafenberg, der frontal auf die aufgestoßene Tür blickte, sah eine zersprungene Fensterscheibe. Die Glasreste, die noch im Rahmen steckten und die weiße

Wand waren über und über mit Blut bespritzt. Der Sachbearbeiter saß in unnatürlicher Haltung auf seinem Bürostuhl. Er stierte den unfreiwilligen Betrachter mit weit aufgerissenen, leeren Augen an. Auf seiner Stirn war ein kleines dunkles Loch zu erkennen.

Noch bevor Grafenberg die Situation auch nur ansatzweise erfasst hatte, wurde er von dem herausstürmenden Mann am Kragen gegriffen. Im nächsten Moment drückte ihm dieser einen Pistolenlauf gegen die Schläfe. Grafenberg wurde grob über den dunklen Flur Richtung Treppenhaus gestoßen. Schreie drangen an seine Ohren. Er sah Angst in den Gesichtern der Menschen, die versuchten, den beiden Männern soweit wie möglich aus dem Wege zu gehen.

Als sie den Vorplatz des Arbeitsamtes betraten, wurde Grafenberg von der Sonne geblendet. Der Geiselnehmer drückte ihn nach rechts, Richtung Braunenbrucher Weg. Als sie die Seitenstraße neben dem Arbeitsamt erreicht hatten, wurde ohne Vorwarnung ein harter Gegenstand gegen seinen Schädel gedonnert. Grafenberg verspürte einen unglaublichen Schmerz. Ihm wurde schwarz vor Augen. Dann entglitt sein Geist ins Nichts.

3

Jetzt in aller Ruhe die Bundesligaergebnisse studieren und eine Tasse Kaffee trinken, dachte Lohmann. Und dann wollen wir mal sehen, was der Tag so bringt. Bayern hatte gegen Hamburg verloren. Das war schon mal gut! Doch Lohmanns Verein Arminia Bielefeld hatte Werder Bremen abgezogen.

Trotz der jüngsten Eskapade von Ernst Chardonnay, wie Lohmann den Trainer von Arminia seit seinem Alkoholexzess in der letzten Woche nannte, hatte die Mannschaft sich nicht beeindrucken lassen. Sie hatte gekämpft. Der Trainer jedoch war bei dem alten Arminenfan Lohmann unten durch. Er sollte sich um seine Mannschaft kümmern und nicht auf Lohmanns Kollegen losgehen, die nur ihren Job taten. Lohmann hatte sich sofort mit den Streifenpolizisten solidarisiert, die den Arminentrainer betrunken hinter dem Steuer seines Wagens aufgefunden hatten. Er fand es richtig, dass sie den besoffenen Fußballlehrer nach seinem Ausfall in Handschellen abgeführt hatten. Hätte er sich anständig benommen, wäre die Angelegenheit sicher glimpflich ausgegangen.

„Der soll erst mal eine Weile zu Fuß gehen“, hatte Lohmann gleich nach Bekanntwerden des kleinen Skandals zu Schulte gesagt. Wenn Polizisten schlecht behandelt oder auch nur abfällig über sie geredet wurde, kannte Lohmann kein Pardon.

Genüsslich nahm er einen Schluck Kaffee. In diesem Moment betrat Braunert sein Büro. Lohmann deutete auf eine Isolierkanne. „Der Kaffee ist schon fertig, musst dir nur noch eine Tasse holen“, sagte Lohmann, ohne von der Zeitung aufzusehen. Braunert nahm sich den Lokalteil der Heimatzeitung und die nächsten zehn Minuten saßen die Männer über ihrer Lektüre.

Nachdem Lohmann die Artikel über seine Mannschaft ausgiebig studiert hatte, legte er seinen Zeitungsteil zur Seite.

„Wo ist eigentlich deine Mitbewohnerin?“, erkundigte sich Lohmann.

„Die wollte noch ihren Freund abholen, dem hatte sie versprochen, ihn mit nach Detmold zu nehmen.“

„Freund? Sieh an. Das wurde aber auch mal Zeit, dass das Mädchen unter die Haube kommt. Ich dachte ja immer, dass unser Jupp irgendwann bei Maren das Rennen macht. Na, der hat sich aber auch immer zu dämlich verhalten. Verstehe ich eigentlich gar nicht, er stellt sich doch sonst nicht so dumm an. Ich dachte immer, der lässt nichts anbrennen. Aber bei unserer Maren hat er den Fuß nie in die Tür gekriegt.“

Braunert dachte daran, was wohl passiert wäre, wenn Schulte sich öfter in ihrem Haus aufgehalten und bei ihm und Maren in der Wohnung sein Chaos verbreitet hätte. Das wäre nie gut gegangen.

Da hätte Maren ihn noch so mögen können. Irgendwann wäre sie ihm an die Gurgel gegangen. Zu Lohmann sagte er: „Ist vielleicht besser so.“

„Was ist vielleicht besser so?“, fragte Maren Köster, die in diesem Augenblick das Büro der beiden Männer betrat.

Braunert winkte ab. „Nicht so wichtig. Wir reden gerade über Schulte.“

„Den habe ich gestern Abend mit seiner Tochter getroffen. Das ist echt ’ne Nette.“

Wieder spitzte Lohmann die Ohren. Tochter? Ja, erzählte ihm denn keiner was? Er wollte gerade anfangen, die ersten Fragen zu stellen, da stürzte ihr neuer Kollege Hartel ins Zimmer.

„Kannst du nicht anklopfen?“, fuhr Maren Köster ihn an. Sie hielt ihn für einen blasierten Affen und konnte ihn nicht leiden. Aus dieser Abneigung machte sie keinen Hehl.

„Im Arbeitsamt ist gerade jemand erschossen worden“, entgegnete er und überhörte den missgelaunten Ton, den seine Kollegin ihm gegenüber anschlug. „Ich muss sofort hin!“

„Du musst nirgends hin! Das machen Axel und ich. Du gehst Bernhard Lohmann zur Hand."

„Aber, ..."

„So ist es mit dem Chef besprochen worden!", grinste sie. „Und dessen Wort ist für dich Gesetz. Komm Axel, dann wollen wir mal sehen, was da los ist."

Hartel sah seiner Kollegin wütend nach, als sie mit Axel Braunert das Zimmer verließ. Das würde noch ein Nachspiel haben, schwor er sich.

Als die beiden Polizisten am Arbeitsamt ankamen, war hier alles in heller Aufregung. Der Krankenwagen fuhr gerade mit Blaulicht und Martinshorn vom Hof. Es schien auch noch jemand verletzt worden zu sein. Die Kollegen in Uniform versuchten den verängstigten und aufgebrachten Menschen gerecht zu werden. Und Wachtmeister Volle, der bei den meisten Kollegen den Ruf eines Volltrottels hatte, rastete gerade aus. Er schrie eine völlig verängstigte, weinende Frau an, sie solle sich nicht so anstellen. Dieser Ausraster bewirkte, dass die Besucherin des Arbeitsamtes jetzt nur noch haltlos schluchzte.

Maren Köster ging zu ihr hin und zog sie von Volle weg. Der wiederum empfand den Auftritt der Kommissarin als Entmündigung. Doch er verzog sich schweigend. Er kannte seine Kollegin in Wut. Diesen Zustand wollte er nicht provozieren. Maren Köster übergab die Frau einer jungen Polizistin die ihren Weg kreuzte mit den Worten:

„Ich glaube, hier brauchen einige Leute ärztliche Betreuung. Würden Sie so nett sein und sich darum kümmern. Es ist uns nicht geholfen wenn hier unter Schock stehende Menschen herumirren."

Maren Köster sah sich um, sie suchte den Einsatzleiter. Als könnte er Gedanken lesen, kam Karl-Heinz Nübel auf sie zu. Er begrüßte die Kollegin und schilderte ihr in kurzen, präzisen Sätzen den Stand der Dinge.

„Es sieht alles danach aus, als wäre hier ein völlig durchgeknallter *Hartz-IV*-Empfänger im Arbeitsamt ausgetickt und hätte seine ganze Wut an dem Toten ausgelassen. Der ist geradezu hingerichtet worden. Der Beschäftigte des Arbeitsamtes, ein gewisser Hoppe, wurde aus nächster Nähe in den Kopf geschossen. Ich habe mir erspart, das Büro, in dem der Mord passierte, zu betreten. Jakobskrüger und Krause sind schon oben am Tatort. Der Arbeitsamtsdirektor – ich glaube, das ist ein Bayer – versucht natürlich den Schaden zu begrenzen. Ist ja klar, wenn es sich wirklich um einen Racheakt handelt, weil der Mörder hier im Amt schlecht behandelt wurde, das wirft kein gutes Licht auf die Agentur und der erste, den es trifft, ist der Direktor.

Die Tat ist zwar in den Räumlichkeiten von *Lippe pro Arbeit* passiert. Das ist die verantwortliche Stelle für den gesamten *Hartz-IV*-Bereich. Da gibt es drei Geschäftsführer. Einer vom Kreis Lippe, oder besser gesagt: Eine. Einer ist vom Netzwerk Lippe, also auch Kreis Lippe und einer von der Agentur. Der hat aber nichts zu melden. Der steht voll unter der Fuchtel vom Direktor der Agentur. Aber auch die anderen beiden halten sich natürlich erst einmal bedeckt. Für die Medien wird dieser Mord ein gefundenes Fressen sein. Ich schätze, die Reporter, Journalisten und Fernsehteams werden in den nächsten Stunden hier einfallen wie die Geier. Wir sollten schnellstens den Chef informieren und natürlich die Bielefelder. Wenn hier irgendetwas schief läuft, könnte ich mir vorstellen, dass es mächtigen Ärger gibt."

Maren Köster nickte und ließ sich von Jakobskrüger beschreiben, wo die Bluttat begangen worden ist, dann machte sie sich auf den Weg zu dem Büro. Die Leiche sah grässlich aus. Maren Köster hatte schon einige Tote gesehen. Aber bei diesem Anblick musste sie doch schlucken. Jakobskrüger stand im Türrahmen und aß sein Frühstücksbrot. Krause hingegen war der Anblick nicht in den Kleidern stecken geblieben. Er war sichtlich blass um die Nase.

Nachdem sich die Polizistin einen Eindruck verschafft hatte, rief sie Lohmann an, um ihm den Sachstand zu berichten. Doch es meldete sich Hartel am Telefon. Als Maren Köster Lohmann verlangte, behauptete dieser, dass er ihn auch schon seit geraumer Zeit suche. Also musste sie Hartel in Kenntnis setzten.

„Wehe, du rennst zum Chef und gibst die Infos weiter bevor du sie Lohmann berichtet hast, dann wirst du hier in Detmold nicht mehr froh!“, drohte sie. „Ach ja, und Lohmann soll das Zentrale Dezernat Gewaltverbrechen in Bielefeld unterrichten. Wenn Schulte von dem Mord hier in Detmold erst durch die *Aktuelle Stunde* des *WDR* erfährt, gibt es deshalb auch noch Ärger. Wenn du an dieser Stelle Mist baust, dann wirst du mich kennen lernen!“, warnte Maren Köster den Kollegen Hartel noch einmal eindringlich.

Kaum hatte diese das Telefongespräch beendet, sah er sich noch einmal nach Lohmann um, der auf dem Weg zur Toilette wohl jemanden getroffen haben musste. Der war nicht da, und der Chef musste unterrichtet werden. Also nahm Hartel Kurs auf Erpentrups Büro.

4

Aus der unendlichen Weite des Universums hörte er Töne. Sie waren ihm nicht unbekannt, da war er sich sicher. Hörte sich so nicht ein Krankenwagen an? Bei Grafenberg setzte das Bewusstsein wieder ein. Er öffnete die Augen. Sein Schädel dröhnte und schmerzte unglaublich. Dieses unangenehme Gefühl wurde noch verstärkt, als das Auge die ersten, auf die Netzhaut treffenden Lichtstrahlen an das Gehirn weitermeldete. Grafenberg sah eine Menschentraube um sich herumstehen. Er starrte die Schaulustigen an. Tastete nach seinem schmerzenden Kopf. Fühlte seine blutverschmierten Haare. Wollte etwas sagen, doch dann sackte er zurück ins Nirwana.

Er kam wieder zu sich, als er auf einer Trage lag. Auf ihr wurde er gerade in einen Krankenwagen geschoben. Er hatte den Kopf gehoben und versuchte das Geschehen um sich herum wahrzunehmen. Es gelang ihm nicht. Die Umgebung wurde unklar. Ihm wurde schwindlig und übel. Er musste sich übergeben. Als der erste Schwall seinen Rachen verlassen hatte, hörte er einen der Rettungssanitäter fluchen. Grafenberg versuchte nicht zu erfassen was passiert war. Zu sehr dröhnte sein Kopf. Schemenhaft nahm er den Transport zum Krankenhaus wahr. Später fand er sich in einem Bett wieder. Eine Schwester oder Ärztin sprach ihn an.

„Sie haben eine Gehirnerschütterung", sagte sie. „Und eine ordentliche Platzwunde. Wir haben sie mit zehn Stichen genäht. Dem Schädelknochen ist zum Glück nichts passiert. Ein paar Tage müssen Sie wohl hier bleiben. Sollen wir Angehörige von Ihnen benachrichtigen?"

Grafenberg nannte die Adresse seiner Mutter, die von Rodehutskors und von Maren Köster. Dann sank er wieder in die Kissen und war wenige Minuten später eingeschlafen.

Als er wieder aufwachte, saß Hermann Rodehutskors an seinem Bett.

„Ich soll dich von deiner Mutter grüßen. Sie kommt dich morgen besuchen. Sie hatte selber einen Arzttermin, den sie nicht absagen konnte. Wir alten Leute verbringen ja heutzutage die Hälfte unserer Zeit in Wartezimmern dieser Halbgötter in Weiß. Ich mache da auf jeden Fall nicht mit! Da kann sich meine Frau auf den Kopf stellen. Wenn mir in meinem Alter mal nichts mehr weh tut, bin ich tot. Solange lebe ich und zwar mit Inbrunst“, sagte Rodehutskors. Er hielt eine Tragetasche mit dem Werbeaufdruck von einem der größten Discounter Deutschlands in die Höhe.

„Deine Mutter hat mir einiges für dich eingepackt. Dann hat sie mir noch hundert Euro für dich mitgegeben. Du verdienst ja jetzt, wo du im Krankenhaus liegst, nichts, hat sie gesagt.“

Grafenberg nahm das Geld verschämt entgegen. Er konnte es gebrauchen.

„Sag mal Junge, was hast du eigentlich gemacht, dass du hier gelandet bist?“

Grafenberg erzählte Rodehutskors alles, an das er sich erinnern konnte.

Der alte Journalist hörte sich die Schilderung interessiert an.

„Riecht nach einer verdammt guten Story“, sagte Rodehutskors. „Weißt du, im Moment langweile ich mich ein bisschen. Meine Forschungen hinsichtlich der Hermannsschlacht stagnieren. Im Übrigen sind ja jetzt, so kurz vor der Zweitausendjahrfeier, Hans und Franz auf der Suche nach Hinweisen, dass die Schlacht wirklich in Lippe und nicht dahinten in Osnabrück stattgefunden hat.

Ich würde schon gerne noch ein bisschen als freier Journalist arbeiten. Nur meine Frau dürfte das nicht so mitkriegen. Sie macht sich immer Sorgen um meine Gesundheit. Sie ist der Meinung, ich sollte mal langsam etwas kürzer treten.

Gute Kontakte habe ich ja noch zu den verschiedensten Zeitungen. Ich bin aber nicht mehr so beweglich. Wenn ich einen Partner hätte, der mir einige Arbeiten abnehmen würde, ließe sich mit dem einen oder anderen Artikel bestimmt noch eine Stange Geld verdienen.

Sag mal Junge, was hältst du davon, wenn wir beiden so eine kleine Presseagentur aufmachen würden?

Wir mieten uns irgendwo ein kleines Büro, stellen ein Telefon und einen PC da rein, und dann legen wir los."

„Wie stellst du dir das vor? Ich bin ja gerade mal dazu in der Lage eine Zeitung zu lesen. Von Journalismus habe ich keine Ahnung", sagte Grafenberg matt.

„Das Handwerkszeug bringe ich dir schon bei. Schreiben kannst du, das habe ich schon bemerkt, deine Sketche, die du dir für den letzten Lipper ausgedacht hast, haben einen hintersinnigen Humor und sind sprachlich wirklich nicht schlecht.

Ich übernehme die Investitionen und zahle die Miete, so lange, bis das erste Geld rein kommt, und du gibst deinen Namen her und arbeitest sozusagen als Volontär bei mir. Vielleicht kriegen wir ja noch Zuschüsse vom Arbeitsamt, wenn wir unsere kleine Firma gründen. Ich frage den *Doktor* mal."

Grafenberg war zu müde, um sich gegen Rodehutskors' Argumente zur Wehr zu setzen. Er lag in seinem Krankenbett und litt.

„Das erste Geld werden wir mit dem Mord im Arbeitsamt verdienen. Das riecht verdammt nach einem amoklaufenden *Hartz-IV*-Empfänger. Du wirst dich wundern. Noch heute werden die Bildzeitung und einige andere Blätter bei dir anticken. Dann hältst du einfach die Klappe und gibst ihnen meine Handy-Nummer. Ich habe jetzt nämlich auch so ein Dingen.

Sag denen, ich hätte mir die Exklusivrechte, was deine Person angeht, gesichert. Wir wollen doch mal sehen, ob ich mein Handwerk nicht noch beherrsche. Ich fahre jetzt nach Hause, schreibe das, was du mir erzählt hast auf, und dann sprechen wir noch mal über alles. Also Junge, du gibst die Nummer weiter. Ansonsten hältst du die Klappe und wirst erst mal wieder gesund. Dann sehen wir weiter. Wenn was dabei raus springt, bekomme ich meine Kosten wieder rein und mit dem Rest machen wir halbe-halbe."

Grafenberg nahm alles widerspruchslos hin. Ihm schmerzte der Kopf, und er war hundemüde. Dies schien auf irgendeinem telepathischen Wege eine energisch auftretende Krankenschwester mitbekommen zu haben. Sie rauschte ins Zimmer, komplimentierte Rodehutskors innerhalb weniger Sekunden gegen seinen Willen hinaus und sagte:

„Für heute ist Schluss mit Besuch. Sie schlafen sich jetzt gesund!"

Die Schwester schob ihm noch drei Tabletten in den Mund und hatte im nächsten Moment das Zimmer wieder verlassen.

5

Nach ungefähr einer Stunde hatten sich Maren Köster und Braunert einen Überblick verschafft. Der gekidnappte Zeuge war namentlich noch nicht bekannt. Er war verletzt ins Klinikum Lippe Detmold gebracht worden.

„Um den sollen sich Lohmann und Hartel kümmern“, schlug Maren vor.

Axel griff zum Handy und hatte Hartel an der Strippe. Der Polizist gab ihm klare Anweisungen und forderte ihn auf, den Krankenhausbesuch schnellstmöglich zu erledigen. Hartel hatte während Lohmanns Abwesenheit im Büro den Dienstapparat seines Kollegen auf sein mobiles Telefon umgestellt. Gerade war er auf dem Weg zu Erpentrup, um ihm zu berichten. Jetzt war er in der Zwickmühle. Was sollte er tun? Mit Lohmann ins Klinikum, oder erst zum Chef? Er entschied sich für Chef. Anschließend könnte er dann Lohmann über den Fall in Kenntnis setzten und dann mit ihm zu dem Zeugen ins Krankenhaus fahren.

Er klopfte an die Tür des Polizeioberrates. Der donnerte ihm ein genervtes: „Herein!“, entgegen. Als er Hartel sah wurde seine Miene etwas freundlicher. Der Polizeichef konnte den jungen Kommissar gut leiden. Er war stets korrekt gekleidet, höflich und wie es schien, ihm gegenüber absolut loyal. Er stand auf, führte Hartel zu einem Besprechungstisch, bot ihm einen Platz an und setzte sich selber.

„Was gibt es?“

„Es hat einen Amoklauf im Arbeitsamt gegeben“, berichtete Hartel. Er wollte weiter reden. Doch Erpentrup fiel ihm erbost ins Wort: „Wieso weiß ich davon nichts? Wieso erfahre ich erst jetzt davon? Wenn es wirklich ein Amoklauf war, dann wird die Presse jeden Moment dort am Tatort einfallen wie ein Schwarm Heuschrecken. Wenn da irgendetwas schief geht, zerreißen uns diese Schreiberlinge in der Luft. Wo ist Lohmann?“

Hartel zuckte mit den Schultern. Die Situation schien eine Wendung zu bekommen, die er nicht erwartet hatte.

„Kommen Sie Hartel, wir fahren in die Wittekindstraße."

Hartel wollte etwas sagen, doch Erpentrup fuhr ihm über den Mund:

„Besorgen Sie einen Dienstwagen. Ich versuche den Landrat zu erreichen. Wir treffen uns in fünf Minuten auf dem Parkplatz."

Hartel schwante Böses. Wenn er gleich mit dem Chef am Tatort aufkreuzen würde und Maren Köster herausbekäme, dass er einen Alleingang eingestielt hatte, würde er hier in Detmold bei den Kollegen kein Bein mehr an die Erde bekommen.

Einen Dienstwagen? Woher sollte er jetzt so schnell einen Dienstwagen bekommen? Er ging zur Zentrale. Der diensthabende Polizist machte ihm unmissverständlich klar, dass es keinen freien Streifenwagen gab und auch kein Zivilfahrzeug.

„Die Fahrzeuge sind alle im Einsatz. Hast du es nicht in der Zeitung gelesen. Der Kreis Lippe hat die geplanten Einnahmen aus Geschwindigkeitsüberschreitungen im Kreishaushalt um ein Drittel erhöht. Von nichts kommt nichts. Wenn du mich fragst, grenzt das schon an moderne Wegelagerei. Mich haben die Kollegen gestern Abend um zehn Uhr auch erwischt, zwischen Horn und Bad Meinberg. Das wird teuer für mich! Gerade blitzen sie am Donoperteich. Wenn ich den Kollegen glauben darf, befindet sich dort eine wahre Goldgrube."

Kein Auto? Hartel überlegte. Sollte er seinen Privatwagen nehmen? Er hatte sich einen gebrauchten Landrover von einem Jäger gekauft. Der war nicht gerade pfleglich mit dem Auto umgegangen. Selbst unter dem Autodach hatte er Blutspritzer gefunden. Hartel hatte zwar den Innenraum des Geländewagens akribisch gesäubert, aber es roch immer noch sehr streng. Sollte er seinen Chef Erpentrup wirklich in dieses Auto setzen? Es blieb ihm wohl nichts anderes übrig. Er ging zum Parkplatz und stieg ein. Strenger Geruch waberte ihm entgegen, als er die Tür öffnete. Der Drahthaar des ehemaligen Autobesitzers hatte sich wohl auch mehr auf dem Rücksitz des Wagens aufgehalten als in seinem Zwinger. Im Moment glaubte Hartel den Geruch von nassem Hund zu erkennen. Oder sollte er sagen, zu wittern?

Der Polizist griff ins Seitenfach der Fahrertür und versprühte ein den Geruch neutralisierendes Mittel. Vielleicht konnte er dadurch den Gestank im Innenraum etwas abmildern. Er fuhr zum Eingang der Kreispolizeibehörde, stieg aus und wartete auf seinen Chef. Dieser kam und sah sich das Auto an, in das er einsteigen sollte.

„Mensch, Hartel", sagte er jovial. „Ich wusste gar nicht, dass ein Kommissar sich mit seinem Gehalt so ein Auto leisten kann." Der Polizeioberrat stieg ein, zerrte ein blütenweißes, frisch gebügeltes Taschentuch aus der Hosentasche und presste es sich gegen die Nase.

„Mein Gott", stöhnte er und rang nach Luft. „Hat in dem Auto eine Leiche gelegen? Den Gestank bekommen Sie nie wieder aus den Polstern heraus. Für diese Kiste hätte ich keine fünf Cent gegeben."

Hartel startete betreten den Motor.

„Herr Erpentrup, ich wohne ja noch nicht so lange in Detmold. Könnten Sie mir sagen, wo ich das Arbeitsamt finde?"

„Was, das wissen Sie nicht? Da muss aber was passieren. Hartel, nehmen Sie sich mal ein Wochenende Zeit und erkunden Sie Detmold. Es kann doch nicht sein, dass Sie, wenn sie einen eiligen Einsatz fahren müssen, erst nach dem Weg fragen.

Übrigens, ich habe den Landrat noch erreicht und ihn kurz über den Vorfall im Arbeitsamt informiert. Er und der Arbeitsamtsdirektor sind wohl nicht unbedingt das Dream-Team in Sachen Zusammenarbeit. Als ich dem Landrat sagte, ich würde mich mit dem Direktor der Agentur in Verbindung setzten, meinte er ganz süffisant: Die Agentur hat keinen Direktor, die hat nur einen Geschäftsführer. Was das wohl sollte? Ich habe die Bemerkung nicht verstanden. Ob der Chef der Agentur so eitel ist und Direktor genannt werden möchte?", richtete Erpentrup die Frage an sich selbst. Er zuckte mit den Schultern.

Wenige Minuten später stoppte das Fahrzeug von Hartel neben dem Gebäude der Agentur. Erpentrup stieg aus und sah sich um. Niemand beachtete ihn. Er bemerkte, wie sich Ärger in seinem Inneren breit machte. Er sah sich nach einem Polizisten um. Da klopfte dem Polizeioberrat jemand auf die Schulter.

„Na, Chef, auch mal gucken, was hier los ist?", wurde er jovial angesprochen. Das gefiel ihm gar nicht. Aber es war besser als völlig ignoriert zu werden. Erpentrup sah sich um. Hinter ihm stand Wachtmeister Volle und grinste ihn aus seinem Panzerknackergesicht an.

„Wachtmeister Volle, wer hat die Einsatzleitung?"

„Nübel, der muss da vorne irgendwo rum rennen."

Er zeigte in Richtung Foyer der Agentur. Erpentrup machte sich auf den ihm gewiesenen Weg. Im Eingang sah er Karl-Heinz Nübel mit einem großen Mann reden, der aufgeregt an einer Zigarette zog. Der Polizeioberrat ging auf die beiden Männer zu. Hartel versuchte sich unauffällig hinter seinem Chef zu halten.

Nübel bemerkte Erpentrup erst, als dieser neben ihm stand. Er reagierte.

„Herr Oberrat, darf ich Ihnen den Direktor der Agentur für Arbeit vorstellen?"

Der Mann gab Erpentrup die Hand und sagte mit bayrischem Dialekt:

„Ach, Herr Oberrat, kann denn das nicht alles etwas diskreter passieren? Wenn die Presse davon Wind kriegt, kommen wir alle in Teufels Küche."

„Das wird sich wohl nicht vermeiden lassen. Es wundert mich sowieso, dass die Zeitungen noch nicht hier sind. Na, erst mal verhängen wir eine Nachrichtensperre. Heute Nachmittag können wir dann eine erste Presseerklärung herausgeben, kurz und knapp."

An den Mann vom Arbeitsamt gewandt sagte er:

„Wir sollten uns abstimmen. Es ist immer gut, wenn wir mit einer Stimme reden."

„Ja, selbstverständlich, Herr Oberrat, selbstverständlich. Kommens nachher in mein Büro, da können wir alles abstimmen."

„So Nübel, jetzt bringen Sie mich mal auf die Höhe des Kenntnisstandes".

Erpentrup hörte dem Hauptwachtmeister konzentriert zu und beachtete den Arbeitsamtsdirektor nicht weiter. Anschließend ließ er sich von seinem Polizisten zu Maren Köster bringen, die im ersten Stock am Tatort mit dem Pathologen Jakobskrüger und dem Spurensicherer Krause im Gespräch war. Als die Polizistin ihren Chef und Hartel auf sich zukommen sah, wusste sie, dass Hartel nicht eine Anweisung von ihr ausgeführt hatte. Sie ging den Männern einen Schritt entgegen und gab Erpentrup die Hand. Dann wandte Sie sich an Hartel.

„Was hat der Besuch im Klinikum ergeben?"

„Äh, ich habe, ich war noch nicht da. Ich konnte Lohmann nicht finden!"

„Was, Sie waren noch nicht im Klinikum, Herr Kommissar Hartel? Wir versuchen hier einen Mord aufzuklären und Sie kochen hier ihr eigenes Süppchen. Das wird ein Nachspiel haben, Herr Hartel." An Erpentrup gewandt sagte sie: „Sie bekommen meinen Bericht."

„Na, nun beruhigen Sie sich mal Frau Köster. Ich habe den Kollegen Hartel gebeten mich zu begleiten und so davon abgehalten, zum Klinikum zu fahren. Das kann er ja noch machen. Der Verletzte wird uns ja nicht wegrennen.

Jetzt zum Fall! Ist Hauptwachtmeister Nübel auf dem Stand der Dinge oder gibt es noch etwas Neues?"

Maren Köster berichtete ihren Kenntnisstand. Erpentrup nickte.

„Okay, dann sollten wir jetzt mal kurz mit dem Arbeitsamtsdirektor sprechen und uns mit ihm über ein gemeinsames Vorgehen verständigen." Erpentrup setzte sich in Bewegung.

„Moment, Herr Oberrat, ich muss noch kurz mit meinem Kollegen Braunert reden."

Sie ging in das benachbarte Zimmer, in dem dieser über Akten gebeugt saß. „Ruf noch einmal bei Bernhard an, der soll ins Klinikum fahren und den Verletzten verhören oder zumindest herausfinden, wie er heißt. Hartel, dieser Arsch, ist aus der Reihe getanzt und hat uns den Chef angeschleppt. Der hat mich jetzt erst mal für 'ne Weile in Beschlag genommen."

Braunert nickte und suchte nach seinem Handy.

Maren Köster gesellte sich wieder zu der Gruppe Männer, die sich auf den Weg zum Arbeitsamtsdirektor machte. In dem Moment wimmerte Hartels Handy.

Hastig griff der Kommissar in seine Hosentasche und zog ein flaches Etwas heraus.

„Axel? Wieso ich im Telefon bin? Ich..., ich weiß auch nicht."

Hartel hatte versäumt, Lohmanns Telefon wieder auf den Dienstapparat zurück zu stellen. Jetzt hatte er Braunert am Telefon, der Lohmann sprechen wollte und Maren Köster neben sich, die mitbekam, dass er Lohmann sozusagen von allen Informationen abgeschnitten hatte.

Erschrocken, fast ängstlich, sah er zu ihr. Sie ignorierte ihn.

In dem zigarettenrauchgeschwängerten Büro des Arbeitsamtsdirektors saß ein weiterer Mann. Das Auffälligste an ihm waren die weißen Tennissocken zu einer anthrazitfarbenen

Hose und braunen Schuhen. Er wurde als der Stellvertreter des Direktors vorgestellt. Sie wurden aufgefordert an einer Sitzgruppe Platz zu nehmen. Der Chef der Agentur kramte eine *CAMEL* ohne Filter aus einer zerknitterten Packung und zündete sie an. Seinen Stellvertreter bat er, sich um Kaffee für die Gäste zu kümmern.

Maren Köster zog der Rauch direkt ins Gesicht. Dies störte sie sehr. Seit sie sich vor einigen Jahren das Rauchen konsequent abgewöhnt hatte, legte sie in Raucherangelegenheiten eine Null-Toleranz-Mentalität an den Tag. Wie sollte sie sich jetzt, wo sie Gast war und noch dazu neben ihrem Chef saß, verhalten? Plötzlich hatte sie eine Idee.

„Sagen Sie, Herr Direktor bei uns in der Kreispolizeibehörde wurde die Direktive herausgegeben: Rauchverbot in öffentlichen Gebäuden! Gilt dies in der Agentur für Arbeit nicht auch?"

6

Es war richtig was los an der Bushaltestelle. Die Schülerinnen der Gesamtschule, der Realschule und der Gustav-Heinemann-Schule hatten es geschafft. Nun warteten sie auf die Busse, die sie zu ihren Wohnorten bringen sollten. Bernhard Lohmann hatte sich ebenfalls dazu entschlossen, die Fahrt zum Klinikum Lippe Detmold mit öffentlichen Verkehrsmitteln zu bewältigen, bereute diese Idee aber schon wieder.

Im Bushaltehäuschen saßen ein paar attraktive Mädchen von etwa fünfzehn Jahren. Schon mehr junge Frauen als Mädchen. Sie gaben sich cool. Eines der Mädchen spielte scheinbar desinteressiert mit einem Handy. Die Jungen hingegen taten alles, um wahrgenommen zu werden. Die Anwesenheit der Mädchen ließ das Balzverhalten der männlichen Spezies kühnste Formen annehmen.

Zu Anfang hatte das Verhalten der jungen Männer Lohmann amüsiert. Man hatte einem der Jungen die Baseballmütze vom Kopf gerissen und auf das Dach der Haltestelle geworfen. Das Opfer bemühte sich vergeblich die coole Kappe wieder in seinen Besitz zu bringen. Die anderen johlten vor Vergnügen, als er sich abmühte, auf das Dach der Haltestelle zu klettern. Lohmann hatte mitgelacht. Das war dem Jungen nicht entgangen. Und so sah er, in dem auf die Sechzig zugehenden Mann, ein hervorragendes Ventil, seinem Unmut Luft zu machen.

„Was lachst du denn, Alter?“, pöbelte er Lohmann rüde an und stieß mit beiden Händen gegen seine Brust. „Ich möchte dich mal sehen, wenn du mit deiner dicken Plauze versuchen würdest, hier auf das Dach zu klettern.“

„Ist ja schon gut, Junge“, hob Lohmann beschwichtigend die Hände.

Die Mädchen in der Haltestelle kicherten. Einige zogen eine Packung Ziaretten aus der Schultasche.

Das Lachen schien den Jungen anzuspornen.

„Ist ja schon gut, Junge! Ist ja schon gut, Junge!“, äffte er den Polizisten nach.

„Gar nichts ist gut. Du mischt dich einfach in fremde Angelegenheiten ein, lachst mich aus und sagst Junge zu mir. Ich bin kein Junge, kapiert! Und jetzt verpiss dich! Für solche Dummschwätzer wie dich ist kein Platz an der Haltestelle. Ich zähle bis zehn! Wenn du dann nicht verschwunden bist, gibt es was auf die Ohren, verstanden?“

Wieder stieß er Lohmann mit beiden Händen gegen die Brust. Der Polizist ging unweigerlich einen Schritt nach hinten. Die anderen Jugendlichen hatten aufgehört zu rangeln und den Mädchen zu imponieren. Hier gab es gleich handfesten Stress. Es sei denn, der Alte kratzte jetzt ganz schnell die Kurve.

Lohmann wurde stinkwütend. Innerhalb von Sekundenbruchteilen war er genau so in Rage wie der Jugendliche, der ihn aufgefordert hatte, das Weite zu suchen. Von Deeskalation war keine Rede mehr.

Lohmann krallte sich den Jugendlichen, hatte ihn im nächsten Moment zu Boden gerungen und ihm den Arm auf den Rücken gedreht.

„So, mein Junge, jetzt wollen wir mal sehen, wer hier an der Bushaltestelle nichts zu suchen hat.“

Lohmann hielt ihm die Polizeimarke vor die Nase und zog dem am Boden Liegenden im nächsten Moment die Jeansjacke von den Schultern auf die Arme, so dass sie die Funktion von einer Fessel bekam. Er erhob sich, hielt den Jungen mit dem Fuß auf den Boden gedrückt und griff nach seinem Handy.

Zwei Minuten später stoppte ein Streifenwagen vor der Haltestelle. Als ein Polizist und eine blonde Polizistin ausstiegen, fing einer der Zuschauer an zu schimpfen.

„Is klar, eh. Erst vergreift sich so’n Bulle an ’nem wehrlosen Jugendlichen, und dann muss der auch noch dafür in den Knast. Die Welt ist doch nicht gerecht, mit solchen wie uns könnt ihr es ja machen. Schlechte Laune, und dann den ersten besten Jugendlichen in den Knast bringen. Is schon klar Alter."

Lohmann war jetzt so in Rage, dass er am liebsten auch diesem Jungen an den Kragen gegangen wäre. Doch dann hätte er den, den er schon unter sich am Boden liegen hatte, wieder loslassen müssen.

„Genau!" stimmten jetzt auch andere Jugendliche mit ein. „Der Alte soll uns in Ruhe lassen."

Die beiden hinzugekommenen Polizisten behielten die Ruhe. Die Polizistin legte Lohmann den Arm auf die Schulter und redete beschwichtigend auf ihn ein.

„Lassen Sie den Jungen frei, Herr Kommissar. Wir regeln das schon."

Lohmann ließ den Jugendlichen los und stand auf. Der auf dem Boden liegende junge Mann krümmte sich vor Schmerzen und hielt sich seine Schulter. In diesem Moment kam der Bus. Doch bevor auch nur einer der Wartenden einsteigen konnte, stand die blonde Polizistin in der Eingangstür und sagte: „Stopp! Bevor wir nicht alle eure Personalien haben, verlässt keiner und keine die Haltestelle! Hier wird ein Polizist beschuldigt, er habe sich grundlos an einem Jugendlichen vergriffen. Das nehmen wir nicht auf die leichte Schulter!"

Das Mädchen, das ständig mit seinem Handy beschäftigt war, steckte dies nun in eine kleine Handtasche. Dann keifte es los:

„Was habe ich damit zu tun? Darf ich hier nicht einfach in der Bushaltestelle sitzen? Was kann ich dafür, wenn der Bulle ausrastet?"

Die Polizistin reagierte nicht auf das Pöbeln. Sie stieg aus der Bustür wieder auf die Straße, ließ den Bus fahren und begann damit, von dem ersten Jugendlichen die Personalien aufzunehmen. Danach verlangte sie von ihm die Schilderung des Vorfalls. Ihr Kollege tat es ihr gleich. Fast alle Anwesenden behaupteten, Lohmann habe sich grundlos an dem Jungen vergriffen. Nur einige sagten, dass sie nicht mit bekommen hatten, wie es zu der Auseinandersetzung kam. Als letztes kam das Mädchen an die Reihe, das sich eben noch beschwert hatte. Auch sie behauptete, nichts gesehen zu haben. Kokett sagte sie am Ende ihrer Schilderung:

„Ich gucke nicht hinter alten Männern her, die interessieren mich nicht, da braucht sich der Knacker gar keine Hoffnungen zu machen."

Die Jugendlichen johlten und Lohmann, der sich vorübergehend etwas beruhigt hatte, wäre am liebsten gleich wieder auf den ihm am nächsten stehenden losgegangen.

„Eins noch", sagte die Polizistin zu dem Mädchen, „zeig mir mal dein Handy!"

„Wieso, muss ich ihnen mein Handy zeigen?", entgegnete es ärgerlich.

„Beweismittel!"

„Kann ja jeder sagen! Ich gebe Ihnen das Telefon nicht."

„Okay, dann kommst du eben mit auf die Wache. An das Handy komme ich dran, da kannst du Gift drauf nehmen."

Wieso macht die so einen Aufstand um das blöde Telefon, dachten Lohmann und der andere Polizist gleichzeitig.

Die Kollegin blieb beharrlich und hielt der jungen Frau auffordernd die Hand entgegen. Widerwillig griff diese in ihre Handtasche. Sie zog das kleine Etwas heraus und gab es der Polizistin.

„So, dann wollen wir mal sehen, was du so alles aufgenommen hast. Ich habe vorhin doch genau gesehen, dass du mit dem Handy die Geschehnisse gefilmt hast." Alle starrten auf die beiden Frauen.

Lohmann und der zweite Polizist traten an die Kollegin heran und sahen ihr über die Schulter. Auf dem Display des Handys flog eine Mütze durch die Luft. Gejohle der Jugendlichen. Jemand versuchte umständlich auf das Bushaltehäuschen zu klettern. Das Gelächter und der Spott wurden lauter. Lohmann lachte auch. Der Junge ging Wut entbrannt auf den Kommissar los. Der Polizist setzte sich zur Wehr.

„Danke Mädchen!“, sagte Lohmann leise zu seiner Kollegin. Langsam wurde ihm seine vorübergehend prekäre Situation bewusst. Gegen all die Aussagen der Jugendlichen hätte er nichts entgegensetzen können. Das hätte ein Diszi gegeben, das sich gewaschen hatte.

„Das Handy ist beschlagnahmt!“, sagte die Polizistin zu dem Mädchen. Ich gebe dir gleich eine Quittung. Wenn wir das Beweisstück nicht mehr brauchen, wirst du benachrichtigt und kannst es dir wieder abholen.“

Die Telefonbesitzerin protestierte lautstark. Es half nichts.

„Wir müssen den Vorfall natürlich melden, Kollege Lohmann“, sagte nun der Polizist zu Lohmann. Aber mit dieser Beweislage ist die Angelegenheit zu einer Formsache geworden. Sie haben verdammt Glück gehabt, dass die junge Frau den Angriff auf Sie mitgefilmt hat. Unter anderen Umständen wären Sie in Teufels Küche gekommen. Sie kennen ja unseren Chef. Wo wollten Sie eigentlich hin? Sollen wir Sie irgendwo abliefern?“

Lohmann brauchte jetzt ein paar Minuten für sich. Er winkte ab.

„Lassen Sie mal, Kollege, ich gehe zurück zur Kreispolizeibehörde. Ein paar Schritte tun mir jetzt, glaube ich, ganz gut.

7

Das alte Notizbuch von 2005, da waren alle Adressen drin. Wo war es nur? Rodehutskors kramte seine Schreibtischschublade zum dritten Mal durch. Verdammt, dachte er, ich habe doch sonst immer alles an seinem Platz. Er überlegte. Wo hatte er den vermaledeiten Kalender bloß hingelegt. Er ging in den Flur und rief nach seiner Frau.

„Else, hast du mein altes Notizbuch gesehen?"

„Das liegt im Schränkchen, auf dem das Telefon steht."

„Wie kommt es da denn hin?"

„Adelheid hat irgendeine Telefonnummer gesucht. Wahrscheinlich hat sie das Büchlein nicht zurück in dein Arbeitszimmer gelegt."

Rodehutskors stand schon vor dem Schränkchen, zog die Schublade auf und hielt im nächsten Moment seinen kleinen Schatz in der Hand. Hier fand er alle Telefon- und Faxnummern, die er benötigte, um seiner Presseagentur, die er vor einigen Stunden am Krankenbett von Grafenberg mit diesem gegründet hatte, Leben einzuhauchen.

Einen Namen hatte er auch schon. „*Hermanns Pressedienst*" sollte die Presseagentur heißen.

Diese Firmierung hatte er sich schon vor Jahren ausgedacht.

Schon damals hatte er immer wieder einmal überlegt, ein eigenes Pressebüro zu gründen. Immer dann, wenn er sich von seiner alten Zeitung in seiner journalistischen Tätigkeit eingeengt fühlte, dachte er über eine mögliche Selbstständigkeit nach. Denn immer wieder gab es gesellschaftliche Zwänge, die seinen Verleger dazu veranlasst hatten, ihm zu sagen: „Darüber decken wir den Mantel des Schweigens."

Nichts mehr mit Mantel des Schweigens! Der kommt in den Lumpensack, dachte Rodehutskors. Er war Rentner, hatte Zeit und einen jungen Partner gefunden, der auf der Suche war, sein Leben neu zu gestalten.

Der Journalist blätterte in seinem Büchlein. Da waren sie, die Faxnummern: Heimatzeitung, Spiegel, Bildzeitung, Süddeutsche, alle – die Regionalen und die, die in Deutschland Rang und Namen hatten. In einer Stunde würden die Zeitungen der Republik, von Rodehutskors, mit dem ersten Artikel aus seinem neu gegründeten Pressebüro bedient werden.

Er setzte sich an seine alte IBM-Kugelkopfschreibmaschine. Zündete sich eine Zigarre an, die er anschließend in der linken Hand hielt. Mit dem Zeigefinger der Rechten begann er, mit einer unglaublichen Geschwindigkeit, die Tastatur der Maschine zu bearbeiten. Der Journalist war mit dieser, von ihm selbst entwickelten Einfingertechnik, fast genau so schnell wie manch anderer, der mit zehn Fingern auf der Schreibmaschine tippen konnte.

Eine Stunde später legte Rodehutskors den fertig geschriebenen Artikel auf sein Fax und tippte die erste Nummer ein. Das Pressebüro *Hermanns Pressedienst* hatte seine Arbeit aufgenommen.

8

Kaum zu glauben, was einem heutzutage so passieren kann, dachte Lohmann, der an seinem Schreibtisch saß und einen tiefen Schluck aus seiner Tasse Kaffee nahm. Hätte seine junge Kollegin die Situation an der Bushaltestelle nicht so bravourös überschaut und auch noch die richtigen Schlüsse daraus gezogen, säße er jetzt bis zum Hals in der Tinte. Es hätte keinen einzigen Zeugen gegeben, der ihn entlastet hätte. Das Telefon riss ihn aus seinen Gedanken. Er griff zum Hörer. Der Anrufer war ein Reporter der Bildzeitung.

Es habe einen Amokläufer in Detmold gegeben, der einen Fallmanager von *Lippe pro Arbeit* hingerichtet habe, wusste dieser zu berichten. Er fragte weiter, ob etwas über das Tatmotiv bekannt sei.

Lohmanns geistiges Auge sah auf hunderttausend Fettnäpfe herab. Die Bildzeitung war am Telefon und besser informiert als er selber. Jetzt bloß nichts Falsches sagen, dachte Lohmann.

„Ja wissen Sie, Herr Müller, ich kann Ihnen da im Moment noch gar nicht weiterhelfen. Ich gehe jedoch davon aus, dass es heute noch eine Pressekonferenz geben wird. Das Ermittlerteam ist noch am Tatort. Rufen Sie doch in einer Stunde noch einmal an, dann wissen wir sicher mehr."

Der Reporter ließ sich vertrösten. Wo hatte dieser Bildzeitungstyp nur die Informationen her, überlegte Lohmann. Da klingelte das Telefon schon wieder. Diesmal war es die *Heimatzeitung*. Deren Journalist verfügte über den gleichen Kenntnisstand wie sein Kollege von der *Bildzeitung*. Auch ihn vertröstete Lohmann. Dann rief er Axel Braunert an. Der meldete sich im Flüsterton.

„Moment, Bernhard, ich muss mal eben auf den Flur gehen. Wir sind noch in einer Besprechung mit dem Arbeitsamtsdirektor und mit den Geschäftsführern von Lippe pro Arbeit. Gibt es etwas Neues aus dem Klinikum?"

„Ich war noch nicht im Klinikum. Hatte meine Gründe. Erzähle ich dir später. Aber mal was anderes. Die Zeitungen rennen mir die Bude ein und zwar nicht nur die Lippischen. Die sind so gut über den Tathergang informiert, als wären sie dabei gewesen. Ich habe die Journalisten jetzt erst mal vertröstet. Aber in einer Stunde rufen die wieder an. Dann müssen wir irgendetwas sagen."

Axel Braunert war beim Telefonieren über den Flur der *Agentur für Arbeit* gewandert und sah durch ein Fenster auf die Parkplätze des Arbeitsamtes. Der Anblick ließ ihn erschrecken. Da standen Fahrzeuge vom *WDR*, von *RTL* und von *Sat 1*. Hier war irgendetwas im Busch. Woher hatten die Sender die Informationen? Es war doch noch nichts an die Presse raus gegangen. Zu Lohmann sagte er:

„Hier sind auch schon ein paar Übertragungswagen von Fernsehsendern eingetroffen. Ich hänge dich ab und informiere Erpentrup."

9

„Du bist so heiß wie ein Vulkan“, summte Axel Braunert in Gedanken. Dabei dachte er nicht an ein amouröses Erlebnis, sondern fühlte lediglich die Laune seiner Kollegin Maren Köster, die, geladen wie eine Knarre, auf seinem Beifahrersitz kurz vor einer Explosion stand.

„Wenn ich diesen Scheißer in die Finger kriege, dem reiße ich …“.

„Maren, jetzt bleib aber mal auf dem Teppich“, fiel ihr Axel Braunert ins Wort.

„Was heißt hier, jetzt bleib aber mal auf dem Teppich! Dieser Hartel ist das letzte Arschloch. Der hält sich an keine Absprache, mischt sich in alle Arbeitsabläufe ein und sitzt einmal am Tag bei Erpentrup auf dem Schoß, um ihm die aktuellsten Neuigkeiten aus unserem Büro ins Ohr zu flüstern.“

Axel Braunert schwieg. Sicher, Maren Köster hatte Recht. Hartel verhielt sich weiß Gott nicht kooperativ, geschweige denn kollegial.

Doch Braunert konnte es nicht ertragen, ständig dieses Gefühl zu empfinden, dass bei der kleinsten Missstimmung zwei Kollegen mit blankem Schwert aufeinander losgingen. Er war harmoniebedürftig. Doch den Wunsch nach einem friedfertigen Arbeitsplatz konnte sich Braunert für die nächste Zeit aus dem Kopf schlagen. Das war seit den Ereignissen heute klar.

Die weitere Fahrt bis zur Kreispolizeibehörde schwiegen sich die beiden Kollegen an.

Dort angekommen gingen sie gemeinsam zu Bernhard Lohmann ins Büro. Der saß nachdenklich an seinem Schreibtisch. Als Braunert ihn auf seine Gemütsstimmung ansprach, berichtete er ihnen die jüngsten Ereignisse, die er an der Bushaltestelle erlebt hatte. Er schloss seine Schilderung mit den Worten:

„Danach hatte ich wirklich keinen Bock mehr ins Klinikum zu fahren. Ihr könnt von mir denken, was ihr wollt, aber ich war absolut fertig mit den Nerven.“

Braunert legte dem Kollegen verständnisvoll die Hand auf die Schulter und Maren Köster hatte das Bedürfnis ihn zum Trost zu umarmen. Was sie jedoch nicht tat.

Die Tür ging auf und Hartel trat ein. Er setzte sich auf den letzten freien Stuhl. Maren Köster funkelte ihn böse an, dann sagte sie gefährlich leise:

„Raus! Wir haben etwas zu besprechen!“

„Aber ...“, versuchte Hartel zu Wort zu kommen.

„Raus!“

Maren Köster erhob sich und ging langsam auf ihn zu. Hartel sprang vom Stuhl auf und flüchtete Richtung Tür. Dort drehte er sich noch einmal zu den Kollegen um.

„Siebzehn Uhr ist Pressekonferenz! Vorbesprechung sechzehn Uhr dreißig!“

Nach dem letzten Wort beeilte Hartel sich zur Tür zu kommen und diese hinter sich zu schließen. Als er den sicheren Flur erreicht hatte, ballte er die Hände zu Fäusten. Das würde die Tussi von Köster noch büßen, schwor er sich.

10

Ein so gutes Gefühl wie heute hatte Rodehutskors schon lange nicht mehr gehabt. Heute durfte er sich etwas gönnen. Obwohl er im Allgemeinen erst nach dem Abendessen seinen ersten Schnaps trank, machte er heute eine Ausnahme. Vor kurzem hatte er eine Lieferung vom Bodensee bekommen. Die Schnäpse vom Burgunderhof aus Hagnau am Bodensee sollten etwas ganz Besonderes sein. Rodehutskors entschloss sich, dazu einen Cox-Orange zu probieren, der angeblich mit seiner feinherben Säure dem Calvados sehr nahe kam.

Mit einer gewissen Vorfreude holte er die noch original verschlossene Flasche aus seinem Barfach.

In diesem Moment schrillte sein Telefon. Noch bevor er den Hörer aufnehmen konnte, war seine Frau an dem Apparat, der auf dem Flur stand. Kurze Zeit später kam sie mit dem portablen Gerät in Rodehutskors' Arbeitszimmer.

„Hermann, der Chefredakteur der Heimatzeitung", flüsterte sie und gab ihm den Hörer. Nachdem sie das Telefon aus der Hand gegeben hatte, machte Frau Rodehutskors jedoch keine Anzeichen aus dem Zimmer zu gehen. Sie wollte hören, was der ehemalige Chef ihres Mannes mit ihrem Gatten zu besprechen hatte.

Rodehutskors meldete sich mit Namen, begrüßte ihn, machte Smalltalk und fragte nach dem Grund des Anrufs. Dann hörte er längere Zeit zu. Immer wieder sah er zu seiner Frau hinüber, die wie angewurzelt stehen blieb. Woher haben Frauen nur die Gabe erhalten, sofort zu bemerken, wenn sie etwas nicht erfahren sollen? dachte Rodehutskors.

Dann sagte er zu seinem ehemaligen Chef:

„Im Moment kann ich ihnen dazu noch nichts sagen, Herr Tegetoff. Ich melde mich aber sofort bei Ihnen, wenn ich die Angelegenheit überblicken kann."

Mit der Antwort ließ sich der Chefredakteur der Heimatzeitung jedoch nicht abspeisen. Rodehutskors hörte aufmerksam seinen Argumenten zu. Seine Frau kam näher zu ihm hin, um ebenfalls mithören zu können. Jetzt wurde es Rodehutskors aber zu bunt. Wenn seine Else Wind davon bekam, dass er gerade in Begriff war, wieder in sein altes Betätigungsfeld einzusteigen, hinge der Haussegen die nächsten Wochen schief.

Sie wollte mit ihm verreisen, nachmittags ins Café gehen und anschließend einen kleinen Verdauungsspaziergang machen. Diese Interessen waren durchweg nicht identisch mit denen von Hermann Rodehutskors. Für ihn waren die Wünsche seiner Frau der Inbegriff von alt sein. Er dagegen hatte noch etwas vor im Leben.

Jetzt befand er sich jedoch in einer handfesten Zwickmühle. Seine Frau wollte wissen, was der Grund des Anrufes war und sein ehemaliger Chef wollte, für einen Appel und ein Ei, seine Dienste für die Heimatzeitung gewinnen. Jetzt musste Rodehutskors sich erst einmal Luft verschaffen.

„Wie gesag, Herr Tegetoff, im Moment kann ich Ihnen noch nichts sagen. Ich melde mich, sobald ich mehr weiß." Fast unhöflich drückte er auf den AUS-Knopf des Telefons.

„Was wollte der Tegetoff denn?", fragte seine Frau neugierig.

„Ach, der kleine Grafenberg war heute im Arbeitsamt dabei, als ein Mord passiert ist. Er ist dabei verletzt worden. Ich habe ihn anschließend im Krankenhaus besucht. Tegetoff hat mich vor dem Klinikum getroffen. Ich habe ihm dummerweise davon erzählt, und jetzt will er Informationen haben. Der soll den kleinen Grafenberg selber fragen.", versuchte Rodehutskors sich aus der Affäre zu ziehen.

„Was, Michael hat einen Mord mit angesehen!", rief sie erschrocken aus und wollte mehr erfahren. Doch Rodehutskors war jetzt sehr einsilbig.

Er hatte einen Fehler gemacht und seine private Telefonnummer auf den Schreiben, die er den Zeitungen geschickt hatte, angegeben. In den nächsten Stunden würde ein Dutzend Redaktionen hier bei ihm zu Hause anrufen. Wenn seine Frau das spitz bekäme, wäre er erledigt. Er brauchte dringend einen Ausweg aus dieser Misere.

11

Punkt sechzehn Uhr dreißig drängten sich die Polizisten in Polizeioberrat Erpentrups Büro. Nachdem alle einen Sitzplatz eingenommen hatten, ergriff er das Wort.

„Ich habe die Pressekonferenz schon mit Kommissar Hartel vorbereitet und durchstrukturiert."

Die anwesenden Polizisten sahen sich an. Niemand sagte etwas. Dann meldete sich Maren Köster.

„Ich habe zwei Fragen! Erstens, müssen wir, die restlichen Kollegen, dann an der Pressekonferenz teilnehmen? Und, zweitens, ist das Zentrale Dezernat Gewaltverbrechen in Bielefeld mittlerweile über den Mord im Arbeitsamt informiert worden?"

Erpentrup wurde ärgerlich.

„Natürlich nehmen alle ermittelnden Beamten an der Pressekonferenz teil. Und, zu Ihrer zweiten Frage, Frau Kommissarin, die ZDG lassen Sie nur meine Sorge sein. Ob unser alter Kollege Schulte nun über den Mordfall Bescheid weiß oder nicht, die Ermittlungen werden so oder so von uns in Detmold durchgeführt."

Wieder meldete sich Maren Köster:

„Es gibt eine ausdrückliche Dienstanweisung des Ministeriums, dass bei Tötungsdelikten das ZDG ins Boot geholt wird. Weiter hat der Minister verfügt, dass das ZDG nicht nur informiert wird, sondern das Dezernat auch mit den Entscheidungen betraut ist, darüber zu bestimmen, wer die Ermittlungen leitet und durchführt. Ich weise Sie darauf hin, Herr Oberrat Erpentrup, dass Sie die Fürsorgepflicht für die Ihnen unterstellten Beamtinnen und Beamten haben, – gegen die Sie gerade bewusst verstoßen. Ich werde morgen früh zu unserem Personalrat gehen und mich über Sie beschweren. Im Übrigen weise ich Sie darauf hin, dass Hauptkommissar Schulte mein Kollege ist, mit dem ich, wenn ich Pech habe, noch fünfzehn Jahre zusammenarbeiten muss. Da finde ich es nicht gerade hilfreich, wenn es ständig Kollegen in unseren Reihen gibt, die Brunnen vergiften."

Erpentrup bekam einen hochroten Kopf. Wütend bellte er seine Kommissarin an:

„Wer vergiftet hier Brunnen? Meinen Sie etwa mich damit?"

„Die, die es waren, werden schon wissen, wann sie welches Gift benutzt haben", antwortete Maren Köster sybillinisch.

Bevor Erpentrup etwas sagen konnte, läutete das Telefon.

„Ich hatte doch gesagt, keine Anrufe!", schnauzte er eine imaginäre Person an und nahm den Hörer ab.

„Erpentrup!", blaffte er in den Hörer. Dann wurde er still und hörte aufmerksam zu. „Journalisten von zwanzig Zeitungen?", murmelte er nach geraumer Zeit vor sich hin.

Dann:

„Drei Fernsehteams?"

Wieder eine Zeit später:

„Wie, wir haben keinen ausreichend großen Konferenzraum?", und:

„Oh Gott, das gibt Ärger."

Der Oberrat legte lethargisch den Hörer des Telefons auf und setzte sich schweigend auf seinen Platz. Seine Körpersprache signalisierte Resignation.

Nicht die Köster sitzt zwischen den Stühlen, sondern ich, dachte Erpentrup. Und unter mir brennt die Lunte, die ein richtig dickes Pulverfass zur Explosion bringen wird.

Alle Augenpaare im Raum waren auf den Chef der Detmolder Polizei gerichtet. Man hätte eine Stecknadel fallen hören können. Schließlich traute sich Lohmann etwas zu fragen:

„Ärger?"

„Irgendjemand muss die gesamte Presse der Bundesrepublik verrückt gemacht haben. Es stehen doppelt so viele

Journalisten vor dem Haus, wie unser Konferenzraum aufnehmen kann. Was sollen wir nur tun?“

„Kreishaus“, sagte Lohmann.

Erpentrup hätte seinem dienstältesten Polizisten die Glatze küssen können, und Hartel ärgerte sich im Stillen darüber, dass dieser alte Sack ihm mal wieder den Rang abgelaufen hatte.

„Ich rufe im Kreishaus an und besorge einen Raum! Sie, Hartel, telefonieren mit dem Arbeitsamt und Sie“, damit sah er zu dem Rest der Gruppe: Braunert, Lohmann und Köster, „vervielfältigen die Presseerklärung entsprechend und sagen den Journalisten, dass wir auf Grund der Menge der Interessierten ins Kreishaus umziehen.“

Über dreißig Personen hielten sich vor dem Kreispolizeigebäude auf, schätzte Axel Braunert, als er nach draußen trat. Das lange Warten quittierten die Journalisten mittlerweile mit den ersten Unmutsäußerungen. Als sie dann auch noch erfuhren, dass man die Pressekonferenz kurzfristig ins Kreishaus verlegt hatte, wurde die Stimmung unter den Wartenden noch etwas gereizter. Der Tross setzte sich jedoch in Bewegung und zog Richtung Kreishaus.

Aus den Augenwinkeln nahm Braunert einen kleinen, viel zu dicken älteren Herrn wahr. Kaum zu glauben, dachte er. Das ist doch Rodehutskors!

Der Übergang ins Rentnerdasein scheint dem alten Journalisten wohl doch nicht so leicht zu fallen. Braunert sprach den Mann an:

„Na, Herr Rodehutskors, was machen Sie denn hier? Sie wollten das Journalistendasein doch an den Nagel hängen und sich als Heimatforscher betätigen. Wo war sie denn nun, die Hermannsschlacht? In Lippe oder bei Osnabrück?“

„In Lippe natürlich, Herr Braunert! In Lippe natürlich!“, gab Rodehutskors im Brustton der Überzeugung zurück. Auf den Grund seiner Anwesenheit ging er jedoch nicht ein, sondern suchte schnell das Weite.

Mit erheblicher Verspätung begann die Konferenz. Die Vertreter von der *Agentur* und von *Lippe pro Arbeit* hatten nichts zu sagen. Erpentrup gab nur wenig von den Informationen, die er hatte, preis und verwies auf die Presseerklärung.

Die Unzufriedenheit der Presse wuchs. Irgendjemand aus dem Plenum rief Erpentrup zu:

„Fällt dieser Mord und damit diese Pressekonferenz nicht eigentlich in den Zuständigkeitsbereich des ZDG?"

Erpentrup fühlte sich provoziert und verunsichert gleichzeitig. Daher antwortete er:

„Sehen Sie hier jemanden vom ZDG?"

Sollte sich doch jeder Journalist selbst etwas zu dieser Frage zusammenreimen.

Sofort nach Beendigung der Pressekonferenz verließ Maren Köster das Kreishaus. Ihre Verärgerung über Erpentrup war nachhaltig. Die anderen Polizisten sowie die Vertreter vom *Arbeitsamt* und *Lippe pro Arbeit* standen zusammen und unterhielten sich. Auch Rodehutskors mischte sich unter die Gruppe. Ihn kannte jeder und keiner wäre auf die Idee gekommen, dass er hier nichts zu suchen hätte. Man hatte andere Sorgen. Die Presse würde die Arbeit der Detmolder Polizei morgen nicht in gutem Licht darstellen. Das war das eine Thema, über das gesprochen wurde. Das andere war: Wieso waren so viele Journalisten gekommen? Wie waren sie informiert worden und warum dieses überregionale Interesse?

12

Zum Geburtstag hatten ihm seine Frauen, wie Rodehutskors Mutter und Tochter nannte, eine Freisprechanlage in seinen Passat einbauen lassen. Der alte Journalist hatte diese Investition für Schwachsinn gehalten. So wenig wie er mit dem Handy telefonieren würde, sei das rausgeschmissenes Geld. Doch seine Tochter hatte gekontert, er habe neulich während der Autofahrt einen Anruf bekommen, und er, Rodehutskors, habe bei dem Versuch, das Handy aus der Jackentasche zu ziehen, beinahe einen Umfall verursacht.

Gegen so ein Argument konnte der Journalist nicht an.

Spätestens seit heute war Rodehutskors froh über die Weitsicht seiner Frauen. Nachdem ihm seine Else heute Nachmittag durch einen Anruf seines alten Chefs beinahe drauf gekommen wäre, dass er sich wieder als Journalist betätigen wollte, musste er eine Lösung finden, die Anrufe von anderen Zeitungen von seiner Frau fernzuhalten. Also war er zur Telekom gefahren und hatte sich einen ISDN-Anschluss mit mehreren Telefonnummern gekauft. Es würde zwar ein paar Tage dauern, bis der Einbau der Telefonanlage realisiert würde, doch bis dahin hatte man seinen alten Hausanschluss auf sein Handy weitergeleitet. So bekam zwar seine Frau vorübergehend keine Anrufe mehr von ihren Freundinnen, aber eben auch nicht von irgendwelchen Zeitungen, die Rodehutskors' Dienstleistungen in Anspruch nehmen wollten.

Gerade hatte eine große Wochenzeitung aus Hamburg angerufen und ihn mit einer Exklusivberichterstattung des Detmolder Arbeitsamtsmordes beauftragt. Als der Verleger die Summe nannte, die Rodehutskors für seine Dienste bekommen sollte, hätte er beinahe wieder einen Unfall gebaut.

Rodehutskors hatte eine kleine Agentur gegründet. Er hatte einen Partner und den ersten Auftrag. Um alles weitere wie Büro, Telefon, Fax, Computer würde er sich in den nächsten Tagen kümmern. Wenn Grafenberg erst wieder aus dem

Krankenhaus entlassen worden war, wären sie zu zweit und er hätte wieder ein bisschen den Rücken frei.

Rodehutskors war zu Hause angekommen und stellte seinen Passat in der Garage ab. Jetzt ein opulentes Abendessen und dann einen guten Schnaps und eine schöne Zigarre! Er betrat den Hausflur. Seine Frau kam ihm schlecht gelaunt entgegen.

„Else, was ist dir für eine Laus über die Leber gelaufen?"

„Das fragst du noch! Seit du Rentner bist, bist du mehr unterwegs als früher, als du noch bei der Heimatzeitung gearbeitet hast. Ich war wieder den ganzen Tag allein zu Haus. Und angerufen hat auch keiner, außer deinem alten Chef. Ich habe schon gedacht, ob wohl irgendwas mit unserem Telefon nicht in Ordnung ist?"

Rodehutskors kratzte sich am Kopf und fragte:

„Was gibt es denn zu essen?"

13

Am Bielefelder Himmel braute sich etwas zusammen. Nach der tagelangen Hitze war es jetzt drückend. Kein Lüftchen regte sich. Die aufziehenden dunklen Wolken sorgten für Weltuntergangsstimmung.

Hauptkommissar Schulte bemerkte das heranziehende Unwetter nicht. Er war zu sehr mit sich selbst beschäftigt. Gibt es etwas Ätzenderes als einen Sesselpupserjob bekleiden zu müssen, überlegte er, öffnete die Fahrertür seines Volvos, fläzte sich in den speckigen Ledersitz und startete den Motor.

„Zwanzig Prozent auf alles! Außer auf Tiernahrung!" plärrte eine Stimme aus dem Lautsprecher der Musikanlage. Anschließend wurde der Nachrichten-Jingle eingespielt. Es war achtzehn Uhr. Die Sprecherin begann mit einer Schlagzeile über den anstehenden G8-Gipfel, der in Heiligendamm stattfinden sollte. Es folgte ein Bericht über die angekündigten Maßnahmen des Innenministers. Schulte wollte sich gerade darüber aufregen, was Politiker sich so ausdenken und umsetzten, ohne wirklich Ahnung von einem Sachverhalt zu haben, da kam der zweite, der regionale, Nachrichtenblock:

„Detmold! *Hartz-IV*-Empfänger läuft in der *Agentur für Arbeit* Amok und erschießt einen Fallmanager. Sowohl die Geschäftsführung von *Lippe pro Arbeit*, wie auch die örtliche Polizei wollten sich nicht zu der Bluttat äußern.

Bei der eigentlich zuständigen Stelle, dem *ZDG* in Bielefeld war niemand mehr zu erreichen. Die Tatsache, dass die Verantwortlichen des *ZDG* es nicht einmal für nötig erachteten, an einer anberaumten Pressekonferenz der Detmolder Polizei teilzunehmen, obwohl es sich um einen der brutalsten Morde der letzten Jahre handelte, ließ einmal mehr deutlich werden, dass die eingeleitete Polizeireform längst noch nicht funktioniert. In Detmold wurde sie heute von den dort anwesenden Verantwortlichen hinter vorgehaltener Hand sogar schon als Flop bezeichnet."

Schulte sah rot. In Detmold war ein Mord passiert und Erpentrup hatte wieder mal so getan, als gäbe es die *ZDG* nicht.

Gleichzeitig mit der hoch kochenden Wut krachte der erste Donner des Gewitters ganz in der Nähe.

Schulte hatte den Lärm, laut wie ein Kanonenschlag, kaum wahrgenommen. Seine Gedanken drehten sich um Erpentrup.

Dem haue ich in die Schnauze bis er lacht, brüllte er sich seine Wut aus dem Leibe. Hektisch tippte der Hauptkommissar auf seinem Handy, das in einer Freisprechanlage steckte, herum. In diesem Moment setzte der Hagel ein. Die Eiskörner prasselten auf das Autodach. Sie erzeugten einen solchen Lärm, dass das Radio nicht mehr zu hören war. Schulte riss das Handy aus der Halterung und drückte es gegen sein Ohr. Scheiß was auf Telefonierverbot während des Autofahrens, dachte er und wählte die Nummer seiner Kollegin Dr. Margarete Bülow. Kaum hatte die sich gemeldet, sprudelte schon der ganze Frust aus dem Hauptkommissar heraus. Sie hörte sich alles in aller Ruhe an, dann sagte sie:

„Bleib gelassen, Jupp. Das Ministerium ist mittlerweile sensibilisiert hinsichtlich der unkooperativen Haltung einiger Landräte und einiger Polizeichefs, die sich wie Ortsfürsten aufspielen. So weit es sich bei den Kompetenzüberschreitungen um Verfehlungen handelt, die im Zugriffsbereich des Ministeriums liegen, will der Innenminister eine gerade Furche ziehen.

Ingo Wolf steht im Moment ziemlich unter Druck. Die Gewerkschaften setzen ihm wegen der LPVG-Reform heftig zu. Die Polizeireform läuft dem Minister ständig aus dem Ruder. Dann hat er noch ein paar andere Feuerchen am Brennen. Irgendwann kommt eins zum andern und dann wackelt der Stuhl auf einmal.

Dein alter Chef hat in dem Norderney-Fall letztes Jahr den Minister ziemlich verärgert. Glaub mir, das hat Wolf nicht vergessen. Wenn Erpentrup daraus nichts gelernt hat und so dumm ist, sich wieder zum Spielball der Mächtigen zu machen, muss er das auch ausbaden. Die wirklich Verantwortlichen werden dabei nicht einmal einen Spritzer Wasser abbekommen."

„Okay, Erpentrup ist die eine Sache. Aber dass meine Kollegen mich da so im Regen stehen lassen, das ist eine andere. Ich arbeite seit über zehn Jahren mit ihnen zusammen und sie tun so, als würde es mich nicht geben."

„Sicher, wenn das wirklich so ist, wie du es gerade schilderst, dann musst du mit ihnen reden. Da wäre ich auch enttäuscht. Die Angelegenheit solltest du so schnell wie möglich klären. Dabei kann dir keiner helfen. Den Fehltritt von Erpentrup werden wir morgen zusammen ahnden. An den Tag wird er noch lange denken, darauf kannst du dich verlassen. So, und jetzt reg dich ab. Wenn dein Blutdruck wieder bei Normal angelangt ist, kannst du ja mal bei deinen Kollegen anrufen und nachfragen, was diese Aktion sollte. Wir sehen uns morgen."

Von wegen Blutdruck auf normal bringen, dachte Schulte und begann wieder auf der Tastatur seines Handys zu tippen. Aus der Ferne hörte er eine blecherne Stimme.

„Hier spricht die Polizei. Bitte bringen Sie ihr Fahrzeug an der nächsten sicheren Haltemöglichkeit zum Stehen."

Schulte versuchte den Sender dieser Botschaft zu entdecken. Er sah in den Rückspiegel.

Hinter ihm fuhr ein Streifenmotorrad. Der Fahrer blinkte ihn mit seiner Lichthupe an. Schulte gab dem Kollegen mit einem Handzeichen zu verstehen, dass er ihn wahrgenommen habe. Er steckte sein Handy wieder in die Freisprechanlage und suchte nach einem geeigneten Halteplatz. Kaum hatte er sein Auto zum Stehen gebracht, da stoppte auch der Polizist. Schulte begutachtete das Wetter und beschloss im

Wagen sitzen zu bleiben. Sollte sich sein Kollege bewegen, der war eh schon nass.

Der Polizist stieg ab und kam zur Fahrertür. Schulte ließ das Seitenfenster herunter und sah ihn fragend an.

„Was halten Sie davon, wenn Sie bei diesen Sichtverhältnissen das Licht anmachen? Sie sind doch Volvo-Fahrer. Ich habe gehört, dass diese Personengruppe zu den sicherheitsbewusstesten Autofahrern gehört. Sie scheinen eine Ausnahme zu sein. Bei so einem Sauwetter schalten Sie die Beleuchtungsanlage nicht ein und dann noch während der Fahrt das Handy am Ohr. Sie haben vielleicht Nerven! Ich habe geraume Zeit versucht, auf mich aufmerksam zu machen, aber Sie haben einfach nicht reagiert."

Schulte überlegte: Mache ich dem Kollegen jetzt den Luckey, oder versuche ich es auf die kollegiale Tour?

„Das klingt jetzt wie eine Ausrede, Kollege. Aber ich war so dermaßen im Stress, dass ich Sie nicht bemerkt habe. Und das Handy habe ich nur ans Ohr genommen, weil das Prasseln des Hagels auf meinem Autodach so dermaßen laut war, dass ich einfach nichts verstanden habe."

„Erstens, bin ich nicht Ihr Kollege. Sehe ich etwa aus, wie ein Totengräber!", sagte der im strömenden Regen stehende Polizist in Anspielung auf den Volvo-Leichenwagen, in dem Schulte saß.

„Und zweitens: Wenn der Anruf so wichtig war, dann hätten Sie eben anhalten müssen, bevor Sie ihn führen."

„Erstens bin ich doch Ihr Kollege", sagte Schulte und zeigte ihm seine Dienstmarke. „Und zweitens haben Sie recht! Aber, Sie wissen ja selber wie das ist. Man hält sich einfach oft für unentbehrlich und dann kommt man in eine solche Situation. Es ging um den Mordfall, der heute im Detmolder Arbeitsamt verübt wurde. Ich hatte meine Kollegin am Apparat."

Der junge Streifenpolizist wurde unruhig. Offensichtlich wollte er kein Kollegenschwein sein, aber was, wenn das hier eine Falle war? Er hatte schon öfter davon gehört, dass es Kontrollen gab, die nicht dazu dienten, die Verkehrsteilnehmer zu überprüfen, sondern die Kollegen auf Bestechlichkeit.

„Ich bin mir unsicher, wie ich verfahren soll“, sagte er deshalb. „Sie müssen mich auch verstehen. Ich werde mit meiner Dienststelle besprechen, wie wir mit dem Vorfall umgehen. Wenn der Chef die Angelegenheit durchwinkt, ist die Sache für Sie erledigt.“

„Wer ist denn der Chef, der durchwinkt?“

„Polizeioberrat Erpentrup.“

Schulte wurde blass.

„Was, der? Zeigen Sie mich an, ich bezahle freiwillig! Scheiß was auf den Punkt!“

Mit dieser Reaktion hatte der junge Kollege nicht gerechnet. Er kratzte sich am Kinn.

„Wenn ich es mir so recht überlege: Dass Sie ein Handy in der Hand hatten, konnte ich bei diesen widrigen Wetterbedingungen nicht sicher erkennen. Ich könnte es nicht beschwören. Sind Sie mit einem Bußgeld in Höhe von zwanzig Euro, für das Fahren mit mangelhafter Beleuchtung, einverstanden?“

Schulte grinste: „Keine Frage und wenn wir uns in Detmold über den Weg laufen, organisiere ich einen Kaffee.“

Mittlerweile war ein Teil der Wut, die er auf seine Kollegen hatte, etwas abgeschwächt. Dennoch war er es sich schuldig, das Verhalten der Detmolder anzusprechen. Er griff wieder zum Handy und wählte die Nummer von Maren Köster, die gleich nach dem ersten Klingelton abnahm. Als sie Schultes Stimme hörte, sagte sie etwas enttäuscht:

„Ach Jupp, du bist es.“

Diese, für Schulte abwertende Bemerkung, puschte seine Wut sofort wieder auf das höchste Level.

Maren Köster hingegen hatte auf einen Anruf ihres Freundes Grafenberg gehofft. Sie hatte, seit sie ihn am Morgen vor dem *Arbeitsamt* abgesetzt hatte, nichts mehr von ihm gehört. Zwar telefonierten sie nicht jeden Tag miteinander, aber Grafenberg hätte die Ereignisse in der *Agentur* eigentlich mitbekommen haben müssen. Da wunderte es sie, dass er sie nicht kontaktiert hatte um ihr zu berichten. Schließlich ging es um ihren Job. Ein ungutes Gefühl ergriff von ihr Besitz.

Schultes Wutausbruch und die Angst um Grafenberg erreichten Maren Köster im gleichen Moment.

„Ach, du bist es", nahm sie die Stimme ihres Kollegen bedrohlich war.

„Genau, ich bin es! Ihr habt es ja nicht mehr nötig, euch zu melden. Nicht einmal dann, wenn ihr dienstlich dazu verpflichtet seid. In Detmold wird jemand ermordet, und ich, der ich für die Bearbeitung des Falles verantwortlich bin, erfahre es aus den Nachrichten. Noch dazu gespickt mit einer handfesten Kritik an meiner Abteilung. Dass Erpentrup sich so verhält, habe ich erwartet. Aber ihr? Wir haben über zehn Jahre zusammengearbeitet. Jetzt bin ich mal gerade ein Jahr in Bielefeld und ihr haltet es nicht einmal für nötig, mich in so einem Falle zu informieren. Ich habe euch für meine Freunde gehalten, aber ihr seid echte Kameradenschweine!"

Schulte drückte auf den Aus-Knopf und pfefferte das Handy auf den Beifahrersitz. Dann startete er seinen Volvo.

Kaum war der Wagen angerollt, da bekam er den nächsten Anruf. Er sah auf das Display. Maren Köster versuchte, ihn zu erreichen. Untreue Tomate, dachte Schulte und legte das Handy achtlos zurück auf den Sitz.

Schulte musste mit jemandem reden. Ihm fiel nur seine Tochter ein. Im Moment hatte er das Gefühl, dass sich die Reihen seiner Freunde gewaltig gelichtet hatte.

14

Jupp Schulte kam nur langsam vorwärts. Die Straßen zwischen Helpup und Detmold waren voll mit Feiertagsausflüglern, die alle Zeit der Welt zu haben schienen. Das plötzlich aufgetretene Unwetter hatte ebenfalls Anteil daran, dass sich die restlichen Verkehrsteilnehmer im Schneckentempo fortbewegten.

Er hatte Dienst gehabt, sowieso schlechtgelaunt. Und dann auf dem Weg von Bielefeld nach Hause auch noch dieses unsägliche Telefongespräch mit Maren Köster! Seine Arbeitsstelle in Bielefeld ging ihm nach wie vor auf die Nerven. Er konnte es einfach nicht ertragen, dass sich seine Arbeitskraft in unzähligen Besprechungen, Berichten und den Analysen unendlicher Zahlenkolonnen erschöpfen sollte. Seit langem hatte er nicht mehr das Gefühl gehabt, wirklich etwas zu schaffen. Ein Leben wie im Hamsterrad! Man strampelt sich ab und kommt dennoch keinen Schritt weiter. Wenn so etwas Führungsarbeit war, dann sollten doch andere das machen! Schulte brauchte etwas Handfestes, einen Fall, an dem er sich wie ein Pitbull festbeißen und irgendwann einen Täter in Handschellen abführen konnte. Darin sah er die Hauptaufgabe eines Polizisten. Aber die größte Sorge seiner Führungskraftkollegen war, dass eines Tages die innere Revision einmal einen Vorgang finden könnte, bei dem ein Stempel an der falschen Stelle gesetzt wurde.

Privat gab es auch zunehmend Stress. Seine Mutter, die nach wie vor in Schultes Warburger Elternhaus lebte, war vor einigen Wochen achtzig geworden und gab zunehmend Anlass zur Sorge. Wenn sie auch körperlich noch gut beisammen war, machte sie auf ihn mehr und mehr einen verwirrten Eindruck. Da kamen Pflichten auf ihn zu, die er jahrelang sehr erfolgreich verdrängt hatte.

Er hatte plötzlich die Idee, mit seiner Tochter Lena darüber zu sprechen. Schließlich war es ihre Oma, auch wenn sich die beiden praktisch kaum kannten. Außerdem war sie Lehrerin und Lehrer wissen doch angeblich in allen Lebensbereichen Bescheid. Sie wohnte in der Detmolder Emilienstraße, was für ihn kein großer Umweg war. Lena Wiesenthal war zwar überrascht, freute sich aber dennoch, als Schulte so plötzlich bei ihr auftauchte. Wieder einmal staunte er, wie schnell und unkompliziert sie ein Abendessen auf den Tisch zaubern konnte.

Nachdem sie über Schultes Mutter gesprochen hatten, bemerkte er bei seiner Tochter eine Art von Unruhe, die er nicht von ihr kannte. Schließlich sprach er sie direkt darauf an. Sie druckste etwas herum, machte noch einen Espresso und berichtete dann.

„Ich bekomme seit einigen Tagen so seltsame Anrufe! Nein, nicht was du denkst!“, winkte sie ab. „Kein lüsternes Schnaufen oder so. Es ist eine Männerstimme, immer die gleiche. Die meldet sich nicht mit Namen, sondern redet gleich drauf los.“ Sie machte eine kurze Pause und trank ihren Espresso.

„Und was erzählt der Kerl?“, forderte Schulte, der solche Pausen nicht gut ertragen konnte, ungeduldig mehr Auskunft. „Was will der von dir? Oder ist das nur ein Spinner?“

„Weiß ich nicht so richtig!“ Das Thema war ihr offenbar unangenehm. Sie brauchte eine Weile, um sich zu sammeln, während Schulte nervös mit den Fingern auf dem Tisch trommelte.

„Das läuft so ab, dass ich aufnehme und mich melde. Der Mann wartet aber gar nicht ab, was ich sage, sondern fängt sofort an zu reden. Und er redet immer…“

Wieder zögerte sie. „Er redet eigentlich immer über dich!“

„Über mich?“, Schulte war baff. „Was erzählt er denn über mich?“

„Leider nichts Gutes! Eigentlich erzählt er auch nicht wirklich was, er beschimpft dich nur. Sagt mir, was für ein mieser Typ du seiner Meinung nach bist. In einer sehr deftigen Ausdrucksweise. Aber nichts wirklich Konkretes."

Schulte konnte es kaum fassen. Als Polizist musste man immer damit rechnen, sich bei bestimmten Leuten sehr unbeliebt zu machen. Es hätte ihn auch nicht weiter mitgenommen, wenn er selbst solche Anrufe bekommen würde. Da war er einiges gewohnt. Aber wieso rief so einer seine Tochter an? So was ging ihm dann doch an die Nieren.

„Kannst du seine Nummer auf dem Display erkennen?", fragte er.

„Nein! Da taucht immer nur das Wort *Unbekannt* auf."

Man hörte ihr an, dass sie das ganze Thema am liebsten zur Seite gelegt hätte.

„Und sonst? Was ist mit der Stimme? Bist du sicher, dass es ein Mann ist?"

„Oh ja! Es ist eine mittelmäßig tiefe, aber sehr kräftige Stimme. Ist mit Sicherheit ein Mann. Etwa in deinem Alter, würde ich sagen. Er redet langsam und betont deutlich, wie jemand, der selten spricht und daher unsicher ist."

Schulte staunte über diese Analyse seiner Tochter. Aber vielleicht gehörte es zur Ausbildung einer Lehrerin, solche feinen Nuancen unterscheiden und interpretieren zu können.

„Spricht er Dialekt?"

„Ja, ziemlich stark ostwestfälisch. Allerdings ein bisschen anders als hier in Detmold. Kommt mir zwar bekannt vor, ich kann es aber nicht einordnen."

Schulte ging im Geiste alle Männer durch, denen er in der letzten Zeit auf die Füße getreten hatte und auf die dies zutraf. Es kam kein Name und kein Bild dabei heraus.

Seiner Tochter war noch etwas eingefallen.

„Ja, er wählt auch seine Worte seltsam. Wie soll ich sagen? Irgendwie so gestrig!"

„Hä?" Darunter konnte sich Schulte überhaupt nichts vorstellen.

„Na ja, so als würde er nicht richtig in dieser Zeit leben. Ich stelle mir vor, dass er sehr zurückgezogen lebt. In seinen Tiraden tauchen keine aktuellen Schimpfwörter auf, verstehst du? Selbst die heftigsten Beschimpfungen wirken irgendwie anachronistisch. Als hätte er all diese Worte und Sätze vor langer Zeit einmal aufgenommen und seitdem nichts mehr dazu gelernt."

Und als ihr Vater sie mit offenem Mund anstarrte:

„Ich weiß, das klingt völlig idiotisch! Ist es wahrscheinlich auch. Aber diesen Eindruck hatte ich nun mal!"

Schulte hob besänftigend die Hände.

„Das ist alles andere als idiotisch. Es ist eine sehr feine Beobachtung. Was anderes würde mich auch noch interessieren. Hält er feste Zeiten ein oder meldet er sich mal so und mal anders?"

„Nein! Da ist er absolut zuverlässig. Immer Mittwochabends um Punkt zehn Uhr. Wenn ich nicht da war, hat er aber nicht auf den Anrufbeantworter gesprochen. Ich konnte nur sehen, dass *Unbekannt* angerufen hatte."

Schulte schwieg eine Weile und überlegte.

„Besorg dir morgen eine neue Telefonnummer und lass die nicht eintragen. Vielleicht reicht das ja schon. Wenn er deine Nummer nicht mehr hat, wird er eventuell mich direkt anrufen. Das wäre mir auch wesentlich lieber!"

An ihrem zustimmenden Nicken erkannte er, dass dies auch ihr erheblich lieber wäre.

15

Die Wohnung war leer. Es schien alles an seinem Platz. Nichts störte den Gesamteindruck absoluter Perfektion. So kannte Maren Köster ihren Axel Braunert. Als Betrachterin fand sie diese generalstabsmäßige Ordnung beeindruckend. Leben könnte sie in einem solchen Zuhause nicht. Die permanente Angst, ein von Axel Braunert drapiertes Möbel zu verrücken und dadurch Unruhe in die sensible Ordnung ihres Kollegen zu bringen, würde sie arg unter Druck setzen. Dann lieber das Chaos von Schulte, dachte sie. Doch, war in dessen Chaos nicht die gleiche sensible Ordnung wie bei Axel Braunert? Maren Köster konnte sich an Situationen in Schultes Büro erinnern, da hatte jemand Fremdes eine Stunde an seinem Schreibtisch gearbeitet. Nebenbei bemerkt, formal der unaufgeräumteste Arbeitsplatz der Welt, dann kam Schulte und war fast nicht arbeitsfähig, weil er Dinge nicht wieder fand, die er dringend benötigte. Nicht dass Schulte im Alltag nicht suchen musste. Er verbrachte die Hälfte des Tages damit. Aber er fand die Dinge, die er gerade vermisste. Diese Situation änderte sich sofort, wenn jemand in sein Chaos eingriff. Wie auch immer, anschließend war Schulte nicht mehr arbeitsfähig.

Maren Köster fluchte. Wieso dachte sie über die Ordnungssysteme ihrer Kollegen nach? Sie brauchte jemanden zum Reden. Schulte hatte sie am Telefon angemacht. Nachdem er seine Wut mitgeteilt hatte, hatte er aufgelegt und ging anschließend nicht mehr an den Apparat. Maren Köster fand solch ein Verhalten asozial, obwohl sie es selbst hervorragend beherrschte. Nachdem sie sich eine Zeit lang darüber geärgert hatte und zwischendurch immer wieder die Wahlwiederholungstaste gedrückt hatte, ging sie zu Axel Braunert. Der war nicht da, einfach so, ohne sich abzumelden. An sich war der immer zu Hause. Warum heute also nicht. Scheiße, dachte sie, Grafenberg war nicht zu erreichen,

Schulte wollte anscheinend nicht erreicht werden und Axel Braunert war ausgeflogen.

Sie ging zurück in ihre Wohnung, nahm sich den Zweitschlüssel von Grafenbergs Häuschen – oder sollte sie lieber sagen von seiner verschlossenen Baustelle? – und machte sich auf den Weg zu ihm. Er wohnte nur ein paar Straßen weiter. Doch als sie die Küche betrat, war diese in dem gleichen Zustand, wie sie sie heute Morgen gemeinsam mit ihrem Freund verlassen hatte. Selbst die Kaffeetassen standen noch auf dem Tisch. Maren Köster griff zu ihrem Handy. Sie wählte zum hundertsten Mal Grafenbergs Nummer. Wenige Sekunden später hörte sie aus einer Schublade des Küchenschrankes den Song Born to be wild von Steppenwolf.

„Der Kerl hat sein Handy vergessen!“ fluchte sie. Was wollte er nach dem Besuch beim Arbeitsamt machen, überlegte Maren Köster. Richtig, Rodehutskors und seine Mutter besuchen. Die Telefonnummern dieser beiden Personen hatte sie beide nicht gespeichert. Aber die von dem alten Journalisten hatte sie zu Hause in ihrem privaten Telefonbuch. Also wieder zurück zu ihrer Wohnung. Das Büchlein lag neben dem Anrufbeantworter. An ihm blinkte ein Lämpchen, das anzeigte, dass entgangene Anrufe aufgezeichnet worden waren. Maren Köster drückte den Knopf zum Abhören. Nach dem einleitenden Test meldete sich das Klinikum Lippe Detmold:

„Guten Tag Frau Köster, hier spricht Frau Rosenberg von der Telefonzentrale des Klinikums Lippe Detmold. Ich möchte Ihnen mitteilen, dass Herr Michael Grafenberg nach einem Unfall bei uns medizinisch versorgt wird. Er bat uns, Ihnen dies mitzuteilen. Sie erreichen ihn unter der Telefonnummer …“

Maren Köster griff nach einem Stift und schrieb die genannten Zahlen mit, die sie anschließend hastig in die Tastatur des Telefons hämmerte.

16

Das Gewitter hatte die Luft abgekühlt. Als Schulte auf die Emilienstraße trat, fühlte er sich alt. Die angenehme Frische der Nacht nahm er nicht wahr. Der Abend bei seiner Tochter hatte nicht die erwartete Zerstreuung gebracht. Schulte fühlte sich noch elender als vor dem Besuch. Ihm war klar geworden, dass er nur aus Verlegenheit zu ihr gefahren war. Plötzlich bemerkte er, wie einsam er war. Gleichzeitig hatte er den Eindruck, dass jeder auf dieser Welt etwas von ihm wollte. Er fühlte sich ausgelaugt und alt. Wo war seine Lebensfreude geblieben. Er hatte immer von sich behauptet, er passe in keine Schublade. Er hatte sich als Solitärgewächs verstanden, als Anarchist, der in jeder Lebenslage alleine klar kam. Und jetzt machte er sich Sorgen um seine Tochter, um die er sich über fünfundzwanzig Jahre nicht gekümmert hatte. Machte sich Sorgen um seine Mutter, die fünfzig Jahre versucht hatte ihm zu sagen, wo es lang ging. Nun stand er allein und einsam auf der Emilienstraße, vor der Wohnung seiner Tochter. Ihn fröstelte.

Wenn er jetzt nach Hause fahren würde, käme er in eine unaufgeräumte Wohnung, in der nicht einmal sein Hund auf ihn wartete. Den hatte Fritzmeier mit Sicherheit mit zu sich genommen, weil er, Schulte, mal wieder zu spät nach Hause kam.

Das arme Tier, würde Fritzmeier vor sich hin gebrabbelt haben, als er den Hund zu sich geholt hatte. Insgeheim froh darüber, dass er den Abend nicht alleine verbringen musste.

„Hunde gehören auf den Hof“, hatte der alte Bauer Schulte immer wieder gesagt, als der damals den halbtoten Köter bei sich aufgenommen hatte. Heute Nacht würde Monster, so hieß der Hund, die Nacht wieder auf dem Teppich vor Fritzmeiers Bett verbringen. So änderten sich die Zeiten.

Und Schulte selbst würde einsam in seiner Chaoswohnung einschlafen, oder es zumindest versuchen. Wahrscheinlich würde er sich bedauern. Er würde sich in seinem Bett von links nach rechts wälzen und morgen schlecht gelaunt und völlig gerädert zum Dienst fahren.

Über ein Beziehungsleben brauchte Schulte sich sowieso keine Gedanken zu machen. Maren Köster hatte sich mit absoluter Sicherheit in diesen Hungerleider Grafenberg verliebt. Das merkte ein Blinder mit Krücken. Da brauchte Schulte in nächster Zeit gar nicht zu rackern. Anna Welke, der er vor Jahren mal näher gekommen war, mochte ihn und er sie. Beziehung konnte man das, was die beiden lebten, jedoch nicht nennen. Außerdem verbrachte die Archäologin, dreihundertdreißig der dreihundertfünfundsechzig Tage des Jahres in irgendwelchen Ländern der Erde, jedoch nicht in Deutschland. Zurzeit hatte sie einen Forschungsauftrag in den Vereinigten Staaten von Amerika. Schulte hatte den Ort vergessen.

Dann war da Gunda Luitjens, eine Kommissarin, die er letztes Jahr auf Norderney kennen gelernt hatte. Scharfe Frau, dachte er, vielleicht sollte ich einmal ein Wochenende in Ostfriesland verbringen. Doch wahrscheinlich würde sich Gunda eine Woche vor seinem Besuch in irgend einen friesischen Häuptlingssohn verlieben und Schulte wäre mal wieder das fünfte Rad am Wagen. Alles Scheiße, schimpfte Schulte vor sich hin. Als er nach dem Fluch den Kopf hob, stand er vor dem *Kaiserkeller*. Die Kneipe hatte noch auf. Es lebe König Alkohol, sagte sich Schulte und betrat entschlossen das Lokal. Im Hintergrund lief ein Stück von *Cream*. An den genauen Titel konnte er sich nicht erinnern. Schulte bestellte ein großes Bier, leerte es mit hastigen Schlucken und orderte ein weiteres.

17

Wie schnell der Trott des Alltags gestört werden konnte, hatten die jüngsten Ereignisse gezeigt. Maren Köster hatte den Eindruck, die ganze Nacht nicht geschlafen zu haben. Immer wieder war sie wach geworden und hatte über den Mord, der im Arbeitsamt Detmold verübt worden war, nachgedacht.

Gestern Abend, nachdem sie ihren Anrufbeantworter abgehört und sie von Grafenbergs Krankenhausaufenthalt erfahren hatte, hatte sie dort angerufen, um ihn zu sprechen. Dies war jedoch nicht möglich gewesen, da Grafenberg kein Telefon am Bett hatte und die Nachtwache ihr davon abriet, ihn heute noch zu erreichen.

Die Ungewissheit hatte ihrer Nachtruhe empfindlich zugesetzt. Sie hatte sich Sorgen um ihren Bekannten gemacht. War er eigentlich ihr Bekannter, war er ihr Freund oder ihr Geliebter? Oder alles zusammen?

Anschließend grübelte sie darüber, welche Rolle Grafenberg in ihrem Leben spielte. Sie hatten sich vor einem Jahr kennen gelernt, mochten sich, gingen miteinander ins Bett und unternahmen ab und zu gemeinsam etwas. Aber beide lebten ihr eigenes Leben. Sie wussten wenig voneinander und waren absolut unterschiedliche Charaktere. Sie hatte ein ausgeprägtes Sicherheitsbedürfnis, war sehr schnell aufbrausend und dann verletzend. Grafenberg lebte von der Hand in den Mund und in den Tag hinein. Etwas Brot und Käse reichten ihm zum Überleben. Er war jedoch kein Kostverächter, wenn ihm etwas angeboten wurde. In gewisser Weise war er ein Schmarotzer. Aus der Ruhe bringen konnte ihn so schnell nichts. Aber er hatte ein ausgeprägtes Harmoniebedürfnis.

Wenn Maren Köster sich gerade auf der Palme befand und ihn anging, war es schon vorgekommen, dass er einfach gegangen war. Danach zog er sich dann erst einmal zurück. Das führte dazu, dass Maren Köster meist noch wütender wurde.

Sie erwartete dann, dass er mit ihr redete, doch Grafenberg benötigte jedesmal viel Zeit, bevor er wieder auf sie zuging.

Jetzt, wo er im Krankenhaus lag und Maren Köster nichts von ihm wusste, wurde ihr deutlich, wie wichtig er ihr war. Gleich heute Morgen würde sie ihn besuchen. Doch jetzt musste sie erst in die Polizeibehörde. Erpentrup hatte gestern noch eine Dienstbesprechung auf neun Uhr angesetzt. Doch vorher wollte sie noch mit den Kollegen den gestrigen Anruf von Schulte zur Sprache bringen. Der schien ja echt sauer zu sein. Sie parkte ihren Wagen und öffnete kurze Zeit später Lohmanns Büro. Er und Braunert hatten eine Tasse Kaffee vor sich stehen und studierten Zeitungen. Der Arbeitsamtsmord war nicht nur in der Heimatzeitung Thema Nummer eins. Auch andere, überregionale Zeitungen berichteten über die Bluttat. Als Maren die Bürotür hinter sich geschlossen hatte, sah Lohmann auf und sagte:

„In der Presse bekommt die Detmolder Polizei schlechte Kritiken."

Maren Köster zuckte mit den Schultern. Ihr war das egal. Am Ende würde abgerechnet.

Im hinteren Teil des Büros drückte sich Hartel herum. Sie wandte sich an ihn.

„Na, Kleiner, mal wieder für den Chef Spitzeldienste leisten? Sieh zu, dass du raus kommst. Ich habe was mit meinen Kollegen zu besprechen. Also!"

Sie öffnete ihm die Tür und machte eine auffordernde Handbewegung.

Hartel wollte etwas sagen.

„Raus!", fiel ihm Maren jedoch mit absoluter Entschlossenheit in die Parade.

Die beiden Männer sahen Maren mit einem Gesichtsausdruck an, der ihr vermittelte: Übertreibst du jetzt nicht ein bisschen?

Hartel trollte sich. Das wird mir die alte Ziege büßen, schwor er sich.

Als er das Zimmer verlassen hatte, berichtete Maren Köster, dass der Verletzte im Krankenhaus ihr Freund sei. Gleich heute Morgen würde sie ihn besuchen und ihn gleichzeitig über den Tathergang befragen. Hätte Hartel sich gestern an die Anweisungen gehalten, dann wären sie schon um einiges weiter.

„Der torpediert unsere Arbeit doch wo es geht. Gestern hatte er Lohmanns Telefon auf sein Handy umgeleitet und uns Informationen vorenthalten. Und über eines müsst ihr euch im Klaren sein. Alles was unser Kollege Hartel erfährt, ist schneller bei Erpentrup, als ihr gucken könnt."

Im Anschluss berichtete Maren Köster über das Telefongespräch mit Schulte. Sie beendete ihre Schilderung mit den Worten:

„Ich sage euch, der war vielleicht wütend, so habe ich den noch nie erlebt."

Lohmann kratzte sich am Kopf.

„Ich kann ihn ja verstehen. Erpentrup behandelt ihn wie den letzten Dreck. Aber Jupp soll nicht Äpfel mit Birnen verwechseln. Ich rufe ihn nachher mal an und lade ihn zu einem Bier ein. Den kriege ich schon wieder eingefangen."

Lohmann sah auf die Uhr.

„Der Chef ruft. Auf zur Besprechung!"

Im Gänsemarsch wanderte die Truppe Richtung Erpentrups Büro. Dort fanden sie einen ziemlich niedergeschlagenen Polizeioberrat vor. Er eröffnete ihnen, dass er heute Morgen einen Anruf aus Düsseldorf bekommen habe. Abgesehen davon, dass die Detmolder Polizei von der gesamten Presse zerrissen wurde, war man in der Landeshauptstadt ziemlich verärgert über Erpentrups Vorgehen. Er hatte die Anweisung bekommen, in dem Arbeitsamtmord nichts mehr zu unternehmen. Die Leitung gehe sofort an das ZDG Bielefeld.

Erpentrup hatte noch weitere Unfreundlichkeiten gesagt bekommen, bis hin zu der Androhung einer disziplinarischen

Maßnahme. Aber das alles erzählte er seinen Leuten natürlich nicht.

„Es ist sicherlich allen klar, wem wir diese Entwicklung zu verdanken haben."

„Dem Minister?", fragte Maren Köster mit der unschuldigsten Miene, die sie aufsetzen konnte.

Für diese Bemerkung erntete sie von Erpentrup einen bitterbösen Blick, den sie mit großer Genugtuung entgegen nahm.

„Ich schlage vor, Kommissar Lohmann setzt sich mit den Bielefeldern in Verbindung und vereinbart einen Besprechungstermin. Ich werde natürlich an allen Besprechungen teilnehmen. Also bitte, Lohmann, halten Sie mich auf dem Laufenden.

Bis die Bielefelder das Ruder übernommen haben, erledigen Sie die Routinearbeiten und bereiten die Übergabe an die Kollegen vom ZDG vor. Ich habe nichts weiter zu besprechen. Sie können gehen. Ach ja, Hartel, mit Ihnen muss ich gleich noch etwas abklären. Seien Sie bitte so nett und bleiben noch eine Minute."

Die Polizisten verließen Erpentrups Büro und jeder dachte sich seinen Teil. Dieses kleine Ereignis würde noch für reichlich Gesprächsstoff sorgen.

Wieder im Büro angekommen, meldete sich Maren Köster ab, um ins Krankenhaus zu fahren.

18

Was war das für ein Geräusch. Schulte schlug die Augen auf. Die Sonnenstrahlen brannten sich in seine Netzhaut und sein Kopf dröhnte.

Augenblicklich wurde ihm bewusst, dass er gestern im Kaiserkeller abgestürzt war. Sein Handy vibrierte. Er griff nach dem Gerät. Als er das Gespräch annahm, meldete sich ein gutgelaunter Rodehutskors.

„Morgen Herr Kommissar, wo erwische ich Sie denn?"

„Im Bett, ich habe eine handfeste Sommergrippe", log Schulte und wunderte sich über seine Schlagfertigkeit.

„Das hört man, Sie sind ja total heiser. Mit so einer Krankheit ist nicht zu spaßen. Besonders nicht in Ihrem Alter. Wenn Sie wieder auf den Beinen sind, sollten wir uns unbedingt mal treffen. Melden Sie sich bitte, wenn sie wieder gesund sind. Na dann, erst mal gute Besserung."

Noch bevor Schulte etwas sagen konnte hatte der alte Journalist das Telefongespräch schon beendet.

Na, der hat ja ne Power, dachte Schulte. Dann sah er auf die Uhr. Es war kurz vor halb zehn. Er hatte total verschlafen. Doch bevor er sich bei seiner Dienststelle meldete, würde er sich erst einmal einen ordentlichen Cocktail mit verschiedensten Schmerzmitteln gönnen. Sein Schädel fühlte sich an, als sei er gegen einen Zug gelaufen.

Zehn Minuten später saß Schulte an seinem Küchentisch. Den Kopf hatte er mit seinen Händen abgestützt. Seine Haare standen wirr vom Kopf ab und auf seiner Zunge war ein pelziger Belag. Vor ihm stand eine Tasse mit dampfendem Kaffee. Doch der Kommissar traute sich nicht, den ersten Schluck zu trinken. Sein Magen rumorte. Die Wahrscheinlichkeit, dass Schulte das Gebräu bei sich behalten würde, war eher gering. Er stöhnte. Dann tat er das Unvermeidliche. Er nahm den ersten Schluck. Das warme Getränk rann über seinen Knorpel und landete zu guter Letzt in seinem

Magen. Dieser akzeptierte die Kaffeezufuhr. Schulte stöhnte erleichtert.

So, jetzt in Bielefeld anrufen. Nach dem zweiten Klingeln meldete sich seine Kollegin Margarete Bülow.

„Jupp, was ist mit dir, wo bleibst du?“

Schulte beichtete ihr den gestrigen Abend. Sie hörte geduldig zu.

„Na, jedenfalls bin ich jetzt totkrank und den Frust habe ich immer noch“, endete er seine Schilderung.

„Kenne ich gut“, sagte die Frau zu Schultes totaler Verwunderung. Sie kam ihm immer so vor, als wenn sie ihr Leben trotz ihrer Behinderung, total im Griff hatte.

„Ich habe heute Morgen mit Düsseldorf telefoniert. Erpentrup ist den Fall los und hat noch dazu einen richtigen Einlauf bekommen. In Detmold ist das Donnerwetter schon angekommen. Lohmann hat mich bereits angerufen und ich habe mit ihm für heute Nachmittag um sechzehn Uhr eine Dienstbesprechung vereinbart. Erpentrup war wohl zu feige und hat ihn vorgeschickt.

Ich schlage vor, du ruhst dich aus und holst mich dann um fünfzehn Uhr vom Bahnhof ab. Dann können wir alles Weitere besprechen.“

„Was, ich soll mich mit diesen Verrätern an einen Tisch setzten? Womöglich noch mit Erpentrup. Dem gehe ich an die Gurgel.“

„Na ja, Jupp, um die Zusammenarbeit mit den Detmoldern kommst du nicht herum, da musst du durch. Also, um fünfzehn Uhr am Bahnhof.“

„Okay“, sagte Schulte kleinlaut. Seine Kollegin hatte mal wieder Recht. Wenigstens hatte er jetzt noch ein paar Stunden Zeit sich von dem gestrigen Frustbesäufnis zu erholen.

19

Wenn man Ziele hat, ist das Leben wunderbar, dachte Hermann Rodehutskors, als er gut gelaunt die Halle des Klinikums Detmold durchschritt. Am liebsten hätte er sich eine Zigarre angesteckt, doch das war in den heiligen Hallen hier nicht möglich.

Mal sehen, wie es seinem Kollegen und Zögling Grafenberg so ging. Rodehutskors mochte den Jungen, auch wenn der nach dem Motto durchs Leben ging: Arbeit geh weg, oder ich renne dich um. So war es jedenfalls bislang gewesen. Jetzt hatte Grafenberg ein kleines Haus in Lemgo geerbt. Wenn er dort wohnen wollte, brauchte er Geld, um es weiter zu renovieren. Dann hatte er ein Krösken mit Maren Köster, der Kommissarin angefangen. Auch diese amouröse Verbindung schien Einfluss auf Grafenbergs Arbeitsbereitschaft zu haben. Auf Dauer würde die kleine Köster ihre Eroberung auch nicht alimentieren. Wenn er da nicht auch einen Teil an Barem in die Beziehung einbrächte, würde sie ihn über kurz oder lang wieder vor die Tür setzen. Blöd war die Kommissarin nicht, da war sich Rodehutskors sicher.

So in Gedanken, betrat der alte Journalist das Krankenzimmer von Grafenberg. An dessen Bett saß Maren Köster.

Wenn man an den Teufel denkt, dachte Rodehutskors und begrüßte sie.

„Na, Frau Kommissarin, machen Sie einen Krankenbesuch?“, begann Rodehutskors das Gespräch scheinbar unbeteiligt.

„Krankenbesuch war schon. Jetzt bin ich bei der Zeugenvernehmung.“

„Oh!“, sagte Rodehutskors, „soll ich raus gehen?“

„Ist nicht nötig,“ sagte Maren Köster. „Sie haben ihre Journalistentätigkeit ja zu Gunsten der Hermannsschlachtforschung aufgegeben. Außerdem würde Michael Ihnen sowieso erzählen, was Sie wissen wollen.“

Im Laufe des Gespräches stellte sich heraus, dass die Polizei keinerlei Motiv des Täters kannte. Dass es sich um einen verzweifelten *Hartz-IV*-Empfänger handelte, war eher die Vermutung der Zeitungen als nachweisbare Realität. Und an dieser Presseeinschätzung war Rodehutskors nicht ganz unschuldig. Ein Amok laufender *Hartz-IV*-Empfänger ließ sich gut verkaufen. Der Journalist hatte es in seiner Meldung so nicht verbreitet, aber er wusste, was er seinen Kollegen servieren musste, damit sie anbissen.

Grafenberg war anscheinend der einzige Zeuge, der überhaupt ein paar Anhaltspunkte über das Aussehen des Täters geben konnte. Der Mann war so unscheinbar, dass die anderen Besucher, die gestern über eine Stunde gemeinsam mit dem Täter darauf gewartet hatten, sich überhaupt nicht an das Aussehen des Todesschützen erinnern konnten. Jede der gestern anwesenden Personen hatte eine andere Beschreibung abgegeben, die alle so vage waren, dass sie für die Ermittlungen keine Bedeutung hatten.

Maren Köster wollte, dass Grafenberg sobald wie möglich in die Kreispolizeibehörde käme, um ein Phantombild zu erstellen.

Nachdem die Formalitäten abgearbeitet waren, kamen die drei ins Plaudern. Jetzt wird die Sache interessant, dachte Rodehutskors. Er fragte unverblümt, warum denn Schulte nicht an dem Fall mitarbeiten würde. Und Maren Köster schwatzte munter drauf los, dass Schulte nichts von Erpentrup erfahren habe, sondern alles, was er bisher wusste, aus der Zeitung.

„Der war vielleicht sauer! Aber Erpentrup hat heute Morgen erst einmal einen Einlauf aus Düsseldorf bekommen. Allein, wenn nur das, was Erpentrup heute Morgen erzählt hatte, stimmte, dann war er vom Ministerium so an der Hecke lang gezogen worden, wie schon lange nicht mehr. Und ich bin mir sicher, der Chef hat uns nur das Nötigste erzählt. Sie müssen sich vorstellen, Herr Rodehutskors, der hat keine

Entscheidungskompetenz mehr in dem Krankenhausmord. Das liegt jetzt alles bei Schulte. Ich sage Ihnen, das wird Erpentrup schwer abgehen."

Gute Informationen, dachte Rodehutskors. Gleich wenn die kleine Köster weg ist, rufen wir noch kurz bei Erpentrup an und dann geht die Meldung über den Ticker. Das bringt wieder ne schöne Stange Geld. Wenn das so weiter geht, werden Grafenberg und ich in diesem Monat mit unserer Agentur mehr verdienen, als ich früher als Journalist im Monat nach Hause gebracht habe.

Rodehutskors war sehr zufrieden und Maren Köster gegenüber hatte er keinesfalls ein schlechtes Gewissen.

Kurze Zeit später verabschiedete sich Maren Köster, und die beiden Männer waren unter sich. Jetzt sprach Rodehutskors die Agentur an. Was meinst du, Michael, bist du bei dem Pressebüro noch dabei, oder hast du es dir über Nacht noch einmal anders überlegt?

„Je mehr ich darüber nachdenke, umso besser gefällt mir der Gedanke. Man hat ein gewisses Maß an Freiheit und vielleicht kommt ab und zu auch ein bisschen Geld rein. Apropos Geld, das einzige was ich nicht habe, ist eben der verfluchte Mammon. Ich bin kaum dazu in der Lage, die nötigsten Rechnungen zu zahlen. Mitarbeiten kann ich, aber Geld kann ich nicht in unsere kleine Firma einbringen."

„Du hast doch ein Zimmer frei in deinem Häuschen in Lemgo. Das nehmen wir als Büro", sagte Rodehutskors. Dafür bekommst du von der Firma Miete. Das Geld kannst du dann gleich wieder in die Firma investieren.

Bei mir zu Hause können wir das nicht machen. Wenn meine Else spitz kriegt, dass ich noch einmal journalistisch arbeite, bin ich ein toter Mann. Ich habe gestern den Fehler gemacht und unsere private Telefonnummer auf den ersten Pressemeldungen angegeben. Da hatte meine Frau gleich meinen alten Chef an der Strippe. Ich konnte gerade noch dazwischen gehen. Wir nehmen ab sofort deine Adresse.

Büroeinrichtung steht noch bei uns auf dem Speicher. Ich hab mal einiges bei der Heimatzeitung gekauft, was die ausrangieren wollten, das stellen wir in das Zimmer. Meiner Frau sage ich, ich würde den Dachboden entrümpeln. Da mache ich bei ihr gleich noch ein paar Punkte."

Grafenberg wollte das gerade fertig gestellte Zimmer eigentlich zu seinem Schlafzimmer machen. Okay, dachte er, ist auch egal, wo mein Bett steht. Wenn Rodehutskors recht hatte und man mit so einer Presseagentur wirklich Geld verdienen konnte, warum nicht. Wenn der alte Journalist ihn an die Hand nahm, würde er im hohen Alter doch noch etwas lernen, von dem er sich ernähren konnte. Sich als *Leo der letzte Lipper* auf irgendwelchen Geburtstagen zum Affen zu machen, war auch nicht gerade erstrebenswert. Aber von irgendetwas musste man ja leben.

„In Ordnung", sagte Grafenberg, „ich stelle das Zimmer zur Verfügung."

„Gut, dann werd gesund, ich sorge für den Umzug. Ach, übrigens wir haben den ersten Auftrag."

Rodehutskors zeigte Grafenberg den Vertrag der Hamburger Wochenzeitung und Grafenberg bekam den Mund nicht mehr zu.

„Jetzt noch eine andere Geschichte. Ruf doch mal bei der Detmolder Polizeibehörde an und frag Erpentrup, ob das Gerücht richtig ist, dass ihm der Arbeitsamtsfall entzogen wurde."

Grafenberg verstand gar nichts.

Doch Rodehutskors erklärte es ihm in aller Gemütsruhe. Als Grafenberg begriffen hatte, nahm er sich Rodehutskors' Handy, drückte ein paar Tasten, wählte eine eingespeicherte Nummer. Rein zufällig hatte Rodehutskors die Durchwahl Erpentrups im Speicher.

Erpentrup war erst verwundert, dann verärgert, als irgend so ein Pressefritze ihn direkt anrief, ganz ohne Ankündigung.

„In dem Arbeitsamtsmord gibt es nicht Neues“, blaffte er ins Telefon.

„Da habe ich aber etwas anderes gehört“, erklärte Grafenberg in aller Seelenruhe.

Als wenn er nie etwas anderes gemacht hätte, dachte Rodehutskors. Super der Junge.

„Es gibt Gerüchte, dass Sie eklatante Fehler gemacht hätten. Darum hat man Ihnen den Fall entzogen und ihn an das Bielefelder ZDG weitergegeben. Man hält den Schulte in Düsseldorf für weitaus fähiger als Sie.“

Jetzt wurde Erpentrup richtig wütend und redete sich um Kopf und Kragen. Alles sei mit dem Landrat abgesprochen, und wer zuletzt lacht, lacht am besten. Das Handy von Rodehutskors zeichnete das Telefongespräch wortwörtlich auf, das hatte Grafenberg eben mit dem Drücken einer Tastenkombination vor dem Wählen erreicht.

Mit dieser Technik können die jungen Leute umgehen, dachte der alte Journalist, als Grafenberg ihm die Ausfälle von Erpentrup noch einmal vorspielte. Rodehutskors liebte seine IBM-Kugelkopf-Schreibmaschine jedoch über alles.

20

Der Busbahnhof war mit Sicherheit einer der Orte in Detmold, an denen sich Schulte relativ selten aufhielt. Heute Nachmittag war er zum ersten Mal in seinem Leben vom Heidental mit dem Bus zum Bahnhof gefahren. Er hatte letzte Nacht sein Auto in der Gerichtsstraße stehen lassen und war mit einem Anrufsammeltaxi nach Hause gefahren.

Schulte hatte nach dem dritten Bier jemanden getroffen, der ähnlich wie er, die Absicht hatte, zuviel Bier zu trinken. Als der Wirt im *Kaiserkeller* dann irgendwann wirklich nichts mehr rausrücken wollte, hatte sein neuer Kumpel Rainer gesagt: „Gib uns noch ein Bier und ruf ein AST!"

„Wohin musst du?", fragte er Schulte.

„Heidental", hatte dieser gelallt.

„Eins nach Heidental und eins zur Kussel".

Schulte hatte gefragt, was ein AST sei. Rainer drückte ihm einen Fahrschein in die Hand und erklärte es ihm. Dann sagte er:

„Super Sache! In einer halben Stunde müssen wir am Bahnhof an der Bushaltestelle stehen. Dann musst du noch einmal zwei Euro fünfzig bezahlen und schon wirst du nach Hause gefahren."

Schulte konnte es nicht glauben, aber genauso kam es. Er wurde sicher und günstig zu seiner Bleibe gefahren.

Als der Kommissar an diesem Nachmittag aus dem Bus stieg, überlegte er sich, erst gemütlich zum Bahnhof zu gehen und dann später sein Auto abzuholen. Wenn er ein Knöllchen bekommen hatte, wäre das jetzt auch nicht mehr zu ändern. Er erreichte gleichzeitig mit der Regionalbahn, in der Margarete Bülow saß, den Bahnsteig. Seine Kollegin stieg aus, geführt von ihrem Hund Kalle, und stand etwas hilflos neben den Gleisen. Schulte hatte sie sofort bemerkt und rief ihren Namen. Als sie seine Stimme hörte, wurde sie sicherer. Schulte ging zu ihr hin und nahm sie bei der

Hand. Sie tastete nach seinem Arm und hakte sich bei ihm ein. Mittlerweile hatte Schulte Routine im Umgang mit seiner blinden Kollegin.

„Na, Jupp, wieder auf den Beinen?“, fragte sie. „Lass uns irgendwo einen Kaffee trinken und besprechen, wie wir gleich in der Kreispolizeibehörde vorgehen werden. Hast du dir schon was überlegt?“

Schulte nickte. Margarete Bülow spürte die Bewegung seines Kopfes an Schultes Arm. Er schlug ihr vor, dass er sich im Hintergrund hielt, da seine Wut schnell mit ihm durchgehen könnte. Diese Schwäche wollte er sich den Kollegen und Erpentrup gegenüber nicht erlauben.

Margarete Bülow war einverstanden. Jetzt berichtete sie, was sie aus Düsseldorf erfahren hatte. Schulte sollte die Ermittlungen leiten. Schulte wollte nicht.

„Mach du das, Margarete. Ich bin nicht der Typ dazu. Ich brauche den Einsatz, die Ermittlung, das Gespräch mit den Beteiligten. Ich will auch endlich diesen Leitungsjob loswerden. Ich kann das nicht und will das nicht. Wenn da nicht bald etwas passiert, klaue ich irgendwann goldene Löffel. Ich habe privat schon genug am Hacken, da muss ich mich nicht auch noch mit einem Job belasten, für den ich nicht gebaut bin. Mach du das, Margarete, bitte, du bist Juristin. Du hast viele Jahre lang Abteilungen geführt. Du kennst dich auf dem Düsseldorfer Parkett aus. Ich bin jemand für die zweite Reihe.“

„Ich bin ja bereit, mit dir über Lösungen nachzudenken, aber lass uns das nicht über’s Knie brechen. Ich habe da so meine Vorstellungen. Lass uns das langsam angehen. Wir bleiben da jetzt am Ball. Außerdem finde ich, hat es Geschmäckle, dass Erpentrup, der dich weggelobt hat, jetzt plötzlich abgemeldet ist. Ich sage dir, das wird ihm wehtun. Daher schlage ich auch vor, wir halten die Kleiderordnung ein. Du eröffnest erst einmal die Sitzung und übergibst dann an mich.“

Im *Café Heidsiek* tranken sie etwas und aßen ein Stück Kuchen. Dann fuhren sie zur Kreispolizeibehörde.

Als Dr. Margarete Bülow und Schulte das Besprechungszimmer betraten, herrschte aus unterschiedlichen Gründen eine abgekühlte Atmosphäre. Schulte bedachte die Detmolder Kollegen, ganz gegen seine sonstige Art, mit keinerlei Freundlichkeit.

Erpentrup war ebenfalls anwesend. Provokant hatte er den Vorsitz übernommen. Schulte und Bülow setzten sich auf die ihnen zugedachten Stühle.

Nachdem alle Anwesenden ihren Platz eingenommen hatten, ergriff Erpentrup das Wort, begrüßte die Bielefelder Kollegen und endete mit den Worten:

„Dann wollen wir mal zum Thema kommen. Herr Hartel, seien Sie bitte so freundlich und geben Sie einen Sachstandsbericht".

Alle Anwesenden sahen sich an. Hartel räusperte sich und ging zu einem Laptop, den er aufgebaut hatte. Da meldete sich Schulte. So wollte er sich nicht abfertigen lassen.

„Vielen Dank für die nette Begrüßung, Kollege Erpentrup. Wir brauchen Sie dann nicht mehr. Ich bitte Sie zu gehen. Mit dem Sachstandsbericht warten wir auch erst einmal. Da mir ja vom Minister die Leitung dieses Falles übertragen wurde, würde ich ganz gerne auch nach meinen Vorstellungen arbeiten, die ich den hier kurz erläutern möchte. Da noch einige andere wichtige Aufgaben zur Erledigung anstehen, um die ich mich kümmern muss, wird meine Kollegin und Stellvertreterin Frau Dr. Bülow diese Sonderkommission leiten. Ich denke, ich brauche sie nicht vorzustellen. Alle hier Anwesenden sind ihr weisungsgebunden. Frau Dr. Bülow, sie haben das Wort."

Erpentrup saß wie angekettet auf seinem Stuhl. Schulte würde ihn nicht aus seinem Besprechungszimmer rausschmeißen, der nicht. Alle sahen den Polizeioberrat an. Er bekam einen hochroten Kopf, bewegte sich aber keinen Millimeter.

Nach einer Schweigeminute übernahm Frau Bülow ihre Rolle.

„Herr Erpentrup, um es ganz deutlich zu sagen! Wir haben von dem Arbeitsamtsmord gestern aus dem Radio erfahren. Seitdem es das ZDG gibt, existieren ganz klare Aufgabenzuweisungen für die einzelnen Dienststellen und Dezernate, die die Zusammenarbeit regeln. Diese haben Sie gestern zum wiederholten Male missachtet. Wir haben die Befürchtung, dass es zu viel Reibungsverluste geben würde, wenn Sie weiterhin Ihre Machtspielchen betreiben würden. Ich habe dieses Problem mit dem Minister besprochen und habe das ausdrückliche Okay bekommen, Sie aus diesem Fall in allen Fragen herauszuhalten. Das werde ich tun. Ich erwarte daher auch von den hier Anwesenden, dass die besprochenen Interna nicht an Sie weitergegeben werden. Sollte jemand gegen diese Anweisung verstoßen, hat er mit disziplinarischen Maßnahmen zu rechnen. Also Kollege Erpentrup, lassen Sie uns jetzt unsere Arbeit machen und verlassen sie den Konferenzraum."

So war Erpentrup noch nie gedemütigt worden, vor allen Kollegen, die ihm unterstellt waren. Mit hochrotem Kopf und vor Wut schäumend stemmte er sich aus seinem Stuhl hoch, raffte seine Unterlagen zusammen und stürmte zur Tür, die er in der nächsten Sekunde mit aller Kraft hinter sich zuknallte. Im Besprechungszimmer herrschte absolute Ruhe. Man hätte eine Stecknadel fallen hören. Frau Dr. Bülow wandte sich nun an die Anwesenden.

„Bevor wir in den Fall einsteigen, noch eine Anmerkung zu dem gerade Erlebten. Dies Ereignis bleibt in diesen vier Räumen. Sollte irgendjemand aus diesem Raum auch nur ein Wort darüber verlieren, ist er ebenso aus dem Fall raus wie Erpentrup. Ist das klar?"

Niemand sagte etwas.

„Gut, dann kommen wir zu unserer eigentlichen Aufgabe. Der Vortrag, den Sie uns halten wollten, Kommissar Hartel, dient er dazu, uns zu vertrösten, uns hinzuhalten oder ist er für uns von wirklicher Relevanz?“

Hartel fühlte sich sichtlich unwohl in seiner Haut.

„Na ja, ich verfüge nicht über alle Informationen.“

Er sah zu Maren Köster.

„Aber der Polizeioberrat hat mich beauftragt, diesen Vortrag nach seinen Vorgaben auszuarbeiten. Ich gehe also davon aus, dass er mir alle wesentlichen Infos gegeben hat.“

„Okay, Herr Kommissar, dann können wir auf Ihre Darbietung verzichten.“ Die Polizistin wandte sich an Lohmann.

„Bernhard, wer hat bei euch die Aktenführung übernommen?“

„Ich! Wir haben aber noch nicht alles verschriftlicht. Maren und Axel müssten meinen Sachstand ergänzen.“

„In Ordnung! Dann lassen Sie uns die Fakten des Mordfalles noch einmal zusammentragen. Der Mord wurde am Montag dieser Woche um neun Uhr fünfundvierzig begangen. Das Opfer heißt Jochen Hoppe, war verheiratet mit Ingrid Hoppe, Versicherungsangestellte. Wurde mit der Frau mittlerweile gesprochen?“

Es herrschte betretenes Schweigen. Nach einiger Zeit platzte es aus Maren Köster heraus.

„Versteht mich nicht falsch, aber seit es das ZDG gibt, kann hier keiner mehr vernünftig arbeiten. Erpentrup zieht alle Fälle, die in den Bereich Gewaltverbrechen fallen, an sich. Dem ist es egal, ob sie aufgeklärt werden. Dem ist einzig und allein wichtig, dass die Kreispolizeibehörde ihren Status nicht verliert. Darüber hinaus ist der Chef ein Verwaltungsmann. Der hat von der alltäglichen Ermittlungsarbeit überhaupt keine Ahnung, macht einem aber ständig irgendwelche schwachsinnigen Vorschriften. Hinzu kommt, dass Herr Hartel, der sich jetzt unser Kollege nennt, sich an keine Absprachen hält, alles dem Alten zuträgt, der dadurch jederzeit in der Lage ist, in die laufenden Ermittlungen einzugreifen. Und, und das finde ich am beschissensten, Hartel gibt Informationen nicht weiter und schnüffelt in unserer Abwesenheit in unseren Unterlagen, um sich uns gegenüber Informationsvorteile zu verschaffen, mit denen er beim Chef glänzen kann."

Wieder herrschte eisiges Schweigen. Niemand unternahm auch nur den mindesten Versuch Hartel zu verteidigen. Und der wusste instinktiv, wenn er jetzt auch nur ein Wort sagen würde, ginge es ihm an den Kragen.

„Okay", übernahm Margarete Bülow ohne jede Emotion wieder das Gespräch. „Wir ziehen einen sauberen Strich. Fangen bei Null an und wer aus der Reihe tanzt, fliegt raus. Persönliche Animositäten bleiben außen vor. Jeder hat eine neue Chance.

Halten wir fest: Gleich morgen muss einer zu der Witwe und muss mit ihr über mögliche Motive sprechen. Einer muss zum Arbeitsamt, um die Kolleginnen und Kollegen des Toten zu befragen. Dann muss das Beschwerdemanagement der Agentur überprüft werden, ob es da einschlägige Hinweise gibt. Was sagen die Zeugen, die den Mord gesehen haben?"

Während Maren Köster berichtete, dass sich die Aussagen sehr stark unterschieden und nicht mal der im Krankenhaus liegenden Michael Grafenberg eine halbwegs brauchbare Beschreibung abgeben könne, glitt Schultes Konzentration immer mehr ab. Aus großer Entfernung hörte er die Stimmen seiner Kollegen. Er dachte über den Stalker nach, der seine Tochter belästigte. Margarete Bülow hatte den Arbeitsamts-Fall übernommen. Erpentrup interessierte ihn plötzlich nicht mehr. Schulte hatte andere Sorgen.

21

Wie jeden Morgen gönnte sich Bernhard Lohmann in aller Ruhe seine *Heimatzeitung*. Als er die Ostwestfalenseite aufschlug und die erste Schlagzeile las, hätte er sich beinahe den heißen Kaffee über das Hemd geschüttet. Da stand doch allen Ernstes: *Detmolds Polizeioberrat wurde Verantwortung in Mordfall entzogen*. Im Weiteren wurde ziemlich detailliert die Auseinandersetzung zwischen dem Zentralen Dezernat Gewaltverbrechen und Erpentrup geschildert.

„Das gibt Ärger“, dachte Lohmann.

„Warum kann man denn in diesem verdammten Laden nicht in Ruhe seine Arbeit tun? Der Verwaltungsscheiß ist unseren Obersten mittlerweile wichtiger als ein gelöster Mordfall“.

Nach und nach trafen die Kolleginnen und Kollegen ein. Viele hatten eine Zeitung unter dem Arm. In der Polizeibehörde des Kreises Lippe redeten alle nur noch über ein Thema.

Plötzlich stand Margarete Bülow mit ihrem Hund in der Tür.

„Ich habe die Meldung heute Morgen im Radio gehört. Da dachte ich, ich fahre gleich nach Detmold und sorge dafür, dass ihr den Rücken frei habt und endlich ungestört an dem Fall arbeiten könnt. Ihr habt hier ja wohl irgendwo noch einen Platz an einem Schreibtisch für mich frei, an dem ich sitzen kann“.

Kurze Zeit später kamen Maren Köster und Axel Braunert ins Büro. Auch sie waren im Bilde. Und dann hörte man ihn. Erpentrup hatte jede Contenance verloren. Er tobte über den Flur.

„Wer hat diese Information an die Presse weitergegeben?“, schrie er fast, als er Lohmanns Büro betrat. „In fünf Minuten will ich Sie alle im Konferenzraum sehen. Die Angelegenheit wird sofort und lückenlos aufgeklärt. Ich dulde keinen

Maulwurf in meinen Reihen. Mindestens zehn Zeitungen der Republik ziehen mich durch den Dreck."

Im nächsten Moment nahm er Margarete Bülow wahr.

„Dachte ich es mir doch, die unterforderte Polizeidirektorin ist auch schon im Haus. Jetzt fehlt nur noch Chaot Schulte". Erpentrup spuckte den Namen geradezu aus. „Dann haben wir das Verräterteam komplett."

„Ich kann Ihren Ärger verstehen", sagte Margarete Bülow sehr ruhig. „Doch der gibt Ihnen nicht das Recht, hier wilde Sau zu spielen. Es gibt so etwas, wie mitteleuropäische Höflichkeitsrituale. An die halten Sie sich bitte. Außerdem stehen Ihnen das Beamtenrecht zur Verfügung und der Beschwerdeweg offen.

In fünf Minuten wird sich keine und keiner dieser Beamten im Konferenzraum einfinden. Wir haben hier einen Mord aufzuklären und daran werden wir jetzt mit aller Energie arbeiten! Wir haben gestern die Arbeitsschwerpunkte und Aufgaben festgelegt. Die werden wir heute ohne jede Störung von außen abarbeiten. Also los, meine Damen und Herrn, ans Werk, wir treffen uns um fünfzehn Uhr zur nächsten Besprechung!"

Den meisten anwesenden Polizisten fiel es schwer, Erpentrup, der plötzlich wie ein kleiner Junge mitten im Zimmer stand, einfach stehen zu lassen. Sie hätten ihm gerne ein gewisses Maß an Solidarität gezollt. Dennoch machte sich jetzt jeder wortlos auf den Weg, um seiner Arbeit nach zu gehen. Und alle waren im Grunde froh, dass Margarete Bülow eine so gerade Furche gezogen hatte. Auf die Presse schimpfen und sich gegenseitig den schwarzen Peter zuschieben, half keinem.

Die Polizeidirektorin wandte sich wieder an Erpentrup.

„Da ich selber zu keinem Termin muss, habe ich Zeit. Wenn Sie wollen können wir reden."

Der Oberrat setzte sich zögernd auf einen freien Stuhl.

22

Er brauchte nur seinen Arm auszustrecken, dann hätte er sie an der Schulter berühren können. Sie war eine außergewöhnliche Frau, schön und intelligent. Wie ihre Mutter. Die Augen waren braun wie Kastanien und tief wie ein See in einem Hochmoor.

Ihr Körper wirkte zierlich, aber ihre Bewegungen waren geschmeidig wie die einer Katze. Sie musste trotz ihrer scheinbaren Fragilität über ein gewisses Maß an Kraft verfügen.

Er hatte ihre Mutter geliebt. Sie war seine erste große Liebe. Doch sie hatte von dieser Zuneigung nie erfahren. Irgendwann kam sein vermeintlich bester Freund und nahm sich seine große Liebe mit aller Rücksichtslosigkeit. Schwängerte sie und strafte sie anschließend mit Verachtung und Ignoranz. Dennoch liebte das Kind ihren Vater, der weder sie noch die Mutter jemals geachtet hatte.

War die junge Frau, die er schon seit über einem Monat beobachtete, etwa genau so verkommen wie ihr Erzeuger? Er hatte versucht sie aufzuklären, doch sie hatte ihn verhöhnt und beschimpft.

Jetzt, wo er sich an ihre Antworten erinnerte, machte sich Wut in seinem Körper breit.

Erst nahm er das Gefühl ganz vorsichtig wahr. Und dann kam es in Wellen und nahm von jeder Faser seines Leibes Besitz.

Plötzlich spürte er ein unbändiges Verlangen sie zu schlagen. Er wollte sie für ihr arrogantes Verhalten zu bestrafen. Doch bevor er sein Gefühl ausleben konnte, zog die Frau mit den dunkelblonden, glatten Haaren einen Schlüssel aus ihrer Tasche, öffnete die Haustür und trat im nächsten Moment in den, selbst am Tage, dämmerigen Flur. Mit dem Schlüssel zog sie einen Zettel aus der Tasche, der von ihr unbemerkt zu Boden fiel.

Da stand er nun, aufgewühlt. In der Hand hielt er das von ihr gerade verlorene Stück Papier.

Sollte er sie töten, genau, wie er es mit ihrem Vater vorhatte? Oder sollte sie leben? War sie so rein wie ihre Mutter?

Er stand mit wichtigen unbeantworteten Fragen und einer unbändigen Wut in sich allein auf dieser gottverdammten Straße. Wie so oft in seinem Leben ratlos und sich selbst überlassen. Die Wut wurde erst von Verzweifelung, dann von Trauer und Einsamkeit abgelöst. Er schmeckte etwas Salziges. Tränen rannen ihm über seine von Falten zerfurchten Wangen.

23

Am Nachmittag sah Margarete Bülow in den Gesichtern ihrer Kolleginnen und Kollegen Müdigkeit, Enttäuschung und ein Moment von Hoffnungslosigkeit. Sie hatten den ganzen Tag Klinken geputzt. Leute verhört, mit der Witwe von Joachim Hoppe gesprochen, mit seinen Kollegen. Nichts! Kein einziger Hinweis, der sie hätte weiterbringen können.

„Das schlimmste ist das EDV-System der *Hartz-IV-Behörde*!", schimpfte Lohmann gerade. „Das ist so löcherig wie ein Schweizer Käse. *Lippe pro Arbeit* musste dieses System von der *Agentur für Arbeit* übernehmen. Im Vorfeld hatte man versucht, die Software *A 2 LL* an die Anforderungen der neu gegründeten *Arbeitsgemeinschaft* anzupassen. Das hat natürlich hinten und vorne nicht geklappt. Als man dann die Daten importieren wollte, ist ein Teil, aus welchen Gründen auch immer, gelöscht worden. Als das EDV-System dann wieder halbwegs lief, haben *Arbeitslosengeld-II-Empfänger* zum Teil erst gar kein Geld bekommen, dann zuviel oder zu wenig. Die *Kunden*, wie man sie in der *Agentur für Arbeit* nennt, die sich darauf hin bei ihren Fallmanagern gemeldet hatten, um die aufgetretenen Unregelmäßigkeiten anzuzeigen, sind in machen Fällen erst vertröstet, und dann vom Staatsanwalt angeschrieben worden. Sie wurden beschuldigt, sich angeblich unrechtmäßig *Arbeitslosengeld-II* erschlichen zu haben. Grund hierfür war wohl auch wieder die unzureichende Arbeitsamtssoftware. Das hat natürlich böses Blut gegeben. Einige der Betroffenen waren verdammt sauer.

Ein Beschwerdemanagement kann man mit der Software des Arbeitsamtes ohnehin nicht händeln. Beschwerdebearbeitung sieht das EDV-System einfach nicht vor. Daher können wir auch nicht nachvollziehen, ob der ermordete Fallmanager besonders in der Kritik einiger *Hartz-IV*-Empfänger stand oder nicht. Zwar hat der Kreis Lippe einen so genannten Ombudsmann eingerichtet, der sich bei Unzufriedenheit und Beschwerden der Kunden einschaltet. Der konnte oder wollte uns aber auch nicht weiter helfen."

„Auch ich konnte nichts weiter herausfinden", schaltete sich Braunert ein. „Joachim Hoppe war, wenn man seinen Kolleginnen und Kollegen glauben schenkt, ein ganz normaler Durchschnittsbürger. Er war nicht besonders beliebt, ist aber auch nicht unangenehm aufgefallen oder war erkennbar unfreundlich zu seiner Klientel. Das haben mir im Übrigen auch seine Klienten bestätigt, mit denen ich gesprochen habe. Er war so eine richtig klassische graue Maus."

Immer wenn der so genannte Otto Normalverbraucher im Spiel ist, werden die Ermittlungen schwierig, dachte Margarete Bülow. Sie stellte sich nach diesen Berichten ebenso wie ihre Kollegen auf schwierige und zähe Recherchen ein. Dann fragte sie:

„Was ist mit dem Augenzeugen aus dem Krankenhaus? Haben wir ein Phantombild?"

„Grafenberg wird morgen entlassen", kam es aus Maren Kösters Richtung. Er hat zugesagt gleich vorbeizukommen, um uns bei der Erstellung eines Bildes zur Verfügung zu stehen. Ich war auch bei Frau Hoppe. Sie ist im Moment nicht vernehmungsfähig"

Margarete Bülow schloss die Besprechung mit den Worten: „Wir haben nichts wirklich Neues. Gut, dann muss sich die Presse eben gedulden". Nach ein paar Sekunden fuhr sie fort: „Noch eine Sache. Ich habe vorhin noch einmal mit der Pathologie telefoniert. Es wird wohl noch eine Zeit dauern, bis Hoppes Leiche freigegeben wird".

Die Kollegen zerstreuten sich langsam in die verschiedenen Richtungen.

24

Das Wetter war ungemütlich, als Grafenberg vor das Klinikum Lippe trat. Der Nieselregen und der graue Morgen ließen das Detmolder Krankenhausgebäude noch hässlicher erscheinen, als es ohnehin schon war. Er hielt Ausschau nach seinem neuen Kollegen Rodehutskors, der versprochen hatte ihn abzuholen. Lange brauchte Grafenberg nicht zu warten. Pünktlich auf die Minute, wie es seine Art war, stoppte der alte Journalist seinen Passat vor dem Eingang der Klinik. Er nahm dem Wartenden eine kleine Tasche ab und stellte dessen Habseligkeiten auf den Rücksitz seines Wagens. Wenige Minuten später befanden sie sich auf dem Weg nach Lemgo.

„Es wird aber auch Zeit, dass du in unsere Presseagentur einsteigst", erklärte Rodehutskors. „Für mich alten Mann wird das alles ein bisschen viel und meine Else passt auf wie ein Luchs. Die scheint irgendwie Lunte gerochen zu haben. Aber das kriege ich schon hin". Er grinste und sprach weiter:

„Du wirst dein Häuschen nicht wiedererkennen. Das eine freie Zimmer habe ich zum Büro umbauen lassen. Erst einmal provisorisch. Die Büromöbel, die ich noch hatte, stehen schon drin."

In der Tat hatte Rodehutskors den Fußboden des Zimmers abschleifen lassen. Er war frisch geölt und die Wände waren weiß gestrichen. Zwei Schreibtische standen vor den Fenstern, eine Fax- und Telefonanlage war ebenso vorhanden wie ein niegelnagelneuer Computer. Der alte Journalist deutete auf das Gerät und sagte:

„Wenn mir vor zehn Jahren einer gesagt hätte, dass ich jemals so eine Höllenmaschine kaufen würde, ich hätte ihn ausgelacht. Aber die Zeiten ändern sich und die Menschen auch."

„Mensch, Hermann", staunte Grafenberg. „Das alles hat doch ein Vermögen gekostet. Das kann ich doch nie und nimmer zurückzahlen."

„Mach dir keine Sorgen, Junge, ist alles schon bezahlt, und zwar von dem, was wir schon verdient haben. Und das Beste ist, dass in nächster Zeit noch einiges an Geld rein kommt. Unsere neu gegründete Agentur läuft wie ein Länderspiel."

Der Journalist ging zum Fenster und deutete auf einen Golf, der vor dem Haus stand.

„Und das ist unser neuer Dienstwagen. Wenn wir uns nur in Lippe tummeln, werden wir nicht weit kommen. Dann ist unser jetziges Einkommen nur ein Strohfeuer. Wir müssen irgendwann schon deutschlandweit agieren. Aber eins nach dem andern. Wir werden unseren Fall weiter bearbeiten und das Konzept unserer Agentur entwickeln. Aber jetzt pack erst mal deine Tasche aus und dann geht es an die Arbeit."

Als Grafenberg wieder ins Büro kam, brütete Rodehutskors über seinen Aufzeichnungen. Er hob jedoch sofort den Kopf und begann zu reden:

„Du hast heute Nachmittag um vierzehn Uhr einen Termin bei der Polizei. Halt die Ohren auf und erzähl nicht mehr als nötig, ohne die Ermittlungen zu behindern. Darüber hinaus brauche ich dich für einen Exklusivbericht für eine große Sonntagszeitung. Die wollen die Ereignisse im Arbeitsamt im Detail. An dem Artikel kannst du dich versuchen, wenn du aus Detmold zurück bist. Wenn du willst, helfe ich dir dabei."

Der Journalismus hat sich in den letzten Jahren doch verdammt geändert, dachte Rodehutskors. Heute geht es nicht mehr um sachliche Berichterstattung. Boulevard ist heute das Zauberwort.

Der alte Journalist schüttelte den Kopf über diese Entwicklung. Manchmal muss man eben mit den Wölfen heulen, dachte er. Kramte in seiner Hosentasche, zog einen Autoschlüssel heraus und gab ihn Grafenberg.

„Hier, der ist für dich. Kannst den neuen Dienstwagen gleich nach Detmold Probe fahren.“

Grafenberg nahm den Schlüssel gutgelaunt entgegen. Es sah aus, als würde sich sein Leben im Moment gravierend verändern.

25

Der Rechtsanwalt Andreas Krüger schob den Schreibtischstuhl etwas zurück und rieb sich die Augen. Stunden hatte er an diesem Freitag vor dem Bildschirm verbracht, hatte juristische Kommentare gelesen und versucht, sie für einen der aktuellen Fälle zu nutzen. Routinearbeiten, aber zeitraubend und ermüdend. Seine Mitarbeiterinnen hatten bereits vor einer Stunde die Büros verlassen, kaum ein Geräusch war zu hören, auch von draußen drang kein Laut durch die hochwertigen Fenster. Seine Kanzlei lag in einem schönen Eckhaus am Paderborner Domplatz, direkt unter seinen Fenstern bauten gerade die Marktbeschicker des freitäglichen Öko-Marktes ihre Stände ab. Krüger beschloss, noch ein wenig die ungewohnte Stille in diesen Räumen zu nutzen. Er entnahm einem Barfach in seinem großen dunklen Wandschrank eine dreiviertelvolle Flasche Whisky von der schottischen Insel Islay und goss einen Fingerbreit davon in ein bauchiges Glas. Dann ließ er sich in einen dunkelbraunen Ledersessel fallen, legte die Füße auf einen Couchtisch und trank in kleinen genussvollen Schlucken. Es blieb noch eine Stunde Zeit bis zum üblichen Treffen seines Rotary-Clubs. Die wollte er in diesem Sessel verbringen, den Arbeitstag ausblenden und die Gedanken fliegen lassen. Ohne Kursvorgabe, ohne Autopilot. Mochten sie landen, wo sie wollten. Er hatte auch für die dunkelsten Ecken seiner Phantasie ein gültiges Visum.

Wieder einmal staunte er über sich selbst, darüber, dass er so schnell und so gründlich abschalten konnte. Hatte das etwas mit gutem Gewissen zu tun? Oder lag es an dem göttlichen Getränk von der nebligen Insel? Er fand es müßig, darüber nachzudenken, griff zur Flasche und schenkte nach. Was ging es ihm doch gut! Fünfzig Jahre war er nun alt und in Superform. Am letzten Sonntag hatte er den *Hermannslauf* durchgestanden. Zwar in keiner großartigen Zeit, aber er war schließlich ein vielbeschäftigter Mann. Er konnte nicht morgens, mittags und abends trainieren wie diese gelangweilten Hausfrauen, von denen er dennoch Hunderte hinter sich gelassen hatte. Seine Kanzlei hatte in Paderborn mittlerweile einen sehr guten Ruf, er verdiente gut und war ein allgemein geachtetes Mitglied der feineren Paderborner Gesellschaft. Gut, seine Ehe mit Vera war dabei draufgegangen, aber ein bisschen Schwund ist immer. Katharina, seine aktuelle Eroberung, war mehr als ein Ersatz. Außerdem hatte er sich in seiner Laufbahn noch keinen echten Feind gemacht. Zumindest wusste er von keinem. Ja, er hatte etwas aus sich gemacht und durfte darauf mit Recht Stolz sein.

Es war spät geworden. Draußen begann es dämmerig zu werden. Andreas Krüger seufzte, drückte sich aus seinem bequemen Sessel und wollte gerade die Flasche zurückstellen, als er hörte, wie sich die Außentür seiner Kanzlei öffnete. Wer mochte denn jetzt noch kommen? Verärgert beeilte sich Krüger, die verräterische Flasche verschwinden zu lassen, als auch schon die Tür zu seinem Büro aufsprang und ein Mann in den Türrahmen trat.

Der Mann war in Krügers Alter, groß und etwas übergewichtig, mit grauen Haaren. Er war in jenem biederen, altbackenen Stil gekleidet, den Krüger gern als *Muttis Liebling* durch den Kakao zog. Krüger hatte den Mann noch nie gesehen. Er wollte den ungebetenen Besucher gerade energisch darauf hinweisen, dass es keine Art sei, so hereinzuplatzen, als der fremde Mann in aller Ruhe eine Pistole aus der Innentasche seiner beigefarbenen Windjacke zog und auf ihn richtete. Krüger schnappte nach Luft. Was war das denn?

„Setzen!“, befahl der Besucher kurz und knapp mit kräftiger Stimme.

Krüger ließ sich wieder in den Ledersessel fallen, die Flasche hielt er noch in den Hand.

„Los, austrinken!“, der zweite Befehl kam ebenso knapp und herrisch wie der erste. Dabei kam er ein paar Schritte auf

Krüger zu, bis er fast direkt vor ihm stand. Krüger war sich nicht sicher, was der Mann jetzt von ihm wollte. Er nahm aber gehorsam die Flasche zur Hand und trank einen großen Schluck, gefolgt von einem heftigen Hustenanfall. Dadurch aus seiner Schockstarre befreit, fuhr Krüger den Eindringling an:

„Was soll denn das alles? Was wollen sie von mir? Wer sind sie überhaupt?"

Der Mann in Beige grinste.

„Das wirst du noch früh genug erfahren!"

Dabei schaute er sich ruhig in dem großen und behaglichen Büro um.

„Schön hast du es hier! Alles mit der Hände Arbeit geschaffen, oder haben wir ein paar Omis um ihr Erspartes betrogen? Ihr Anwälte seid doch sehr pfiffig in solchen Dingen."

Krüger sah keinen Grund, darauf zu antworten. Er stellte die Flasche auf den Couchtisch, als der Mann ihn urplötzlich laut anschrie:

„Trinken sollst du! Trinken, habe ich gesagt! Ich will, dass du die Flasche leer machst, bis auf den letzten Tropfen!"

Nun stand er mit hochrotem Kopf vor Krüger, die Pistole direkt auf dessen Stirn gerichtet. Er hatte sich völlig verändert, war plötzlich außer sich vor Wut, schien aller Ratio entrückt zu sein.

Krüger hat keine Wahl. Er trank. Trank, hustete und spuckte, aber er trank. Bis die Flasche leer war. Dann atmete er tief durch. Die Wirkung des Alkohols würde in wenigen Minuten einsetzen, dass wusste er aus Erfahrung. Dann würde ihm wahrscheinlich alles egal sein.

„Wo steht dein Auto?", fragte der Mann mit der Pistole.

Krüger, der bereits erste Anzeichen von Schwindel spürte, versuchte, sich zu konzentrieren.

„Hinter dem Haus. Der Schlüssel liegt auf meinem Schreibtisch."

Der andere lachte. Das Lachen klang laut und dröhnend, aber es klang nicht echt.

„Ich will dein Auto nicht klauen! Ich will, dass du fährst!“

Krüger starrte ihn an. Der Mann war verrückt, überhaupt keine Frage. Er nahm aber widerspruchslos das Schlüsselbund an sich und ging voraus. Beide Männer verließen das Büro und die Kanzlei. Hinter dem Haus war ein kleiner Platz, der von einer wunderschönen roten Kastanie behütet wurde. Unter der Kastanie parkten einige Autos.

Der Rechtsanwalt ließ durch seine Fernbedienung die Verriegelung des BMW aufspringen. Er zögerte einzusteigen, bis ihm die Pistole direkt in den Nacken gedrückt wurde. Krüger ließ sich in den Fahrersitz fallen. Der Bewaffnete ging um den BMW herum und stieg auf der Beifahrerseite zu. Als Krüger ihn fragend anblickte, kam gewohnt herrisch der Befehl:

„Losfahren! Ich sage schon rechtzeitig, wo's langgeht!“

Krüger, der nun spürte, dass der Alkohol mit Macht die Vorherrschaft über seinen Verstand zu übernehmen begann, startete und ließ die schwere Limousine mit dem Automatikgetriebe langsam rückwärts vom Parkplatz rollen. Nach wenigen Metern befanden sie sich auf einer sehr schmalen Straße, der Krummen Grube. Kalter Schweiß brach ihm aus. Ihm war schwindelig. Die ersten Konturen verwischten bereits.

Der BMW bog, auf Anweisung des Beifahrers, bei der Volkshochschule nach links ab, ein paar Meter über den Kamp, dann nach rechts, Richtung Kasseler Tor. Fünf Minuten später bemühte sich der Anwalt, einigermaßen gradlinig die Warburger Straße hochzufahren. Zum Glück war die Straße zu dieser Zeit bereits vom Freitagabendstoßverkehr befreit. Bis zur Universität klappte alles, dann wurde die Wirkung des Alkohols so stark, dass Krüger über die Kreuzung Warburger Straße/Südring donnerte, ohne die rote

Ampel zu beachten. Die quietschenden Bremsen der anderen hörte Krüger nicht mehr, seine Hirntätigkeit befand sich auf einer ständigen Abwärtsspirale. Ihm war mittlerweile alles gleichgültig. Erste, unkontrollierte Lacher waren zu hören. Er stierte mit leerem Blick geradeaus. Links und rechts sah er nichts mehr. Als die Schlangenlinien immer stärker wurden, schrie sein Beifahrer ihn an:

„Nimm die Hände vom Lenker weg!“

Dann ergriff der Unbekannte mit der linken Hand das Lenkrad und brachte das große, silbergraue Gefährt wieder in die richtige Spur.

Krüger sackte nun auf dem Fahrersitz in sich zusammen. Nur der rechte Fuß lag nach wie vor leicht auf dem Gaspedal und das Automatikgetriebe ließ den BMW immer weiter fahren. Zwar immer langsamer, aber weiter.

Kurz vor der Mitte der Haxtergrundbrücke drehte sich der Beifahrer mit dem Oberkörper nach links, die rechte Hand übernahm das Lenkrad. Mit der linken Hand ergriff er den Automatikschalthebel und schob ihn auf Stufe „N“. Dann riss er die Handbremse hoch. Das Auto lief langsam aus und kam exakt in der Mitte der Brücke auf dem Seitenstreifen zum Stehen.

Der Bewaffnete stieg aus, ging um den BMW herum und öffnete die Fahrertür. Er zog den jetzt völlig bewusstlosen Rechtsanwalt heraus und schleppte ihn an das Brückengeländer. Dort legte er Krüger so ab, dass er mit dem Oberkörper etwas über der Brüstung hing.

In diesem Augenblick fuhr ein VW Passat an ihnen vorbei, bremste quietschend ab und kam dann im Rückwärtsgang wieder zurück, bis er auf gleicher Höhe war wie der BMW.

Der Passatfahrer ließ die Seitenscheibe auf der Beifahrerseite herunter und fragte laut:

„Kann ich Ihnen helfen? Geht es dem da nicht gut?“

Der große Mann mit der beigen Windjacke winkte ab.

„Kein Problem! Meinem Freund ist nur schlecht geworden! Der hatte eine Betriebsfeier, ich habe ihn gerade abgeholt! Danke, ich schaff das schon!“

„Wenn Sie meinen!“, lachte der Passatfahrer, kurbelte seine Scheibe wieder hoch, grüßte noch kurz und brauste wieder davon.

Als weit und breit kein anderes Auto zu sehen war, griff der beigefarbene Mann hinter das Brückengeländer und zog dann ein dünnes rotes Kunststoffseil, das er offensichtlich schon lange vorher dort befestigt hatte, hoch. Am Ende des etwa drei Meter langen Seiles war eine Schlinge, die er sorgfältig um Krügers Kopf legte und dann festzurrte. Als alles so war wie er es haben wollte, bückte er sich etwas, umfasste Krügers Hüfte und hievte den anderen Mann mit einer gewaltigen Kraftanstrengung über das Geländer. Mit einem lauten Surren spannte sich das Seil.

26

Der Regen prasselte fünf Minuten lang mit aller Kraft gegen das Schlafzimmerfenster. Man konnte den Eindruck bekommen, dass das Glas der Naturgewalt nicht standhalten könnte. Dann schien die Morgensonne freundlich ins Fenster. In diesem Frühjahr schien der Regen einfach keine echte Chance gegen die permanent gute Laune des Wetters zu haben. Zumindest schien das eine Zeitlang so.

Maren Köster, die eben noch die Bettdecke bis zur Nase hochgezogen hatte, bekam nun, wo ihr Sonne ins Gesicht schien, Lust auf den Tag. Sie sprang aus dem Bett, stand kurze Zeit später unter der Dusche, um anschließend Brötchen kaufen zu gehen. Sie hatte sich vorgenommen, Grafenberg mit einem Frühstück zu überraschen. Schließlich war der arme Kerl ja erst gestern aus dem Krankenhaus entlassen worden und musste noch etwas gehätschelt werden.

Umso verwunderter war sie, als ihr Hermann Rodehutskors die Tür öffnete. Er hatte die Jacke ausgezogen, die Ärmel des Hemdes hochgekrempelt und eine Lesebrille auf die Stirnglatze geschoben.

„Komm rein, Mädchen! Schön, dass du uns ein bisschen von der Arbeit abhalten willst."

Maren Köster blieb die Spucke weg. Sie hatte einen schwächelnden Grafenberg erwartet und traf auf einen arbeitswütigen Rodehutskors. Als sie in den Flur getreten war, fiel ihr Blick in das einstmals leere Zimmer. Es war zu einem perfekt eingerichteten Büro mutiert und hinter einem nagelneuen PC saß Michael Grafenberg und tippte auf einer Tastatur.

„Willkommen in der Presseagentur Hermanns Pressedienst, kurz HP", sagte Rodehutskors zu der völlig verblüfften Polizistin.

Grafenberg sah auf. Sah Maren Köster, ging auf sie zu und umarmte sie, während Rodehutskors an dem Verschlussdraht einer Champagnerflasche friemelte, die er aus dem Kühlschrank gezaubert hatte. Zehn Minuten später saßen die drei am Frühstückstisch in Grafenbergs Küche und Maren Köster hörte sich schwankend zwischen Staunen und Wut die Erfolgsgeschichte der letzten Woche an, die Rodehutskors und Grafenberg erlebt hatten.

„Ich hätte ja doch gerne schon etwas früher davon erfahren“, sagte sie leicht pikiert. „Jetzt habe ich das Gefühl, dass ihr mich ausgenutzt habt, um an Informationen zu kommen.“

„Haben wir nicht!“, sagte Rodehutskors mit einem verschmitzten Lächeln. „Michael lag im Krankenhaus und ich habe mir das, was ich wissen wollte höchstpersönlich an den entsprechenden Quellen besorgt. Wir haben uns einen ehrenwerten Journalismus auf die Fahne geschrieben. Informationen erschwindeln ist nicht unser Ding.“

27

Was für ein Samstag! Eigentlich hatte Josef Schulte sein freies Wochenende genießen und nichts tun wollen. Aber auch gar nichts! Das Wetter hatte versprochen, wunderschön zu werden, er hatte sich seinen Liegestuhl vor das Haus stellen, endlich mal wieder ein Buch lesen und gelegentlich seinen Hund kraulen wollen. Okay, ab und zu mal aufstehen und ein frisches Bier aus dem Kühlschrank holen, das war noch zu verkraften. Mehr nicht. Der Nachmittagsplan unterschied sich nur minimal vom Mittagsprogramm. An Stelle des Buches sollte es dann die Bundesliga-Schaltkonferenz im WDR geben. Das Leben kann so einfach sein! Kann, ist es aber meistens nicht. Bereits nach Schultes Frühstück war alles anders gekommen.

Seine Mutter hatte angerufen. Sie war nun bei beneidenswerter körperlicher Gesundheit fast achtzig Jahre alt. Allerdings wurde sie nun zunehmend unkonzentrierter. Sie verwechselte Personen, brachte Geschehenes durcheinander und es war abzusehen, dass sie über kurz oder lang Hilfe bei der Bewältigung ihres Alltags brauchte. Schulte hatte sich vor der Lösung dieses Problems lange gedrückt. Aber als Einzelkind gab es niemanden, auf den er es hätte abwälzen können. Neuerdings geriet seine Mutter häufig in Panik, wenn sie in der Tageszeitung Sonderangebote sah und die sofort haben musste. Alles schien für sie davon abzuhängen. Dann rief sie ihren Sohn an und erwartete von ihm, dass er sofort alles liegen und stehen ließ. Für Schulte hatte das bereits mehr als einmal für Stress gesorgt.

An diesem Vormittag war es wieder soweit gewesen. Er sollte sofort kommen! Schulte hatte dazu nicht die geringste Lust, aber er hatte sie lange nicht mehr besucht und fühlte sich etwas schuldig. Also kein Liegestuhl, sondern ab ins Auto und nach Warburg. Der alte Volvo, ein ehemaliger Leichenwagen, hatte wie ein junger geschnurrt, nachdem

Schulte vollgetankt und sich über den hohen Dieselpreis geärgert hatte. In Warburg hatte seine Mutter ihn bereits voller Ungeduld erwartet.

„Das ist bestimmt schon alles weg!“, sorgte sie sich. „Da stürzen sich doch alle drauf!“

Schulte hatte dies bezweifelt, sich aber nichts anmerken lassen. Er war treu und brav zum Warburger Kaufhaus *Pielsticker* gefahren und hatte den Weisungen seiner Mutter gemäß eingekauft. Es war noch genug dagewesen, selbstverständlich. Seine Mutter hatte sich mit ihm zufrieden gezeigt. Sie hatten sich dann noch bis nach dem Mittagessen unterhalten und er hatte versprechen müssen, von nun an häufiger vorbeizukommen, bevor er den Heimweg antreten durfte.

Er war noch rechtzeitig zum Beginn der Bundesligaübertragung gekommen, hatte sich gerade sein erstes kühles Bier geholt, als Anton Fritzmeier auftauchte. Der Bauer, ein Jahr älter als Schultes Mutter, war nicht nur sein Nachbar, sondern auch sein Vermieter, da Schulte auf einem kleinen Häuschen auf dem weitläufigen Fritzmeierschen Hof lebte. Schulte verstand sich gut mit dem schrulligen alten Mann, der nach dem Tod seiner Frau und der Hochzeit seines Sohnes allein lebte. Hinfällig wirkte Fritzmeier nur auf den flüchtigen Betrachter. Wer ihn genauer kannte, wusste um seine nach wie vor erstaunliche Tatkraft.

„Hallo Jupp! Na, willsses dir cherade chemütlich machen? Iss doch nix für nen echten Kerl. Rumliegen und Biertrinken. Bier macht nen dicken Bauch und chroße Titten. Siehsse nachher aus wie ne unrasierte schwangere Frau um die Fünfzig. Willse das?“

Schulte hatte sich gefragt, was der Bauer wohl von ihm wollte. Fritzmeier hatte normalerweise nichts gegen ein Bier einzuwenden, wie Schulte wohl wusste. Dann wurde dieser etwas ernster.

„Sag ma, kannsse mir eben mal helfen? Ich will doch meinen Chehweg neu pflastern. Die Steine verlegen, das klappt chanz chut, aber ich kann die nicht alle schleppen. Kannsse da ma mit anpacken?“

Schulte hatte unhörbar geseufzt, einen kräftigen Schluck genommen und war aufgestanden.

Als diese Arbeit erledigt war, hatte er seine Hose ruiniert, Blasen an den Händen gehabt, war hungrig und durstig gewesen und hatte kein einziges Bundesligaergebnis gekannt. Zum Abschluss der Arbeiten hatten die beiden Männer dann noch gemütlich eine Weile zusammen gesessen und eine Flasche Bier getrunken. Schultes Bier, natürlich.

Nach einer längeren Gesprächspause hatte Fritzmeier seine Flasche hochgehoben und Schulte zugeprostet.

„Tja! Ich hab dir was zu erzählen. Jupp, vielleicht kannsse dich noch erinnern. Weisse noch, wie ich letztens so’n Preisausschreiben mitchemacht habe? Wo man ’ne Reise chewinnen konnte?“

Schulte hatte vorgegeben, sich erinnern zu können, aber ohne sich dessen sicher zu sein.

„Und wat meinsse, wer die Reise chewonnen hat? Hä?“

Schulte hatte keine Ahnung. Dann dämmerte es ihm.

„Du etwa? Sag nicht, du hast die Reise gewonnen?“

Fritzmeier hatte aufgeregt genickt.

„Die wollen mich nach Kreta hin schicken! Eine chanze Woche lang. Jupp, stell dir das ma vor. Weisse überhaupt, wo Kreta liegt?“

„Doch, das weiß ich. Ziemlich tief im Süden. Aber freust du dich denn gar nicht? Das ist doch ’ne dolle Sache!“

Fritzmeier hatte ihm einen Vogel gezeigt.

„Was soll ich denn da? Meinsse wirklich, ich setze mich in so’n Flieger? Ne, Jupp. Ich brauche festen Boden untere Füße, in sonne fliegende Blechkiste kricht mich keiner rein, dat kannsse woll chlauben.“

„Du willst den Gewinn also ablehnen? Aber das wäre doch schade. Das ist doch auch ’ne Menge Geld wert.“

Der Bauer hatte schlitzohrig gegrinst.

„Den Chewinn lasse ich mir einfach auszahlen. Bar auffe Kralle. Machen die bestimmt. Was meinsse?“

Schulte hatte ratlos mit den Schultern gezuckt.

„Keine Ahnung! Probier es aus. Aber überleg es dir noch mal. Ich an deiner Stelle würde fliegen! So eine Gelegenheit kommt doch nie wieder. So, chetz habe ich Hunger. Außerdem kommt gleich die Sportschau.“

Dann war es früher Abend. Schulte hatte sich ein bescheidenes Abendessen gemacht, das er vor dem Fernseher verzehrt hatte. Wieder einmal hatte er sich über die *Sportschau* geärgert, die sich nach seiner Meinung durch nichts von ihrem unseligen Vorgänger *Ran* unterschied. Schulte wollte Fußball pur, nicht dieses Gedöns drum herum. Keine Glückspiele, keine Statistiken, keine Personalstories und vor allem keine Werbung. Er war sich auch nicht sicher, ob eine Fußballsendung von einer Frau moderiert werden sollte. Sicher, Monika Lierhaus war immer ein netter Anblick, sie erinnerte ihn stark an seine Kollegin Maren Köster vor zehn Jahren, aber konnte sie die richtige Empathie aufbringen für einen Mann, der Woche für Woche mit seinem Verein leidet? Als Schulte abgewaschen und sich die Frage gestellt hatte, wie er diesen freien Tag noch irgendwie retten könnte, klingelte das Telefon.

„Hey!“, klang es fröhlich aus dem Hörer. Die Familie blieb bestimmend an diesem Tag. In der Leitung war Ina, seine zweite Tochter. Sie trug seinen Nachnamen, da Schulte eines der beiden Mädchen, die er in der erstaunlichen Nacht zu Müttern gemacht hatte, auf Druck beider Eltern heiraten musste. Die Ehe wurde bereits nach zwei Jahren geschieden und Schulte hatte zu Ina ebenso wenig Kontakt gehalten wie zu ihrer Halbschwester Lena. Während sich sein Verhältnis zu Lena in den beiden letzten Jahren stark verbessert hatte, war Ina nach wie vor weit von seiner Welt entfernt. Sie war, soweit Schulte das beurteilen konnte, ein komplett anderer Typ als ihre Schwester. Lena war strukturiert, ordentlich, lieb, hatte ihr Leben im Griff, war herzerfrischend und bildhübsch. Ina war mindestens so chaotisch wie ihr Vater, war ungeduldig, leicht aufbrausend, politisch engagiert und nachlässig gekleidet. Sie war wenig sicherheitsbedürftig, sondern lebte ein wüstes Studentenleben am *Caspar-David-Friedrich-Institut* in Greifswald, wo sie *Visuelle Kommunikation* studierte. Schulte wusste davon auch nur, weil er als Erzeuger für die studierende Tochter vom Staat zur Kasse gebeten worden war. So ähnlich Ina Schulte ihrem Vater vom Wesen her war, optisch war sie mehr nach ihrer Mutter geraten, was für sie vermutlich ein Glück war. Ob Ina einen festen Partner hatte, wusste Schulte nicht.

„Wie geht es denn meinem armen alten Vater?“, fragte sie mit der ihr eigenen Unbefangenheit und Schnelligkeit. „Lena hat mir erzählt, dass du in ein paar Wochen fünfzig wirst. Und du wärst noch prima in Form. Stimmt das?“

Was sollte Schulte darauf antworten? Er plapperte irgendetwas Belangloses, es gehe ihm gut, alles in Ordnung und so weiter. Ina wurde nun etwas ernsthafter, verlangsamte ihren Redefluss.

„Schön, dass du dich so gut fühlst. Ich habe übrigens eine Neuigkeit für dich. Stehst du oder sitzt du?“

Als Schulte, dem Böses schwante, versicherte, dass er sitzend telefoniere, sprach sie weiter.

„Keine Sorge, ich brauche kein Geld. Jedenfalls nicht so direkt. Na ja, was soll ich lange drum herum reden. Ich bin im vierten Monat schwanger! Das wollte ich dir nur mitteilen. Ich denke, das geht dich ja auch was an!“

Schulte war wie vor den Kopf geschlagen. Nur bröckchenweise ging ihm die Bedeutung des eben Gehörten auf. Seine Tochter schwanger! Das bedeutete für ihn: Er würde Opa! Er würde bereits mit Anfang Fünfzig Opa werden. Unfassbar! Es dauerte eine Weile, bis er sich wieder etwas gefasst hatte und ziemlich sinnfrei stammeln konnte:

„Wie? Einfach so?“

Ina lachte.

„Nein, nicht einfach so. Ich habe schon was dafür getan. Wie man das macht, weißt du ja. Aber falls deine Frage auf den werdenden Vater abzielt, kann ich dich soweit beruhigen, dass ich weiß, von wem das Kind ist!“

Immerhin etwas, dachte Schulte, hielt aber die Klappe.

„Er ist ebenfalls Student, ist fast genauso alt wie ich, stammt hier aus der Gegend und heißt Mark.“

„Auch das noch“, murmelte Schulte, für seine Tochter unhörbar. „Ein Ossi!“ Und dann, wieder gut vernehmbar:

„Und was macht ihr jetzt? Wohnt ihr zusammen? Heiratet ihr? Kann er überhaupt Unterhalt zahlen?“

„Das wissen wir alles noch nicht! Wir müssten erst einmal eine passende Wohnung finden, die auch bezahlbar ist. Heiraten werden wir auf keinen Fall. Wir kannten uns doch gerade mal zwei Wochen, als das passiert ist. Außerdem will Mark für ein Jahr, oder auch etwas länger, ins Ausland. Wie das mit dem Unterhalt wird, das kann ich noch nicht sagen. Mark ist erst mal geschockt und hat sich nun schon eine ganze Weile nicht mehr sehen lassen. Aber ich kriege das schon hin, keine Sorge!“

Nachdem sie aufgelegt hatte, saß Schulte noch einige Zeit nachdenklich auf seinem Sofa. Opa! Dann erhob er sich stöhnend und ging schleppenden Schrittes zum Schrank. Dieser Schreck verlangte nach einem großen Glas. Mit dem Cognac in der Hand ließ er sich dann wieder ächzend zurück auf das Sofa fallen. Er fühlte sich müde und schwach. So ist es also, wenn das Alter kommt, dachte er.

28

Es hatte immer noch nicht richtig geregnet!

Dieser Frühsommer war ein Wetterphänomen. Seit Wochen schönes, teilweise sommerliches Wetter ohne ein einziges nennenswertes Regenschauer. Und das in Paderborn! In dieser Stadt gibt es laut Sprichwort nur zwei denkbare Zustände: Entweder es regnet oder die Glocken läuten. Im Augenblick fand beides nicht statt und das war äußerst ungewöhnlich.

Was für manche paradiesische Zustände waren, bedeutete für Landwirte eine Katastrophe. Aber es sollte nicht mehr lange dauern, nur noch wenige Tage, dann würde der regenreichste und kühlste Sommer seit Menschengedenken sein Schreckensregiment beginnen. Der Sommer 2007 würde keine Erfolgsgeschichte werden, aber das wusste zu diesem Zeitpunkt noch niemand.

Der einsame Jogger, der an diesem späten Samstagnachmittag durch den Haxtergrund lief, war kein Landwirt. Für ihn war dieses Wetter einfach herrlich. Sonnig, aber nicht zu heiß. Es war überhaupt ein sehr angenehmes Wochenende für ihn. Am Freitag hatte sich sein Verein, der *SC Paderborn*, endgültig den Verbleib in der Zweiten Fußballbundesliga mit einem Sieg in Freiburg sichern können. Und jetzt dieses Wetter.

Locker trabend verließ er den bewaldeten Bereich, hatte Paderborns berühmtestes Ausflugslokal bereits hinter sich gelassen. In *Weyhers Biergarten* hatten nur noch zwei verloren wirkende Besucher den Kellner davon abgehalten, alle Tische abzuräumen und Feierabend zu machen.

Nun lag vor ihm ein offenes, frühlingsbegrüntes Tal, über das sich im mächtigen Bogen die Haxtergrundbrücke spannte. Welch ein Anblick! Dem Jogger wurde das Herz weit vor Glück und er verlangsamte seinen Schritt, um diese Aussicht genießen zu können. Diese Brücke empfand er als eine Art persönlichen Besitz. Mindestens zwei Mal in der Woche kam er zum Laufen hierher. Er kannte dieses Tal bereits, als es hier noch keine Brücke gab, hatte dann fasziniert deren Aufbau mitverfolgt und war nun einer ihrer größten Bewunderer. Wieder einmal ließ er schwärmerisch den Blick an dem kühn geschwungenen Brückenbogen entlang gleiten. Er war bereits einige Meter weiter gelaufen, als ihm auffiel, dass irgend etwas eben sein gewohntes Bild gestört hatte. Wieder blickte er zur Brücke auf.

Da hing doch was! In der Mitte der Brücke, dort, wo sie sich am höchsten über dem Talgrund erhebt, hing etwas.

Der Läufer beschleunigte nun seine Schritte etwas. Als die Brücke fast direkt über ihm war, konnte er sehen, dass etwas Großes an einem roten Seil hing. Irgendwie sah dieses Hängende aus wie ein menschlicher Körper. Der Jogger, der ganz plötzlich eisige Kälte in sich aufsteigen fühlte, ging ein paar Meter zurück, um einen anderen Blickwinkel zu bekommen. Aber der furchtbare Eindruck blieb. Dort hing, etwa fünfundzwanzig Meter über dem Talgrund, ein Mensch!

29

Endlich Regen! Nach wochenlanger Dürre und zuletzt sehr ungewöhnlicher Hitze war es endlich wieder so, wie man es Anfang Mai kennt. Kühl und feucht. Am Montagmorgen hatte es noch so ausgesehen, als würden sich die heißen und trockenen Tage fortsetzen. Aber seit einer Stunde goss es aus allen Kübeln. Und als die Glocken des Paderborner Domes auch noch zwölf Uhr läuteten, war für den Hauptkommissar Jupp Schulte die Welt wieder in Ordnung. So gehörte sich das in Paderborn!

Um halb eins stand sein alter Volvo im Parkhaus der Paderborner Kreispolizeibehörde und Schulte saß am Konferenztisch des Kommissariats 11, zuständig für Gewaltdelikte. Schulte, zu dessen Aufgaben die Koordination zwischen den verschiedenen Kreispolizeibehörden in Ostwestfalen gehörte, wollte sich schlau machen über den Fund einer Leiche am vergangenen Samstag.

Sein Paderborner Kollege Willi Potthast, ein alter Freund Schultes aus den Zeiten der Polizeischule, hatte bereits eine halbe Stunde auf ihn warten müssen. Schulte hatte Stärken, ohne Zweifel. Pünktlichkeit gehörte nicht dazu. Da Potthast seinen Kollegen gut kannte, hatte er gleich einiges an Zeitverschiebung eingeplant und war auch nicht verärgert. Die beiden Männer hätten ungleicher kaum sein können. Während Schulte immer so aussah, als hätte er in seiner Kleidung geschlafen und sei gerade erst aufgestanden, war Potthast zwar schlicht, aber sehr sorgfältig gekleidet, glatt rasiert und gut gekämmt. Schulte hätte sich niemals vorstellen können, Mitglied eines Schützenvereins zu sein. Potthast war vor kurzen zum Hauptmann seiner Schützenbruderschaft in Wewer befördert worden und war stolz darauf. Während Schulte den in die Jahre gekommenen, zynisch gewordenen Anarchisten gab, fühlte sich Potthast in den Kategorien von

Recht, Ordnung und liebgewordenen Gewohnheiten zu Hause. Dennoch mochten die beiden sich, vielleicht sogar gerade deswegen.

Neben Potthast saß ein wahrer Hüne, ein ungewöhnlich gut aussehender junger Mann. Kommissar Heimfried von Grotenburg war so etwas wie Potthasts Assistent. Unter der Fuchtel des pedantischen Potthast hatte er nicht viel zu lachen, aber Lachen war sowie nichts, was seinem ernsthaften, schüchternen Naturell entsprochen hätte. Er galt als tüchtig, ehrlich und zuverlässig. Ein guter Kollege für tagsüber, aber niemand, mit dem man nach Feierabend hätte ‚feiernd durchs Dorf ziehen wollen'. Ihm lagen die Frauen zu Füßen, aber er wohnte nach wie vor bei seiner Mutter. Nicht, dass er mit Frauen nichts hätte anfangen können, aber er wusste ihnen nichts zu erzählen, er fand sich selbst einfach langweilig und war grauenhaft schüchtern. Also zog er sich lieber von der Welt zurück.

An einem Flip-Chart hingen etliche Fotos. Die meisten zeigten, aus verschiedenen Positionen aufgenommen, eine männliche Leiche. Auf anderen Fotos war die nähere und weitere Umgebung des Fundortes zu sehen. Willi Potthast stand auf und zeigte auf ein Foto, auf dem eine breite und anscheinend stark befahrene Straße zu sehen war.

„Wenn es nicht gerade mitten in der Nacht war, dann muss es Augenzeugen geben!", rief er engagiert aus. „Die Haxtergrundbrücke ist schließlich kein Waldweg. Hier ist praktisch immer Verkehr."

„Vielleicht ging es ja sehr schnell", warf von Grotenburg ein. „Ich habe mich heute Morgen eine halbe Stunde auf der Brücke aufgehalten. Es gab schon immer mal wieder Pausen, in denen nicht ein einziges Auto auf der Brücke war. Allerdings waren das in der Regel dreißig bis maximal vierzig Sekunden."

Potthast schnaubte.

„In dreißig Sekunden zerrst du keinen erwachsenen Mann aus einem Auto heraus bis ans Brückengeländer, legst ihm eine Schlinge um den Hals und hievst ihn über das Geländer. Das dauert viel länger und…“.

„Und wenn er es selbst gemacht hat?“, mischte sich Schulte ein. „Woher wollt ihr wissen, dass es keine Selbsttötung war? Das hat doch was, sich an so einer Brücke aufzuhängen. Im wahrsten Sinne des Wortes todsicher. Sogar wenn das Seil gerissen wäre, hätte sich sein Ende nur fünfundzwanzig Meter weiter nach unten verlagert. Überlebt hätte er den Sturz mit Sicherheit nicht. Also, was spricht gegen Selbstmord?“

Potthast schnäuzte sich die Nase, faltete das Papiertaschentuch sorgfältig zusammen und warf es in einen Papierkorb.

„Was dagegen spricht?“, näselte er verschnupft. „Mein Gefühl! Und die Aussagen verschiedener Leute, die ihn kannten. Alle sind ganz sicher, dass diesem Mann alles Mögliche zuzutrauen gewesen wäre, aber eben kein Selbstmord. Ich meine…!“

Eine heftige Niesattacke unterbrach ihn. Nachdem ein weiteres Taschentuch in den Papierkorb geflogen war, schimpfte er:

„Dieses Mistwetter! Ich glaube, ich habe mir was eingefangen.“

Schulte hatte geduldig abgewartet.

„Willi, wir sind beide alte Hasen. Du weißt so gut wie ich, dass solche Aussagen nichts zu bedeuten haben. Wir erleben es doch immer wieder. Heute ist einer noch ‚Hans Dampf in allen Gassen‘, morgen hängt er an der Straßenlampe. Für mich sieht das erstmal, ohne etwas über den Hintergrund dieses Mannes zu wissen, nicht zwingend nach Fremdeinwirkung aus. Zumal, wenn ich hier lese, dass der Tote über achtzig Kilo wog. So ein Gewicht hievt niemand einfach so über ein Brückengeländer. Ich schätze, der ist selber drüber geklettert und dann gesprungen. Vielleicht sollten wir erstmal das Ergebnis der Obduktion abwarten. Das wird doch hier in Paderborn gemacht, oder?"

„Ja", kam es ernst vom jungen Herrn von Grotenburg. „Das macht hier das Pathologische Institut im St. Johannisstift. Eigentlich sollte der Bericht schon lange vorliegen, aber denen ist irgendetwas dazwischen gekommen."

„Was kann denen denn dazwischenkommen?", fragte Schulte lachend. „Ein Notfall? Ein plötzliches Wehwehchen? Ich hätte gedacht, dass deren Kunden keine Sonderwünsche mehr haben."

Von Grotenburg blickte ihn ernst und etwas ratlos an.

„Der geht wirklich zum Lachen in den Keller", dachte Schulte. Zu Potthast gewandt:

„Komm Willi! Lass uns irgendwo mittagessen. Vielleicht haben wir den Bericht ja in einer Stunde auf dem Tisch liegen."

30

Um halb drei waren Schulte und Potthast aus der Kantine zurück und tatsächlich konnte ihnen Kommissar von Grotenburg den Obduktionsbericht präsentieren.

„Der Mann war körperlich gesund“, begann er seine Zusammenfassung. „Er war gut trainiert, war wahrscheinlich Langläufer. Man hat äußerlich einige Hämatome gefunden, die daher stammen könnten, dass er sehr hart angefasst worden ist. Aber das ist nicht sicher zu bestimmen. Die Strangulationsspuren lassen allerdings die Vermutung zu, dass der Körper sich in dem Augenblick, in dem die Schlinge belastet wurde und sich zuzog, in einer Schräglage befunden haben muss. Wäre er gesprungen, hätte er sich wohl in einer senkrechten Lage befunden und die Strangulationsspuren würden anders aussehen.“

„Aber das kann tausend Gründe haben!“, unterbrach ihn Schulte. „Gut, es mag ein Hinweis auf Fremdeinwirkung sein, aber ein Beweis ist es nicht.“

„Stimmt!“, gestand von Grotenburg zu. „Aber die Pathologen gehen, aufgrund der Hämatome und der Strangulationsspuren, davon aus, dass dem Mann die Schlinge um den Hals gelegt worden und er über das Geländer gewuchtet worden ist. Vermutlich war er zu diesem Zeitpunkt schon im Koma.“

„Warum das?“, fragte Potthast erstaunt.

„Weil bei ihm Restalkohol in großer Menge nachgewiesen wurde. Der Mann muss zum Zeitpunkt seines Todes sternhagelvoll gewesen sein.“

„Moment!“, warf Schulte ein. „Ist das nicht eher ein Hinweis auf Selbsttötung? Er hat sich in seiner Verzweiflung voll laufen lassen und ist dann von der Brücke gesprungen. Kommt doch vor. Zur Sicherheit hat er sich noch einen Strick um den Hals gelegt.“

Die drei Männer dachten eine Weile schweigend nach.

„Okay!“, beschloss Schulte dann. „Wir wollen den Pathologen mal glauben und gehen von einem Tötungsdelikt aus. Auch wenn ich persönlich davon noch nicht überzeugt bin. Was wissen wir denn über den Toten?“

Von Grotenburg referierte wieder.

„Sein Name war Andreas Krüger, Rechtsanwalt mit eigener Kanzlei, fünfzig Jahre alt.“

Schulte spürte einen Stich in der Magengegend, als er das Alter des Mannes hörte. Genauso alt würde er in wenigen Tagen sein. Immer häufiger kam es vor, dass Altersgenossen das Zeitliche segneten. Die Einschüsse kamen immer näher. War es dem gleichaltrigen Potthast ebenso ergangen? Oder war der so fest in seiner biederen Gegenwart verankert, dass ihn so was nicht aus der Ruhe bringen konnte?

„Krüger war seit einem Jahr geschieden“, fuhr von Grotenburg davon unberührt fort. „Mit seiner Ex-Frau Vera habe ich heute Nachmittag noch einen Termin. Er hatte eine Freundin, Katharina Bommel, die ist allerdings zur Zeit noch in München. Sie kommt morgen früh mit dem Flieger nach Paderborn. Dann spreche ich auch mit der.“

Schulte beneidete plötzlich seinen alten Freund Potthast um diesen Mitarbeiter. Dieser Schönling mochte hundert Prozent humorfrei sein, aber er war unbestreitbar tüchtig und schien Potthast alles von den Füßen weg zu nehmen. Potthast konnte sich darauf beschränken, den weisen alten Mann zu spielen. Die eigentliche Arbeit machte anscheinend Heimfried von Grotenburg. So einen Assistenten hätte er auch gern gehabt. Überhaupt, diese beiden Männer hatten klar umrissene Aufgaben. Seine eigenen hingegen waren schwammig, er war für alles etwas und für nichts richtig zuständig. Was machte er überhaupt hier? Die beiden waren durchaus in der Lage, diesen Fall, wenn es denn einer werden sollte, allein zu lösen. Die brauchten keinen feinen Herrn aus Bielefeld, der irgendetwas koordinierte. Wieder einmal fühlte sich Schulte überflüssig. Seine Funktion war die Kopfgeburt einer entfesselten Ministerialbürokratie, und er war ihr erstes Opfer. Lange würde er das nicht mehr mitmachen!

Es war nicht einfach für Schulte, weiterhin konzentriert dem Referat von Grotenburgs zu lauschen, der nun mit monotoner Stimme davon berichtete, was die Mitarbeiter Krügers über ihren Chef gesagt hatten. Wieder und wieder schweiften seine Gedanken ab, gingen zurück zu seinem persönlichen Problem. Als er sich gerade ausmalte, was er alles dem Minister an den Kopf werfen würde, sollte er ihm jemals begegnen, riss ihn urplötzlich etwas, was von Grotenburg gesagt hatte, aus seinen Tagträumen. Was war das gewesen? Was hatte der junge Mann gesagt? Schulte schüttelte sich und versuchte, seine Gedanken zu ordnen.

„Sorry!“, rief er dazwischen. „Das geht mir etwas zu schnell. Was war das gerade? Der Tote hatte sein Abitur in Warburg gemacht? Auf welchem Gymnasium? Und in welchem Jahr?“

Als von Grotenburg ihm die Daten noch einmal darlegte, war Schulte schockiert.

In diesem Jahr hatte auch er selbst, an derselben Schule, sein Abitur gemacht. Und er hatte in seiner Klasse einen gewissen Andreas Krüger gehabt. Es konnte keinen Zweifel daran geben, dass es sich bei dem Toten an der Haxtergrundbrücke um seinen alten Klassenkameraden und guten Schulfreund handelte. Fast gleichzeitig fielen ihm hundert Episoden ein, die er zusammen mit diesem Mann erlebt hatte. Und eines wurde ihm jetzt auch klar, auch wenn er direkt nach der Schule den Kontakt zu ihm völlig verloren hatte: Diesen Andreas Krüger, den er kennen gelernt hatte, konnte er sich nie und nimmer als Selbstmörder vorstellen! Der nicht!

31

Vera Krüger versuchte erst gar nicht, die Trauernde zu spielen.

„Sicher, ich war schon sehr geschockt, als Sie mich vorgestern anriefen. Immerhin war ich mit diesem Mann viele Jahre verheiratet. Aber ich will ganz ehrlich sein. Seit Ihrem Anruf ist einige Zeit vergangen und nach dem ersten Entsetzen hat sich jetzt wieder jenes Gefühl durchgesetzt, welches im Verlauf des letzten Jahres mein Verhältnis zu ihm bestimmt hat. Er hatte mich zutiefst verletzt. Ich fühlte mich von ihm gedemütigt, ich hatte eine Stinkwut auf ihn. Und irgendwie habe ich die immer noch. Trotzdem bin ich total durcheinander. Niemals hätte ich auch nur im Traum daran gedacht, dass dieser Mann, mit dem Gemüt eines Kettenhundes, Selbstmord begehen würde. Nie!"

Kommissar von Grotenburg hüstelte unsicher. „Frau Krüger, ich muss Ihnen leider sagen, dass es sich mit größter Wahrscheinlichkeit nicht um einen Suizid handelt. Das war uns noch nicht bekannt, als wir Sie über den Tod Ihres Mannes informiert haben. Nun spricht alles dafür, dass er getötet wurde. Weitere Erkenntnisse liegen uns noch nicht vor und wir hoffen sehr, dass Sie uns weiterhelfen können."

Die Frau starrte ihn entsetzt an.

„Er wurde ermordet?" Und auch als von Grotenburg nickte, hielten ihn ihre starrenden, weit aufgerissenen Augen fest. Die Frau war offenbar zutiefst aus dem Gleichgewicht geraten. Oder sie war eine ungewöhnlich gute Schauspielerin. Es dauerte eine Weile, bis sie sich wieder gefasst hatte.

„Wie könnte ich Ihnen helfen?"

Von Grotenburg seufzte erleichtert. Es war erheblich leichter, konkrete Fragen zu stellen, als stummes Entsetzen zu ertragen.

„Indem Sie uns einige Fragen beantworten. Fangen wir mit einer Routinefrage an, damit wir die hinter uns haben:

Wo waren Sie am Freitag zwischen 16 und 22 Uhr? Nehmen Sie bitte diese Frage nicht allzu persönlich. Ich muss sie Ihnen stellen.“

Sie schluckte.

„In München! Ich war auf einer Weiterbildung für Zahnärzte. Die Hotelrechnung und die Teilnahmebescheinigung kann ich Ihnen zeigen. Etwas dreißig Kollegen und Kolleginnen können Ihnen bestätigen, dass ich die ganze Zeit bis Montagmittag anwesend war. War es das, was Sie wissen wollten?“

„Ich denke, damit können wir zumindest eine Frage als erledigt abhaken. Frau Krüger, eine weitere Routinefrage: Hatte ihr Mann Feinde?“

Sie lachte etwas gekünstelt.

„Klar hatte er Feinde! Er war Rechtsanwalt. Kein Job, bei dem man sich viele Freunde macht. Außerdem war er nicht eben sensibel im Umgang mit anderen Menschen. Er war sehr von sich überzeugt, hielt schnell alle anderen für Vollidioten. Damit hat er sicher im Laufe der letzten Jahre viele vor den Kopf gestoßen. Aber Feinde, die bereit sind zu töten? Keine Ahnung! Dazu weiß ich auch zu wenig über seine Arbeit. Wissen Sie, wir hatten keine Kinder und unser Beruf war für uns beide der Lebensinhalt. Ich hatte meine Zahnarztpraxis, er seine Anwaltskanzlei. Wir waren beide erfolgreich und hatten wenig Zeit für einander. Wenn wir uns nach der Arbeit getroffen haben, dann geschah das meist beim Italiener zum Abendessen. Oder wir sind zusammen auf Partys gegangen. Miteinander gesprochen haben wir eigentlich nicht viel. Diese Ehe musste über kurz oder lang einfach scheitern. Aber ich hätte nicht gedacht, dass er unsere Beziehung so eiskalt über die Klinge springen lässt. Er hat mich abserviert wie ein Tablett mit gebrauchtem Geschirr und sich was Frisches besorgt. Ganz einfach. Wenn deine Frau nicht so will wie du, dann nimmst du dir einfach eine andere. So geht das bei euch Männern!“

Von Grotenburg schluckte seinen Widerspruch hinunter. Wenn er so veranlagt wäre, dann hätte er nicht solche Schwierigkeiten mit Frauen.

Sein Problem war ja im Gegenteil seine Ernsthaftigkeit. Ihm hätte ein kleiner Schuss Egoismus alles viel leichter gemacht. Aber das gehörte nach seiner Meinung nicht hierhin.

„Sind Sie denn schon geschieden?“, lenkte er von dem unangenehmen Thema ab.

„Nein! Noch nicht. Wir leben aber schon ein halbes Jahr getrennt.“

„Wem gehört denn dieses Haus, Frau Krüger?“

„Mir! Aber dafür werde ich lange vor dem Scheidungsrichter kämpfen müssen. Nein, was rede ich denn…, das ist ja nun nicht mehr nötig. Das Haus habe ich geerbt. Aber Sie können mir glauben, er hätte nichts unversucht gelassen, es mir abzuluchsen. Wohlgemerkt, nachdem er mich während unserer Ehe fast um mein ganzes Vermögen gebracht hat.“

„Wieso?“

„Geldangelegenheiten haben mich immer schon angeödet. Ich habe das alles ihm überlassen. Wozu hat man schließlich einen Anwalt zum Ehemann? Ich habe gearbeitet und gearbeitet und mich um nichts gekümmert. Erst kürzlich, nachdem ich einen Fachanwalt für die kommende Scheidung engagiert hatte, kam heraus, dass er mit großen Summen meines Geldes spekuliert hatte. Und die meisten dieser Spekulationen hat er voll in den Sand gesetzt. Dieser Superschlauberger! Davon hätte ich mehrere Einfamilienhäuser bauen können.“

Eine trauernde Witwe hatte sich der junge Kommissar immer etwas anders vorgestellt. Hier war mehr Wut als Trauer. Plötzlich empfand er eine tiefe Trostlosigkeit beim Gedanken an die glitzernde Fassade und dem Abgrund an Armseligkeit, den die Bewohner dieser Schicki-Micki-Welt so häufig offenbarten.

„Ihr Mann hatte in seiner Kanzlei keinen Partner, soviel wir wissen. Sie sind nun die Inhaberin. Was werden Sie mit der Kanzlei anfangen?“

Sie überlegte eine kleine Weile, während sie ihn aufmerksam musterte. Ganz offensichtlich gefiel ihr, was sie da sah. Der Polizist war zwar locker zehn Jahre jünger als sie, aber was heißt das schon?

„Ob Sie es mir nun glauben oder nicht, aber darüber habe ich mir noch keine Gedanken gemacht. Weiterführen kann ich sie wohl schlecht, ich bin Zahnärztin und keine Anwältin. Ich denke fast, ich werde sie verkaufen. Mal sehen. Warum wollen Sie das wissen?“

„Weil ich gleich zusammen mit meinem Chef die Kanzlei aufsuchen werde. Wir wollen mal sehen, ob wir irgendwelche Hinweise finden. Wenn Sie Wert darauf legen, können Sie natürlich gern dabei sein. Ist ja schließlich ihr Eigentum.“

„Ach ja? Da kommen Sie aber reichlich spät drauf! Warum haben Sie mich nicht erst gefragt, ob Sie da rein dürfen? Gehen Sie immer so vor?“

Von Grotenburg war unsicher. Natürlich hätten sie den Besuch in der Kanzlei mit ihr absprechen können, aber…

„Sie waren ja nicht da! Und wir konnten nicht länger warten. Daher haben wir uns die Durchsuchung der Kanzlei genehmigen lassen. Lieber wäre es uns aber mit Ihrem Einverständnis.“

Frau Krüger murmelte irgendetwas, was allerdings nicht unbedingt freundlich klang, erklärte sich dann aber einverstanden.

Von Grotenburg musste sich beeilen, wollte er nicht zu spät zur Durchsuchung kommen. Er verabschiedete sich schnell von der Frau, mit dem Versprechen, sie auf dem Laufenden zu halten.

32

Von Grotenburg musste sich beeilen, um rechtzeitig am Paderborner Domplatz zu sein. Sein immer pünktlicher Vorgesetzter, Willi Potthast, war natürlich schon da und runzelte die Stirn, als von Grotenburg mit zehnminütiger Verspätung vor der Anwaltskanzlei auftauchte. Er hatte zwei Polizeibeamte in Uniform mitgebracht.

Die beiden Polizisten wurden von einer sehr gereizt wirkenden Frau um die Fünfzig empfangen.

„Mein Name ist Gerda Niermann, ich bin hier eine Art Kanzleileiterin. Den übrigen Mitarbeiterinnen habe ich bereits frei gegeben, damit Sie in Ruhe hier arbeiten können. Ich weiß sowieso nicht, was ich jetzt machen soll, wo der Chef nicht mehr lebt. Wer bezahlt uns eigentlich? Sind wir jetzt alle arbeitslos? Leitet seine Frau jetzt den Laden? Aber die ist doch Zahnärztin, die kann das doch gar nicht!"

Offenbar erwartete sie von den Polizisten keine Antwort, denn sie wandte sich direkt nach diesen Fragen von ihnen ab und wuselte nervös in den Büros hin und her.

„Was suchen Sie überhaupt?", wollte Frau Niermann dann wissen. „Glauben Sie, hier liegt irgendwo ein Zettel mit einer Morddrohung herum?"

Potthast zuckte die Achseln.

„Vielleicht. Ich kann Ihnen nicht konkret sagen, was wir suchen. Wir hoffen, irgendeinen Anhaltspunkt zu finden. Eine Spur, und wenn Sie auch noch so unscheinbar ist. Sie brauchen nicht mithelfen. Es reicht völlig, wenn sie uns bei Bedarf ein paar Fragen beantworten. Vielen Dank!"

Die Frau setzte sich brummelnd an ihren Schreibtisch und warf den Computer an, um ihrer Arbeit nachzugehen. Während der Hauptkommissar und die beiden anderen Beamten einen Aktenordner nach dem anderen herauszogen und durchblätterten, versuchte von Grotenburg, das persönliche Notebook Krügers hochzufahren. Wie nicht anders zu erwarten, stieß er schnell auf ein Passwort. Auch Frau Niermann konnte ihm das Passwort nicht nennen. Auch das war zu erwarten gewesen. Also fuhr von Grotenburg den Apparat wieder zurück, stöpselte ihn aus und packte ihn in eine große Kiste.

„Den wird einer unserer Spezialisten durchsuchen“, erklärte er Frau Niermann den weiteren Verlauf. Eine halbe Stunde arbeiteten die Männer wortlos. Dann rief einer der beiden Uniformierten:

„Chef! Können Sie mal gerade kommen? Ich habe hier was Merkwürdiges gefunden!“

Aufmerksam studierte Potthast, was der Mann gefunden hatte. In einem Aktenordner befanden sich etliche Bögen, die wohl eine Art Gedächtnisprotokoll sein mussten. Sie waren handschriftlich verfasst, in einer nachlässigen, schnell hingeworfenen Schrift. Es handelte sich um Daten, Orte, Summen und kurze Kommentare. Aus diesen Aufzeichnungen ging hervor, dass Krüger mehrfach bei Luxemburger Banken große Summen eingezahlt hatte. Bei allen Vorgängen tauchte der kurze Vermerk auf: Vera!

Damit konnte Potthast nichts anfangen, aber von Grotenburg.

„Vera heißt seine Frau! Und die hat mir eben noch erzählt, dass Krüger viel von ihrem Geld bei Spekulationen versenkt hat. Wenn diese Geldsummen in Absprache mit seiner Frau eingezahlt worden wären, dann hätte sie mir doch nichts davon erzählt. Es sieht fast so aus, als hätte dieser saubere Rechtsanwalt seine eigene Frau bestohlen!“

Potthast klappte den Aktenordner wieder zu.

„Wir nehmen den ganzen Pröttel mit! Lass alles einpacken und zu uns bringen. Ich muss dringend weg! Ach ja, und schreibt genau auf, was ihr mitgenommen habt. Und gebt Frau Niermann eine Quittung!“

Als er fast schon zur Tür hinaus war, drehte er sich noch einmal um und rief von Grotenburg zu:

„Und frag doch diese Frau Krüger mal, was sie von diesen Geldern weiß! Vielleicht kann sie ja das eine oder andere erklären!“

Weg war er!

„Wo muss er denn so eilig hin?“, fragte von Grotenburg. Die beiden Kollegen in Uniform lachten.

„Wir sind im Wonnemonat Mai. Und in Wewer ist immer im Mai Schützenfest. Unser lieber Willi ist da ein ganz hohes Tier. Er hat eben noch erzählt, dass heute Abend ein wichtiges Vorbereitungstreffen ist. Da läuft nichts ohne Hauptmann Potthast, das kannste glauben!“

33

Der Pfiff des Teekessels und das Telefonsignal kamen gleichzeitig. Hektisch riss Lena Wiesenthal zuerst den Kessel von der Herdplatte, schaltete den Herd aus, rannte dann quer durch ihre Wohnküche zum Telefon. Nachdem sie sich etwas außer Atem gemeldet hatte, hörte sich eine kräftige Stimme drauflosreden, ohne sich vorzustellen.

„Dein Vater ist ein mieses Schwein! Er…“

Sie unterdrückte den Impuls, sofort den Hörer aufzulegen. Das hätte aber nichts gebracht, denn dann würde der Mann immer wieder anrufen. Sie musste da durch! Aber diesmal würde sie genau zuhören.

„Er war schon immer ein elender Säufer, der sich nie unter Kontrolle hatte. Er war arrogant, er war eitel, er war rücksichtslos. Kennst du eigentlich die näheren Umstände deiner eigenen Zeugung? Weißt du, mit welch billigen Tricks er an einem Abend diese beiden armen Frauen gegeneinander ausgespielt hat? Wie er ihr Mitgefühl ausgenutzt hat? Wie…“

Hier sah Lena Wiesenthal eine kleine Chance zu einem Gegenangriff.

„Das ist doch Quatsch! Das können Sie doch gar nicht wissen. Ich glaube Ihnen kein Wort! Sie bluffen doch nur!“

Der Mann stutzte kurz, dann lachte er dröhnend.

„Und ob ich das weiß! Junge Frau, du kannst mir glauben, dass ich weiß, wovon ich spreche. Ich war nämlich dabei! Aus nächster Nähe habe ich das ekelhafte, schmierige Gefasel deines Vaters mit anhören müssen. Mir wird jetzt noch übel, wenn ich daran denke.“

„Na und?“, fuhr sie wieder energisch dazwischen. „Er war jung! Jung und lebenshungrig. Und warum sollte er nicht seine Möglichkeiten ausnutzen? Ganz offensichtlich kam er bei den Frauen gut an. Und er hat keine der beiden Frauen zu irgendwas gezwungen, beide haben sich freiwillig auf ihn eingelassen!“

„Er kam gut an! Dass ich nicht lache. Dieser hässliche Waldschrat? Er war einfach dreist! Dreist und aufdringlich. Vollgesülzt hat er die Frauen, bis sie nicht mehr wussten, ob sie Männlein oder Weiblein waren, …“

„Jetzt muss ich aber lachen! Ich glaube, die beiden haben sehr wohl gewusst, zu welchem Geschlecht sie gehörten. Aber jetzt mal zu Ihnen: Sie sagten, Sie seien in der Nähe gewesen. Wahrscheinlich waren Sie genauso scharf auf die Frauen, wie mein Vater. Nur, dass er es geschafft hat, beide rumzukriegen und Sie am Ende wie ein begossener Pudel dagestanden haben. Stimmts?“

Für ein paar Sekunden war die Leitung still. Dann schien der Anrufer sich wieder gefasst zu haben.

„Du bist ein arrogantes Flittchen! Genau so widerwärtig wie dein verkommener Vater. Wieso glaubt ihr, immer alles besser zu wissen? Woher nehmt ihr das Recht, auf den Gefühlen anderer Menschen herumzutrampeln? Ich kannte deine Mutter. Sie war ein anständiges Mädchen, bis zu dem Tag, an dem sie deinen Vater kennen lernte. Er hat ihre Zukunft zerstört, hat ihr die Jugend geraubt. Und das alles, um seine schmutzigen Triebe zu befriedigen. Aber wenn er glaubt, das sei alles vergeben und vergessen, dann täuscht er sich. Dann täuscht er sich ganz gewaltig. Auch wenn alle anderen offenbar unter Gedächtnisschwund leiden, ich vergesse nicht! Und ich werde deinen Vater zur Rechenschaft ziehen, das schwöre ich. Sag ihm das ruhig. Er soll wissen, was auf ihn zukommt. Und sag ihm auch, dass er keine Chance hat, seiner Strafe zu entgehen!“

Ein leichtes Knacken in der Leitung verriet ihr, dass der Mann aufgelegt hatte. Zitternd betrachtete sie noch eine Weile das Telefon, als handele es sich um etwas ganz besonders widerwärtiges, dann legte auch sie den Hörer weg und ließ sich in einen Sessel fallen.

So forsch ihre Einwände auch geklungen haben mochten, so schwer war es ihr doch gefallen, ihre Angst vor diesem

Mann kurzzeitig zu unterdrücken und ihm etwas entgegen zusetzen. Hatte sie ihn dadurch provoziert? Was hatte er zum Schluss eigentlich ausdrücken wollen? War das eine Morddrohung gewesen? Sie musste dringend mit ihrem Vater sprechen.

34

Hauptkommissar Willi Potthast war endlich eingeschlafen. Spät war es geworden und er war schon vor Stunden rechtschaffen müde gewesen. Er hatte sich den ganzen Tag schon nicht fit gefühlt. Der Arbeitstag hatte ihn dann bis ans Limit gefordert, aber erst der Abend hatte ihm den Rest gegeben. Er war bei einem der vielen Vorbereitungstreffen für das Schützenfest seines Heimatortes Wewer, einem Stadtteil von Paderborn, gewesen. Hatte dort mit einigen anderen Schützenbrüdern aus dem Vorstand diskutiert, geplant, verworfen und beschlossen. Und hatte dabei deutlich mehr als ein Bier getrunken. Als er um Mitternacht zu Haus war, saß seine Ehefrau noch vor dem Fernseher. Todmüde teilte er ihr mit, dass er direkt ins Bett gehen würde. Seine Frau Mechthild hatte aber bereits auf ihn gewartet. Sie hatte sich morgens beim Frühstück maßlos über ihn geärgert. Nun wollte sie diskutieren. Potthast wollte schlafen. Woraus natürlich erst einmal nichts wurde. Die Diskussion verkam zum Monolog. Sie klagte an. Er hörte gequält zu. Um kurz vor ein Uhr war auch das überstanden. Er schlurfte nach oben und lag Minuten später im Bett. Seine Frau Mechthild hatte unten noch etwas aufgeräumt und kam ins eheliche Schlafzimmer, als ihr Mann gerade zum ersten Mal eingeschlafen war. Sie schaltete das Licht an. Er schreckte hoch. Als sie, gut hörbar, eingeschlafen war, war er wieder hellwach. Dann endlich kam die Ruhe der Nacht auch über ihn. Es war nun zwanzig vor zwei.

Um halb drei riss das Telefon die beiden Eheleute aus dem schönsten Schlummer. Potthast wuchtete sich laut fluchend aus dem Bett, kämpfte gegen einen leichten Schwindel an und ging in den Flur, wo das Telefon auf einer Kommode stand. Mehr als ein mattes „Ja?“ brachte er nicht zustande.

„Willi? Bis du das, Willi?“, fragte der ungebetene Anrufer ebenso hektisch wie überflüssig. Potthast stöhnte, denn er hatte bereits die Stimme erkannt. Es war Hans-Hermann, sein Schwager aus Delbrück.

„Was willst du denn? Weißt du, wie spät es ist?"

„Ja, weiß ich! Aber es ist wichtig! Willi, du musst sofort kommen!"

Das Schwindelgefühl wurde bei Potthast stärker. „Was ist denn passiert? Ist Veronika krank? Oder sonst wer?"

„Nein! Nichts Privates. Pass auf: Ich wohne doch neben der Stadtsparkasse. Weißt du ja. Und da ist was im Busche, sag ich dir! Bankräuber! Du musst sofort kommen!"

Willi Potthast schüttelte sich. Zum Schwindel kam nun noch eine leichte Übelkeit.

„Mensch, bist du besoffen? Was redest du denn da? Leg dich wieder ins Bett und lass uns alle in Ruhe schlafen. Ich habe morgen wieder einen harten Tag."

Aber der Schwager blieb hartnäckig.

„Ich bin vollkommen nüchtern! Und da sind tatsächlich Bankräuber. Ich spinne doch nicht!"

Potthast fühlte sich außerstande, diesen letzten Punkt weiter zu erörtern. Mittlerweile war er wenigstens wieder wach genug, um gezielte Fragen zu stellen.

„Warum rufst du dann nicht die Polizei in Delbrück an? Die sind dafür zuständig. Ich habe mit Banküberfällen in Delbrück nichts zu tun. Bis ich mich..."

Er konnte den Satz nicht zu Ende bringen, denn sein Schwager fuhr ihm etwas verzweifelt dazwischen.

„Willi! Ich weiß dass alles. Aber wenn ich da anrufe, und das Ganze entpuppt sich als Irrtum, dann bin ich für doch für die nächsten Jahre der Blödmann. Du weißt doch, dass Merschmanns Walter hier bei der Polizei ist. Und dass der nur darauf wartet, mich lächerlich zu machen. Wir kandidieren doch nächstes Jahr gegeneinander für den Stadtrat. Er ist doch bei den Roten. Der macht mich fertig! Aber wenn wir diese Burschen jetzt auf frischer Tat ertappen und ich war es, der sie entdeckt hat, dann..."

„Und deshalb soll ich jetzt mitten in der Nacht raus, soll Kopf und Kragen riskieren, damit du prahlen kannst? Vergiss es!“

Beide Männer hatten am Telefon so laut gesprochen, dass Frau Potthast alles mitbekommen hatte. Nun mischte sie sich ein. Aber nicht vermittelnd, sondern eindeutig Partei für ihren Bruder Hans-Hermann ergreifend. Sie warf ihrem Ehemann vor, herzlos und gefühlskalt zu sein. Der Schwager, der dies mitbekam, witterte seine Chance und setzte seinen Trumpf ein:

„Willi, wenn du jetzt kommst und alles regelst, dann spendiere ich auf eurem Schützenfest fünfzig Liter Bier. Ist das ’n Wort?“

Potthast gab sich geschlagen.

„Okay, hundert Liter und ich komme. Bis gleich, unternimm nichts weiter, warte bis ich da bin!“, brummte er.

Fünfundzwanzig Minuten später stand Potthast vor der Stadtsparkasse Delbrück. Kurz vor dem Ortseingang hatte er per Handy die Delbrücker Polizei angerufen und von einem anonymen Hinweis gesprochen. Falls die Aktion ein Erfolg werden sollte, konnte er immer noch seinen Schwager als Informanten nennen. Aber er wollte auf keinen Fall allein den Bankräubern gegenübertreten.

Als er durch die nächtliche Lange Straße fuhr, kam ihm plötzlich ein älterer VW Sharan ohne Licht, aber mit einem Affentempo auf der Mitte der Fahrbahn entgegen. Potthast musste seine ganze Konzentration zusammennehmen, um ausweichen zu können. Der Sharan war so schnell hinter der Kurve, die den Kirchplatz umgeht, verschwunden, dass Potthast keinen Sinn darin sah, ihm zu folgen. Abgesehen davon zitterten ihm die Hände vor Schreck. Er fuhr die letzten Meter bis zu Sparkasse weiter und hielt an. Die beiden Delbrücker Kollegen, die nur ein paar Straßenecken weiter ihre Wache hatten, trafen auch gerade ein. Potthast berichtete von dem VW Sharan und einer der Delbrücker zückte sein Funkgerät. Dann schauten sich die drei Beamten an, was passiert war. Rechts vom Haupteingang der Bank klaffte ein großes Loch in der Wand! Aus dem klaffenden Loch hingen, wie um die Leere deutlich zu machen, nun sinnlos gewordene Kabel heraus.

„Die haben mit dem Auto den Geldautomaten aus der Wand gerissen!“, rief einer der Beamten erstaunt aus. Mittlerweile traten aus vielen Häusern in der Umgebung Menschen auf die Straße und kamen neugierig näher. Potthast wies sich den Delbrückern gegenüber aus und begutachtete die Stelle. Erst rein dienstlich sachlich, dann erstaunt.

„Kennt sich einer hier aus?“, fragte er die Delbrücker Kollegen. Die beiden kamen näher. Plötzlich fing einer der beiden laut an zu lachen. Und noch bevor Potthast irritiert fragen konnte, was denn los sei, prustete der Mann los:

„Na, die werden nicht viel Spaß mit dem Apparat haben! Das müssen ja komplette Vollidioten gewesen sein. Also, ich bin hier Kunde und hole hier ständig Geld ab. Und da, wo nun dieses Loch ist, hat kein Geldautomat gehangen. Nein, sondern...!“ Er brach lachend ab und brauchte eine Weile, um sich wieder unter Kontrolle zu bekommen. Mit Tränen in den Augen beendete er seine Ausführung.

„Die Trottel haben nicht den Geldautomaten geklaut, sondern den Kontoauszugsdrucker!“

35

Eigentlich hätte er sich vollkommen raushalten können. Vielleicht wäre es sogar besser, wenn er sich raushalten würde. Aber das hätte er nicht gekonnt. Im Sichraushalten war Jupp Schulte noch nie gut gewesen.

Der Mordfall Krüger war eindeutig eine Angelegenheit der Paderborner Kollegen. Er selbst hatte sich eigentlich nur einzuschalten, wenn es um Schnittstellen mit anderen Behörden ging. Aber dieser Fall hatte etwas Besonderes. Der Tote war kein anonymes Aktenzeichen, sondern ein alter Klassenkamerad und ehemaliger Freund von ihm. Das ließ einen Menschen wie Jupp Schulte nicht kalt. Vor dreißig Jahren hatten sie gemeinsam ihr Abitur gemacht. Danach hatten sie sich aus den Augen verloren und nur einmal wiedergesehen. Beim ersten und einzigen Klassentreffen nach fünf Jahren. Er hatte seinen alten Kumpel kaum wiedererkannt. Krüger war nun ehrgeiziger Jurastudent und auf eine Art karrierebewusst, die Schulte zuwider war. Danach war Andreas Krüger aus seinem Leben verschwunden. Schulte hatte ihn seitdem nicht einen Tag vermisst. Dreißig Jahre lang hatte ihn der lebende Krüger nicht mehr interessiert. Jetzt, da er steif und sprachlos in einem Kühlfach in der Pathologie des *St. Johannisstiftes* lag, war er für Schulte allgegenwärtig. Trotz aller Unterschiede verbanden ihn mit diesem Mann viele, viele gemeinsame Erlebnisse. Angenehme und unangenehme. Krüger war in Schultes wildester Phase ein fester Bestandteil seines Lebens gewesen. Das verbindet auf immer.

Schulte hatte an diesem Nachmittag zwei Stunden bei den Kollegen in Paderborn verbracht. Er hatte lange mit dem dortigen Hauptkommissar Potthast gesprochen. Auch Potthast war für ein paar Jahre, während ihrer gemeinsamen Polizeischulzeit, ein sehr guter Freund Schultes gewesen. Ihm hatte er seine Gefühlslage dargelegt und seinen Wunsch, mit ihm zusammen den Fall zu lösen, vorgetragen. Potthast hatte sofort verstanden.

„Ist doch prima, Jupp! Wie früher. Ich freue mich auf die Zusammenarbeit. Aber das Feierabendbier bezahlst du."

Auch Potthasts gutaussehender Mitarbeiter, der Kommissar von Grotenburg, hatte keine Einwände. Er hatte schon viel von Jupp Schulte gehört. Dessen unkonventionelle Art als Polizist sorgte immer wieder für Gesprächsstoff. Bisher hatte er Schulte nur bei Besprechungen erlebt. Also war er gespannt darauf, einmal diese ostwestfälische Ermittlerlegende bei dessen eigentlicher Arbeit zu erleben.

Nach den Spannungen mit den Detmolder Kollegen war dies Balsam auf Schultes geschundene Seele gewesen. Als ihm dann der sichtlich übernächtigt wirkende Potthast von seinen Delbrücker Erlebnissen in der vergangenen Nacht erzählt hatte, konnte er herzlich mitlachen.

Er hätte fast wieder entspannt sein können, als er nun auf dem Weg von Paderborn nach Detmold war.

Doch dann musste seine seelische Verfassung wieder einen herben Rückschlag einstecken, als Gedanken die Oberhand gewannen, die ihn an den gestrigen Abend erinnerten. An das Telefongespräch, das seine Tochter Lena hatte führen müssen. Sie hatte ihm vom erneuten Anruf dieses Mannes berichtet. Woher hatte der Kerl nur ihre neue Telefonnummer? Sie hatte die Nummer gerade mal einen Tag und hatte diese nur einigen Auserwählten mitgeteilt. Wie war das möglich? Schulte würde dem nachgehen müssen. Was wollte der Anrufer überhaupt erreichen? Die gestrigen Vorwürfe waren doch geradezu albern gewesen. Wollte er ihn damit erpressen? Lächerlich! Die Geschichte war nicht nur polizeiweit bekannt, sie war ihm auch nicht wirklich peinlich und hatte dadurch keinerlei Erpressungspotential. Und was sollte das heißen: Er wird seiner Strafe nicht entgehen? Wollte der Mann sich an ihm rächen? Aber für was? Hatte er bei dieser Frauengeschichte vielleicht irgendeinem anderen Mann eine der Frauen ausgespannt? Nicht, dass er wüsste. Viel wusste er sowie von dieser Nacht nicht mehr. Von einem Konkurrenten wusste er gar nichts. Und selbst, wenn es so gewesen sein sollte, das war doch alles ewig her und vergessen. Niemand, der noch seinen Verstand beisammen hatte, würde nach so langer Zeit noch Rachegelüste verspüren. Aber was, wenn dieser Unbekannte ein Irrer mit einer fixen Idee war? Dann war mit allem zu rechnen. Auch damit, dass er seine Tochter Lena in Gefahr brachte? Das musste Jupp Schulte ebenfalls einkalkulieren.

Er schüttelte sich und versuchte, sich auf die Fahrbahn zu konzentrieren. Doch sofort schweiften die Gedanken wieder ab. Er hatte von Grotenburg vorhin beim Hinausgehen noch gefragt, wann denn die Beerdigung Krügers angesetzt sei.

„Morgen Nachmittag um drei! Auf dem Ostfriedhof!“, hatte der geantwortet. War es nicht Schultes Pflicht als alter Freund des Verstorbenen, zu dieser Beerdigung zu gehen? Hastig überschlug er im Kopf den Terminkalender für den nächsten Tag und beschloss dann, an der Bestattung teilzunehmen.

36

Eigentlich gehört es nicht zu den Pflichten eines Polizeibeamten, auf die Beerdigung eines Mordopfers zu gehen. Aber hier lag für Schulte die Sache anders. Einmal kann es schon aus ermittlungstechnischen Gründen sehr hilfreich sein, das familiäre Umfeld eines Ermordeten komplett im Rudel zu erleben. Zum anderen handelte sich bei diesem Toten aber auch um einen Gefährten seiner Jugend. Fast dreißig Jahre lang hatte er keinen Kontakt mehr zu seiner alten Warburger Clique gehabt, hatte sie fast völlig aus dem Gedächtnis gestrichen. Aber nur fast. Als hätte er eine Flasche Sekt geöffnet, perlten nun, einmal freigesetzt, die Erinnerungen an die Oberfläche seines Bewusstseins. Namen tauchten auf, Erlebnisse rauschten wie ein Film an ihm vorbei. Manche waren amüsant, andere waren ihm noch heute peinlich. Würde er auf der Beerdigung ein anderes Cliquenmitglied treffen? Würde er es erkennen?

Der Wetterbericht hatte für den Nachmittag um die zwanzig Grad und Sonne versprochen. Er behielt Recht, als Jupp Schulte Punkt 16 Uhr vergeblich einen Parkplatz vor dem Paderborner Ostfriedhof suchte. Schließlich parkte er halb auf der Straße, halb auf dem Bürgersteig, hundert Meter weiter oben an der Driburger Straße. Er hatte seinen einzigen dunklen Anzug angezogen, nicht mehr neu, nicht mehr richtig schön, aber dezent. Schulte hetzte zurück zum Haupteingang des Friedhofs. Die Vorstellung, zu spät in die Trauerfeier zu platzen und von allen genervt angestarrt zu werden, hatte wenig Reizvolles. Außerdem gehörte die Trauerfeier zu einer Beerdigung dazu, nur zur Beisetzung zu kommen, erschien ihm halbherzig. Entweder, oder.

Der kleine Parkplatz vor dem Friedhof war rappelvoll. Eine Menge Leute wuselten herum. Einige waren beschäftigt mit Grabpflege, andere taten nur so. Andere flanierten wie Touristen an den Gräbern vorbei. Und eine weitere Besuchergruppe strebte offenbar zielbewusst nach links. Das konnten nur die Trauergäste für seinen alten Kumpel Krüger sein. Schulte schloss sich diesen Leuten an und näherte sich einer großen Friedhofskapelle aus Naturstein. Er staunte, als er die vielen dunkel gekleideten Menschen sah. Krüger schien sehr beliebt gewesen zu sein. Der Sarg stand, mit Blumen übersät, geschlossen vor dem kleinen Altar. Da drin lag also jemand, der ihm früher einmal sehr nahe gestanden hatte. Eine befremdende Vorstellung, dachte Schulte.

Er stellte sich bescheiden in die letzte Bankreihe der Kapelle und wartete ab. Es vergingen zehn Minuten, bis die Trauerfeier endlich begann. Und weitere zehn Minuten, bis der Priester endlich zum Punkt kam und weihevoll sprach:

„Wir sind zusammengekommen, um unserem Bruder Manfred Heidegger das letzte Geleit…"

An dieser Stelle schreckte Schulte auf. Er war auf der falschen Beerdigung! Am liebsten hätte er laut geflucht, unterdrückte diesen Impuls aber schnell und drängelte sich, hundertmal Entschuldigung murmelnd, mit gesenktem Kopf durch die Reihe der anderen Trauergäste und hinaus aus der Kapelle. Dabei kam der Priester etwas aus dem Sprech-Rhythmus und schaute ihm hinterher. Wahrscheinlich ein besonders stark betroffener Trauergast, den die Emotionen überwältigt haben, mag er gedacht haben.

Schulte hatte ihn schon vergessen, als er wieder in der warmen, milden Maienluft stand und hektisch überlegte, was er nun tun solle. Dann sah er zweihundert Meter vor sich eine weitere Friedhofskapelle, ebenfalls aus Naturstein, ebenfalls sehr schön. Dort musste es sein, dachte er sich und rannte los. Es würde schwierig werden, nun in die bereits auf vollen Touren laufende Trauerfeier hinein zu platzen, ohne zu stören. Aber noch bevor Schulte bei der anderen Kapelle ankam, öffnete sich die große zweiflügelige Tür und einige Trauergäste kamen heraus. Schulte kannte keinen einzigen dieser Leute, also fragte er den Erstbesten, einen noch sehr jungen Mann, ob er hier richtig bei der Trauerfeier Andreas Krüger sei. Der junge Mann schaute ihn leicht verwirrt an, bestätigte ihm aber seine Frage. Schulte atmete tief durch und wartete darauf, dass nun auch der Rest der Trauergäste aus der Kapelle kommen würde. Da mussten doch noch viele sein. Aber als die Tür wieder aufging, rollten sechs dunkel gekleidete Männer einen Sarg auf einem mit schwarzem Samt verkleideten Rollwagen hinaus. Für Sekunden schoss ihm durch den Kopf, dass sie dafür ja auch seinen alten Volvo hätten nehmen können. Der war ja in seinem ersten Autoleben ein Leichenwagen gewesen. Schulte schüttelte diesen blödsinnigen Gedanken ab und registrierte nun klar, dass es sich hier um eine sehr überschaubare Trauergemeinde handelte. Kaum mehr als zwanzig Menschen standen hier herum und formierten sich zu einer kleinen Kolonne, als sich der Rollwagen mit dem Sarg in Bewegung setzte. Schulte schloss sich am Ende der Reihe an. Sie marschierten etwas mehr als hundert Meter, bis sie zu dem frisch ausgehobenen Grab kamen. Die wenigen Trauernden stellten sich um das Grab herum, der Priester mit seinen Gehilfen stand am Fußende. Die sechs Männer versenkten den Sarg nun in dem finsteren Erdloch. Schulte stellte zu seiner eigenen Überraschung fest, dass er mehrmals schlucken musste. Er war tiefer berührt, als er sich dies hätte vorstellen können. Dann vollzog der Priester seine Rituale und sprach einige Worte. Schulte nutzte die Zeit und schaute sich der Reihe nach die Gesichter der Trauergäste an. Dabei fiel ihm auf, dass einer von ihnen, ein großer, kräftig gebauter, aber etwas feist und verweichlicht wirkender Mann in seinem Alter, ihn dauernd anschaute. Wer war das? Kannte er diesen Mann? Schulte fand keinen Namen zu diesem Gesicht, hatte auch nicht das Gefühl, ihn irgendwoher zu kennen. Als der Priester fertig war, begannen die Trauergäste, mit einer kleinen Schaufel Erde auf den Sarg zu werfen. Allen voran eine gut aussehende Frau, die selbst in ihrer Trauerkleidung sehr elegant wirkte. Das musste die Witwe sein, von Grotenburg hatte sie ihm beschrieben. Frau Krüger gelang es mühelos, die am Boden zerstörte Verlassene darzustellen. Schulte, der durch von Grotenburgs Bericht wusste, dass hier von echter Trauer kaum die Rede sein konnte, fühlte sich von der theaterreifen Vorstellung abgestoßen, aber von der Darstellungskunst der Frau irgendwie auch beeindruckt. Dann bemerkte Schulte, dass der große Mann außer ihm der einzige war, der keine Erde ins Grab schaufelte. Immer noch konnte er dieses Gesicht nicht zuordnen.

Nur Minuten später hatte sich die Trauerschar aufgelöst und auch Schulte wollte gehen. Dazu musste er an dem Unbekannten vorbeigehen.

Als er gerade auf dessen Höhe war, traute Schulte seinen Ohren nicht, als er eine kräftige Stimme sehr langsam sagen hörte:

„Josef Schulte, wenn ich mich nicht irre?"

Schulte schreckte herum und schaute dem um einen halben Kopf größeren Mann direkt in die Augen. Weiterhin kein Wiedererkennen seinerseits. Der andere lächelte nun etwas, und sprach weiter:

„Habe ich recht? Ich hoffe doch, ich möchte nicht gern einen Falschen aus Versehen ansprechen."

Schulte nickte nun bestätigend.

„Schön! Dann erstmal hallo!" Damit streckte der Mann Schulte seine große, aber schlaffe Hand entgegen.

„Ich bin Rudolf. Rudi aus Warburg. Erkennst du mich nicht mehr? Gymnasium Marianum. Oberstufe."

Nun endlich fiel bei Schulte der Groschen.

„Mensch Rudi! Ich habe dich tatsächlich nicht erkannt. Mann, wir sind doch alle ordentlich älter geworden. Wie geht es dir denn so?"

„Geht so!", antwortete der Mann aus Warburg vielsagend. „Könnte besser sein."

Wenn Schulte erwartet hatte, dass sein Gegenüber nach dieser Einführung munter drauflos plauderte, dann erlebte er nun eine Enttäuschung. Der Andere schaute ihn nur prüfend von oben herab an.

„Na ja, ist ja auch ein trauriger Anlass heute", murmelte Schulte pflichtschuldig. „Ab einem gewissen Alter sieht man sich nur noch bei Beerdigungen!"

Sein Jugendfreund starrte ihn weiter schweigend an. Schulte fühlte sich langsam genervt. Dann endlich brach der stille Mann sein Schweigen.

„Ja, ja! Stimmt schon. Du, es tut mir leid, aber ich habe gleich noch einen wichtigen Termin. Würde mich ja gerne in Ruhe mit dir unterhalten, aber…, na, vielleicht ein andermal! Ich muss jetzt los!"

Er drehte sich abrupt um und ging Richtung Ausgang. Nach zehn Schritten drehte er sich noch einmal um und rief Schulte zu:

„Wenn du mal nach Warburg kommst, dann schau doch mal rein! Ich wohne immer noch im selben Haus!"

Dann stürmte er mit Riesenschritten davon und hinterließ einen etwas ratlosen Josef Schulte.

37

Schulte hatte gerade die Autotür geöffnet, wollte just das linke Bein über die Türschwelle heben, als ein großes, schwarzes und sehr pelziges Wesen auf ihn zugestürmt kam und sich in die Türöffnung drängte. Der Polizist konnte sich eben noch festhalten, bevor er umgeworfen wurde. Dass ihm eine lange und feuchte Hundezunge quer über das Gesicht fegte, ließ sich nicht mehr verhindern.

Lachend wehrte Schulte seinen Hund ab, stieg aus und zerstrubbelte dem Tier zur Begrüßung das ohnehin nicht sehr gepflegte Fell. Ein bisschen Rache musste sein.

„Monster!“, brummte er. „Du bist der erste, der sich heute über mein Erscheinen gefreut hat!“

Aber da war noch jemand, dem die Ankunft Schultes Freude machte. Anton Fritzmeier strahlte ihm entgegen.

„Schön, dasse komms, Jupp!“, begrüßte ihn der alte Bauer. „Ich brauch ma eben zwei starke Arme.“

Und als Schulte theatralisch, aber belustigt seufzte, fuhr Fritzmeier fort:

„Kannsse ma die vier Zementsäcke vom Hänger holen und hinters Haus zu mein neuen Cheweg schleppen? Dat schaff ich nich mehr selbst. Und morgen brauch ich die doch. Chibt auch ’ne Flasche Bier nachher! Außerdem muss ich dir was Wichtiges erzählen. Zieh aber ers ma deinen schwatten Anzug aus. Siehs ja aus, als wärsse auf ’ner Beerdigung chewesen!“

Schulte ersparte sich den Hinweis, tatsächlich auf einer Beerdigung gewesen zu sein, lachte nur und ging ins seine Wohnung. Der Hund hatte dazu wohl bei dem schönen Wetter keine Lust und blieb bei Fritzmeier. Schulte räumte zwei Hosen, mehrere Handtücher, ein Buch, einen angebissenen Apfel und eine CD vom Sofa und ließ sich ächzend ins Polster fallen. Er atmete tief durch. Blickte sich um. Lächelte. Mochten andere diese Räume chaotisch, manche sie sogar unbewohnbar finden – er war hier zuhause. Daheim! Und dieses Heim musste genau so sein, wie es war. Dazu gehörte das Durcheinander, gehörte der ganze Plunder, der sich im Laufe eines fast fünfzigjährigen Lebens angesammelt hatte. Dazu gehörten Erinnerungen an Nächte, die er hier mit aufregenden Frauen verbracht hatte, aber auch Nächte voll drückender Einsamkeit. Dazu gehörte dieser zottelige, ungestüme und sabbernde Hund. Dazu gehörte vor allem auch dieser alte schrullige Bauer, der ihm nicht nur diese Wohnung vermietete, sondern ihn auch immer wieder, wenn Schulte sich allzu sehr in einen Fall verbissen hatte und den Rest der Welt ausblendete, mit einem kräftigen Schuss Lebenswirklichkeit kontaminierte. Schulte spürte eine warme Welle der Zuneigung aufsteigen, als er an seinen Vermieter dachte. Er stand auf, ging in sein Schlafzimmer und zog sich um.

Eine halbe Stunde später saß er, nach getaner Arbeit, am Tisch in Anton Fritzmeiers Wohnküche und köpfte die erste Flasche Bier. Der Bauer stellte dazu noch eine Flasche ohne Etikett auf den Tisch und goss beiden ein ordentliches „Pinneken" voll ein.

„Selbstgebrannter!", verkündete er stolz. „Hat 'n Kollege hier aussen Dorf chebrannt. Von meine Pflaumen! Los, probier ma! Issen chanz feinen Tropfen!"

Schulte schaute ihn entsetzt an.

„Anton, als Polizist hätte ich das gar nicht hören dürfen. Du weißt doch, dass Schnapsbrennen verboten ist. Was soll ich jetzt tun? Wenn ich dieses Glas trinke, mache ich mich mitschuldig, verliere meine Arbeit und meine Beamtenpension, muss Haus und Kinder verlassen und für den Rest meines Lebens unter einer Brücke schlafen. Ich frage mich: Ist so ein Gläschen von deinem Selbstgebrannten das wert?"

Und, als er Fritzmeiers enttäuschten Blick sah:

„Und meine Antwort lautet: Ja! Es ist es wert! Prost!"

Der alte Lipper strahlte, als Schulte seinen Schnaps begeistert lobte und goss gleich wieder nach. Schulte erzählte nun von seinem Arbeitstag. Es war kein lustiger Bericht. Aber Schulte musste einiges loswerden. Er berichtete von seiner Orientierungslosigkeit und von seinem Stress mit Kollegen, die er jahrelang zu seinen Freunden gezählt hatte. Von den belästigenden Anrufen, die seine Tochter Lena seit Tagen bekam, redete er vorsichtshalber nicht. Lena hatte vor einiger Zeit ein ganzes Jahr hier bei ihrem Vater gewohnt und hatte Fritzmeier als eine Art Opa in die Familie aufgenommen. Der alte Mann war ganz vernarrt in sie gewesen, und Schulte wollte ihn nicht mit dieser unangenehmen Geschichte belasten.

Als er von der Begegnung mit seinem alten Klassenkameraden berichtete, wurde er wieder etwas munterer.

„Weißt du, der war ja schon früher etwas seltsam. Aber heute war er ganz komisch. Erst spricht er mich aus freien Stücken an, dann verschwindet er plötzlich Hals über Kopf, als hätte ich mich aufgedrängt. Merkwürdiger Vogel! Na ja, was soll es? Wahrscheinlich werde ich den nie wiedersehen!"

Nach einer längeren Pause fragte er den Bauern:

„Aber du wolltest mir doch was Wichtiges erzählen. Dann leg mal los!"

Fritzmeier wurde sehr ernst. Er räusperte sich.

„Ich hab doch diese Flugreise chewonnen. Chetz hab ich versucht, mir den Chewinn auszahlen zu lassen. Aber das machen die Schweinepuckel nich! Entweder ich fliege oder das schöne Cheld is wech. Was soll ich denn chetz machen?"

„Ja, dann flieg doch einfach! Wo ist das Problem?"

Fritzmeier schien sich etwas aufzuregen.

„Das Problem? Nee, die Probleme wäre richtig. Weisse eigentlich, wie heiß es chetz da unten is? Und was soll ich da? Mit 'ne Badehose am Strand rumliegen? Ich hab ja nich ma 'ne Badehose. Müsste ich mir ers noch kaufen. Außerdem happich chehört, dass die da unten chriechisches Essen haben. Mit viel Knopplauch und so! Chlaubsse, so'n Zeuch packe ich an? Vertrage ich doch charnich mehr auf meine alten Tage. Nee, nee!"

„Aber bist du denn gar nicht neugierig? Es ist wunderschön da unten. Und bist du schon mal in deinem Leben geflogen?"

Fritzmeier lachte boshaft auf.

„Wat denksse denn, warum ich so alt cheworden bin? Weil ich nich in so 'ne fliegende Blechkiste chestiegen bin. Wer nich hochfliegt, kann auch nich abstürzen, oder? Nee, ich bleibe schön hier unten und trinke meinen Schnaps. Iss viel chesunder!"

38

„Du siehst ja aus wie eine Wasserleiche!“, begrüßte Jupp Schulte am Montagmorgen einen schlecht gelaunten, schlecht rasierten und schlecht aussehenden Kollegen Willi Potthast. „Schützenfest gefeiert?“

Potthast brummte nur. Aber Schulte wusste auch so genug. Am Wochenende hatte man in Wewer das erste Schützenfest im Kreis Paderborn gefeiert. Potthast war Hauptmann in diesem Verein und dadurch seit Jahren dem Spott seines Kollegen Schulte ausgesetzt. Schulte hatte mit dem Schützenwesen überhaupt nichts am Hut. Nicht nur, dass dem Hardcore-Individualisten Schulte jede Form von Vereinsmeierei sowieso wesensfremd war. Die Schützen waren seine besonderen Lieblinge. Dass erwachsene Männer, mit merkwürdigen Hüten auf dem Kopf und mit Holzgewehren auf der Schulter, durch die Gegend marschieren und sich in drei Tagen bis an den Rand des Suizids saufen, konnte er ja noch irgendwie gelten lassen. Auch Schulte feierte gern und war für jeden Spaß zu haben. Aber zu erleben, wie bitter ernst echte Schützenbrüder das Ganze nehmen, erschien ihm einfach nur grotesk. Das gemeine Fußvolk ging ja noch in Ordnung. Aber die würdevoll dreinschauenden, von ihrer eigenen enormen Wichtigkeit schwer berauschten „Offiziere“, forderten Schultes Spottlust ebenso heraus wie „König“ und „Königin“. Im Raum Paderborn schien die Ernsthaftigkeit ganz besondere Blüten zu treiben. Hier war und ist die Person des Schützenkönigs immer auch ein Politikum. Was hatten die Paderborner im letzten Jahr für Probleme mit ihrem Schützenkönig! Der ehemalige Landrat, von der eigenen Mehrheitspartei kurz vorher abgeschossen und in der Partei völlig unten durch, leistete sich die Dreistigkeit, als persönliche Rache den Schützenkönig zu geben, dem Wahlvolk zuzuwinken und breit in jede Kamera zu grinsen. Oder der großartige Schützenskandal von Kirchborchen, ein paar

Jahr früher. Hier hatte ein Mann den „Vogel abgeschossen“ und war damit rechtmäßig zum Schützenkönig ausgerufen worden. Der Mann war beliebt, das Volk feierte seinen neuen Potentaten. Dann wurde Ruchloses bekannt: Der Mann war geschieden! Und noch schlimmer: Er war schon vor Jahren aus der Kirche ausgetreten! Unvorstellbar! Der Unwürdige musste seine „Königswürde“ niederlegen. Dabei hatte er wacker um seinen Posten gekämpft. Hatte sogar angeboten, wieder in die Kirche einzutreten. Aber selbst dieses heldenhafte Verhalten hatte ihm nichts genützt, weil er in diesem Fall in die evangelische Kirche eingetreten wäre. Das zählte nicht! Sein Lebenstraum vom Schützenkönig war zerplatzt. Und nicht nur er stürzte vom Thron. Auch der „Oberst“ musste unter großem Druck sein Amt niederlegen, da er für den „Skandal“ verantwortlich gemacht wurde. Schulte hatte an solchen Geschichten seinen Spaß, für seinen Kollegen Potthast war so was eine ernste Angelegenheit. Wieder einmal wunderte sich Schulte, dass er diesen so ganz anders gearteten Potthast immer noch sympathisch fand und umgekehrt.

„Wie war es denn? Warum bist du eigentlich nicht schon längst mal Schützenkönig geworden?“, wollte Schulte wissen. Potthast winkte erschöpft ab. Es dauerte eine ganze Weile, bis er mit heiserer Stimme krächzte:

„Kannste dir als Bulle nicht erlauben. Viel zu teuer. Außerdem sollen das lieber die jungen Leute machen. Wir hatten diesmal ein ganz junges Königspaar in Wewer. Der Hofstaat war eine echte Augenweide. Hat unser Oberst auch gesagt!“

Na denn, dachte Schulte. Wenn der das auch gesagt hat, dann wird es wohl stimmen. Potthast stützte wieder den Kopf mit beiden Händen und machte nicht den Eindruck, an diesem Arbeitstag Nennenswertes zum Gesamterfolg der Polizeiarbeit beitragen zu können. Schulte ließ ihm seinen Frieden, nahm sich einen Kaffee aus der Warmhaltekanne und wandte sich von Grotenburg zu, der wie immer frisch und nüchtern aussah.

„Gibt es was Neues?"

Der junge Polizist nickte eifrig.

„Jawohl! Wir haben das Auto des Ermordeten gefunden! Den BMW. Er stand an der B68, kurz hinter der Haxtergrundbrücke Richtung Dörenhagen. An einem kleinen Weg, etwa hundert Meter von der Bundesstraße entfernt. Der Fahrer hat praktisch die erstbeste Abfahrt gewählt, um den Wagen abzustellen. Als wenn er ihn nicht früh genug loswerden konnte. Er hat sich aber große Mühe gegeben, ihn so hinter ein paar Büsche und Bäume zu fahren, dass er von der Straße aus kaum zu sehen war."

„War der BMW unbeschädigt?"

„Nicht ganz. Da ist sowohl an der vorderen Stoßstange eine ordentliche Delle als auch hinten. Es ist auch gut zu sehen, dass der BMW beim Einparken beschädigt wurde, denn auch an den Bäumen sind Schürfstellen zu erkennen."

„Wahrscheinlich war der Fahrer besoffen und hatte Angst, einer Polizeikontrolle ins Netz zu gehen. Gibt es irgendwelche Hinweise darauf, wie er da weg gekommen ist? Er wird doch kaum zu Fuss weitergelaufen sein."

„Nein, darüber wissen wir nichts. Der Boden war zum Tatzeitpunkt ja auch so trocken und hart, dass keine Fußspuren entstehen konnten. Ich schätze mal, der hat sich wieder an die B68 gestellt und getrampt."

Schulte nickte und trank einen großen Schluck Kaffee.

„Geben Sie bitte diesen Hinweis an die Presse. Vielleicht meldet sich ja jemand, der ihn mitgenommen hat. Was machen denn unsere Spurensucher? Haben die den Wagen schon auseinandergenommen?"

„Die sind gerade dabei!", konnte von Grotenburg berichten.

Schulte war fürs Erste zufrieden. Das war doch besser als nichts. Er trank den letzten Rest Kaffee aus und drehte sich um zu Potthast, der mit leerem Blick gegen die Wand starrte. Schulte winkte lachend ab und sprach lieber mit dem jüngeren Kollegen. „Wir beiden sollten uns mal den Fundort des BMW anschauen. Danach besuchen wir noch die Spurensicherer bei der Arbeit. Unseren verhinderten Schützenkönig lassen wir zurück, damit er in aller Ruhe den Restalkohol ausdünsten kann. Viel nützen würde der uns heute sowieso nicht.“ Er schüttelte den Kopf. „Diese Schützenbrüder! Merkwürdiges Volk. Wie die an ihren Sitten und Gebräuchen hängen. Ist ja irgendwie ganz nett, aber warum sind die dabei so kleinkariert? Stellen Sie sich mal vor, was hier los wäre, wenn aus Versehen mal ein türkischer Einwohner Paderborns den Vogel abschießen würde. Keine Parade mehr im Stechschritt. Nein, die ganze Schützentruppe macht Bauchtanz vor dem Dom. Großartige Vorstellung!“

39

„Ich habe alles über den Ermordeten in der Agentur für Arbeit zusammengetragen. Wenn du willst, kann ich dir den ganzen Vorgang faxen!“

Axel Braunert ließ sich nicht anmerken, dass das Verhältnis zwischen seiner Abteilung und Jupp Schulte seit einigen Tagen sehr gespannt war. Er war wie immer sachlich, freundlich und korrekt. Schulte hatte mit Braunert noch nie Probleme gehabt und war auch jetzt trotz allem mit ihm im Reinen. Seine Wut richtete sich, von seiner Dauer-Fehde mit Erpentrup einmal abgesehen, nur gegen Maren Köster. Und das hatte wohl nicht nur mit den Streitigkeiten um die Abwicklung des Mordfalles im Arbeitsamt zu tun. Nein, Schulte war ehrlich genug, um sich einzugestehen, dass hier von seiner Seite aus mehr Emotionen im Spiel waren, als es der gemeinsamen Sache gut tat. Gut, dass Braunert weiterhin eine zuverlässige Brücke zwischen den Fronten bildete.

„Danke! Und wie läuft es bei euch sonst so?“, fragte Schulte vorsichtig.

„Meinst du dienstlich oder privat?“, wollte Braunert wissen. „Fast alles, was sich in den letzten Tagen dienstlich getan hat, kannst du gleich in den Faxseiten lesen. Du bist dann völlig auf dem Laufenden. Wurde auch Zeit, muss ich zugeben. Glaub mir, es wird dir nichts an Informationen unterschlagen. Tut mir leid, wenn das neulich den Anschein gegeben hat. Aber du weißt doch, aus welcher Ecke immer wieder gegen dich geschossen wird. Das kommt aus der Etage über uns.“

„Weiß ich!“, beeilte sich Schulte zu sagen. „Lass uns mal in den nächsten Tagen zusammen ein Bier trinken, um alles wieder ins Reine zu bringen.“

Braunert zögerte.

„Von mir aus gerne! Aber ich kann dir nicht garantieren, dass Maren mitkommt. Die ist ziemlich sauer auf dich seit deinem Telefonat neulich. Sie fühlt sich ungerecht behandelt. So hättest du nicht mit ihr reden dürfen, findet sie. Und dass unsere liebe Maren etwas nachtragend ist, das muss ich dir nicht erst erzählen. Es wird dich einiges an Mühe kosten, sie zu einem Versöhnungsbier zu überreden."

„Kannst du das nicht für mich machen?"

Braunert lachte.

„Nee, Jupp! Nicht schon wieder. Ich habe schon so oft für euch beide den Versöhnungsaugust gespielt. Macht ihr beiden das mal schön unter euch aus. Langfristig wird auch Maren wieder wollen, dass alles in Butter ist."

Schulte zögerte einen Moment.

„Bist du dir da ganz sicher? Jetzt, wo sie doch mit diesem Kerl zusammen ist, diesem… wie heißt der eigentlich?"

„Du meinst den Grafenberg? Ich bin gar nicht sicher, ob die beiden bereits ein Paar sind. Allerdings fehlt dazu wohl nicht mehr viel. Kann also jeden Moment was werden aus den Beiden."

Als Schulte darauf nichts antwortete, fasste Braunert nach.

„Sorry, so platt hätte ich das wohl nicht sagen sollen. Ich hatte ganz vergessen, dass du ja auch immer schon an Maren interessiert warst. Na ja, vielleicht ist es ja nur eine kurze Liebelei und die Sache hat sich in vierzehn Tagen erledigt. Du kannst ja…!"

„Lass gut sein!", fuhr Schulte schlecht gelaunt dazwischen. „Ich habe keine Interessen mehr in Richtung dieser Dame. Das hat sich erledigt. Ich habe zurzeit ganz andere Sorgen. Kannste mir glauben!"

Braunert glaubte ihm kein einziges Wort, sagte aber zu dieser Angelegenheit nichts mehr.

„Übrigens", wechselte er schnell das Thema. „hast du gewusst, dass der Tote aus der Agentur für Arbeit auf die selbe Penne gegangen ist wie du? In Warburg. Außerdem war er dein Jahrgang. Vielleicht habt ihr euch ja sogar gekannt.

Guck dir die Faxe gleich mal gründlich an. Sind in einer Minute da. Wir sehen uns beim Bier!“

Braunert legte auf und hinterließ einen verwirrten Jupp Schulte. Was war denn jetzt los? Hatte Braunert zwei Mordfälle verwechselt? Der Tote in Paderborn war ein Klassenkamerad von Schulte gewesen, sicher. Aber wie kam Braunert darauf, das mit dem Detmolder Fall in Verbindung zu bringen? Eigentlich war Axel Braunert nicht der Typ, der eine Akte oberflächlich las. Braunert war die Gründlichkeit in Person. Der geborene Analytiker. Der verwechselt so was doch nicht! Fieberhaft wartete Schulte darauf, dass das Faxgerät ansprang. Mit leicht zitternden Händen nahm er das erste Blatt entgegen und überflog es rasch. Sein Blick blieb beim Namen des Toten hängen. Jochen Hoppe. Und weiter stand da wirklich, dass dieser Jochen Hoppe in Warburg zum selben Gymnasium gegangen war wie Schulte. Und im selben Jahr abgeschlossenen hatte. Und jetzt traf ihn die Erinnerung wie ein Blitzschlag. Jochen Hoppe war nicht nur ein Klassenkamerad gewesen, sondern hatte zum harten Kern von Schultes Clique gehört. Nur, dass die Jungs sich damals praktisch nie mit ihrem richtigen Namen angeredet hatten. Hoppe war für alle nur der *Zinker* gewesen. Weil er beim Pokern immer falsch gespielt hatte.

Schulte schnappte nach Luft. Das musste erst einmal verdaut werden. Innerhalb von einer Woche wurde er nun zum zweiten Mal damit konfrontiert, dass jemand aus seiner alten Clique ermordet worden war. So richtig glauben konnte er es noch immer nicht. Wieso hatte er in all den Jahren, die er nun in Detmold wohnte, nie mitbekommen, dass Jochen Hoppe ebenfalls hier lebte? Er beantwortete sich die Frage gleich selbst. Weil er in all den Jahren nie zum Arbeitsamt musste. Weil Hoppe vermutlich in ganz anderen gesellschaftlichen Zirkeln verkehrte als Schulte, weil sie nicht in dieselben Kneipen gingen, weil Hoppe als braver Ehemann wahrscheinlich den größten Teil seiner Freizeit zuhause verbracht hatte und so weiter. Es war gar nicht schwierig, sich in einer 70.000 Einwohner zählenden Stadt aus dem Weg zu gehen. Und auf der Straße hätten sie sich sicherlich nicht erkannt. Ihn fröstelte.

Und langsam, ganz langsam quoll in ihm ein unangenehmer Gedanke hoch: Das alles konnte kein Zufall sein! Hinter den beiden Morden steckte System. Steckte ein kaltblütiger Mörder! Ja, denn beide Fälle waren nach dem, was man wusste, mit erstaunlicher Kaltblütigkeit ausgeführt worden. Was hatte Andreas Krüger und Jochen Hoppe verbunden? Was konnte das Motiv gewesen sein, beide aus der Welt zu schaffen? Hatten die beiden in den letzten Jahren noch Kontakt miteinander gehabt? Schulte war es gewesen, der irgendwann alle Brücken abgebrochen hatte. Wenn er ehrlich war, musste er sich eingestehen, dass er keine Ahnung hatte, welche Wege seine alten Kumpel genommen hatten. Es hatte ihn nie interessiert. Vielleicht war der Rest der Clique ja beisammen geblieben. Hatten sich gegenseitig besucht, wie es alte Freunde machen. Hatten Krüger und Hoppe vielleicht zusammen Geschäfte gemacht? Krumme Geschäfte vielleicht? Zugetraut hätte er es beiden. Vor allem Krüger, der damals nur *Kiste* geheißen hatte, war schon seinerzeit ein ausgesprochenes Schlitzohr gewesen. Und Hoppe, der *Zinker*, hatte ihn dafür bewundert.

Aber es gab jemand, den Schulte danach fragen konnte. Jemanden, der vielleicht den weiteren Verlauf des Freundeskreises ebenfalls miterlebt hatte. Der wusste, ob es noch innere Beziehungen in diesem Zirkel gab und wie sie aussahen. Brückmann! Brückmann, den sie früher immer *Power* genannt hatten.

Schulte riss das dicke Telefonbuch aus dem Regal und blätterte unter Warburg nach. Dann griff er nach dem Telefon und wählte. Als Brückmann sich meldete, sprudelte Schulte sofort los. Er berichtete dem wortlos lauschenden Brückmann, der anscheinend wie vom Schlag gerührt war, zuerst davon, dass ihr gemeinsamer alter Freund Krüger nicht einfach so verstorben sei, sondern Opfer eines Mordes geworden war.

Brückmann bestätigte ihm dann, dass er davon noch nichts gewusst habe. Er sei davon ausgegangen, dass Krüger an irgendeiner schlimmen Krankheit gestorben sei. Nein, er hatte schon seit vielen Jahren keinen Kontakt mehr zu ihm gehabt.

Dann ging Schulte vorsichtig auf den Detmolder Fall ein. Er musste einem völlig geschockten Brückmann mitteilen, dass aus ihrer „Viererbande“ nur noch sie beide unter den Lebenden waren.

„Zinker also auch!“, murmelte Brückmann so leise, dass Schulte ihn kaum verstehen konnte. Und bevor Schulte noch etwas sagen konnte, schob er, immer noch mit brüchiger Stimme nach:

„Ich hatte allerdings auch zu Zinker keinen Kontakt mehr. Schon lange nicht mehr.“

Dann war es auf beiden Seiten der Leitung lange Zeit still. Schließlich fragte Brückmann:

„Wann ist denn Zinkers, ich meine, Jochens Beerdigung? Und wo?“

Schulte musste erst eine weitere Faxseite überfliegen, um antworten zu können.

„Am Montag! 16 Uhr. In Detmold. Der Friedhof liegt an der Hiddeser Straße.“

„Werde ich wohl finden! Ich bin da. Du auch?“

Schulte musste erst einmal überlegen. Noch keine Sekunde hatte er mit dem Gedanken verbracht, zur Beerdigung eines Mannes zu gehen, von dessen Tod er noch vor einer halben Stunde nichts gewusst hatte. Aber sicher, Brückmann hatte recht. Es war nur angemessen, dorthin zu gehen. Aber hatte er am Montag überhaupt Zeit? Er hatte am Montagnachmittag keinen Termin. Er sagte sein Kommen zu und beendete das Gespräch.

Heute war Freitag. Auf diesen Abend hatte er sich gefreut. Er hatte eine Einladung bekommen. Nach Osnabrück. Und wenn auch Osnabrück an sich nicht zwangsläufig ein Grund zur Vorfreude gewesen wäre, so doch die Person der Einladenden. Allerdings war die Stimmung nach all dem, was er an diesem späten Freitagnachmittag hatte verdauen müssen, reichlich abgekühlt.

40

Regen prasselte gegen die Windschutzscheibe des alten Volvo. Seit Tagen regnete es nun in einer Tour. Die Erde konnte die Wassermassen schon nicht mehr aufnehmen. Zwischendurch gab es dann immer mal wieder zwei schöne Tage, die dann erneut abrupt durch ein Unwetter beendet wurden. Temperaturunterschiede von zwanzig Grad, innerhalb weniger Stunden, ließen nicht nur Blitz und Donner die Atmosphäre bestimmen. Viele Menschen litten unter diesen enormen Temperaturschwankungen und reagierten mit Schlappheit, Müdigkeit und schlechter Laune. Schulte hingegen ging es gut. Er hörte sich während der Autofahrt ein Live-Konzert der Gruppe *Queen* an.

Gunda Luitjens, eine Kollegin aus Ostfriesland, mit der er im letzten Jahr an einem Fall zusammengearbeitet hatte, hütete gerade die Wohnung ihrer Mutter in Osnabrück, die sich ein paar Tage im Krankenhaus aufhielt.

Anscheinend war ihr die Decke auf den Kopf gefallen. In dieser Notsituation, als die Langeweile am größten war, hatte sie sich daran erinnert, dass Schulte ganz in der Nähe wohnte.

Also hatte sie ihn kurzerhand angerufen, um sich mit ihm zu verabreden. Der hatte sofort zugesagt und befand sich nun auf dem Weg nach Osnabrück. Herford hatte er bereits hinter sich gebracht und lenkte sein Auto nun in Kirchlengern auf die Autobahn.

Schulte war froh, aus Detmold herauszukommen. Einfach einmal zwei Tage abtauchen, nichts hören und nichts sehen, war genau das, was er jetzt brauchte. Eine Stunde später stoppte er seinen Wagen vor einem Haus, das von Jugendstilelementen geziert wurde. Er suchte nach der Hausnummer und drückte eine Minute später auf einen Klingelknopf, neben dem ein Messingschild mit dem Namen Emma Luitjens angebracht war.

Eine attraktive blonde Frau öffnete ihm wenig später die Haustür. Gunda Luitjens! Schulte hatte den Eindruck, dass sie seit letztem Jahr noch schöner geworden war. Schon damals hatte er ihr ein wenig den Hof gemacht. Doch irgendwie bekam er damals keinen Fuß in die Tür. Immer wenn er eine Chance sah, ihr ein Stückweit näher zu kommen, hatte die schöne Friesin ihn mit den Worten, Dienst ist Dienst und Schnaps ist Schnaps, in die Schranken gewiesen. Damit diesmal erst gar keine Missverständnisse aufkamen, hatte Schulte noch schnell einen Obstbrand aus seinen Beständen eingepackt, den er ihr jetzt mit einem schelmischen Grinsen überreichte. Gunda Luitjes nahm die Flasche lachend entgegen und sagte:

„Ich habe Kaffee gekocht. Ich hoffe, das ist auch okay."

Schulte trat ein und saß wenig später in einem gemütlichen Zimmer am Kaffeetisch. Sie redeten über Gott und die Welt. Irgendwann, als Schulte nachfragte, wie man den angebrochenen Abend weiter gestalten wolle, berichtete Gunda Luitjens, dass sie heute im Krankenhaus einen alten Freund wieder getroffen habe. Dieter Hölscher, ein Osnabrücker Urgestein und jetzt Betriebsrat im Klinikum. Er machte seit Menschengedenken Musik und heute Abend würde er mit seiner Band *Just for Fun* auf dem Betriebsfest „seines Krankenhauses" spielen und zwar im Rosenhof, einem ehemaligen Kino. Er hatte sie zu dem Auftritt eingeladen, auch wenn sie nicht zur Belegschaft gehörte. Sie mochte Hölscher und seine Musik und so hatte sie versprochen zu kommen.

Wenn Schulte nichts dagegen habe, könne man ja erst nett Essen gehen. Sie habe da von einem interessanten Restaurant namens *Manolo* gehört. Könne man ja mal ausprobieren.

41

Kurz vor Mitternacht gab Gunda Luitjens Schulte ein Zeichen, dass sie die Feier nun beenden wolle. Sie ließ sich die Telefonnummer eines Taxis geben, orderte eines, verabschiedete sich von den Musikern, winkte noch einmal gut gelaunt in die Runde der Feiernden und ließ sich von Schulte aus dem Saal begleiten. Draußen empfing sie ein erstaunlich milder Sommerabend. Die Luft war betörend warm und feucht. So richtig in Feierstimmung war Schulte an diesem Abend sowieso nicht gewesen. Das hatte nichts mit der Feier an sich zu tun. Die war ausgesprochen nett, die Musik gut, der Getränkeservice prima gewesen. Aber ihm gelang es nicht recht, sich frei zu machen von den Ereignissen der letzten Tage. Außerdem stand sein Auto vor der Tür von Gunda Luitjens Mutter und ihm stand noch eine Nachtfahrt von Osnabrück nach Detmold bevor. Deshalb hatte er sich den ganzen Abend über mit Alkohol sehr zurückgehalten. Dass seine schöne Begleiterin ihm einen Platz auf dem Besuchersofa anbieten würde, stand nicht zu erwarten. Vom Vorjahr her wusste Schulte, dass sie in diesen Dingen etwas spröde war. Wenn er Glück hatte, würde es ein paar nette Worte zum Abschied und eine herzliche Umarmung geben.

Das Taxi hielt, Schulte bezahlte. Dann standen beide etwas unschlüssig auf dem Bürgersteig herum. Schulte beschloss ihr die Peinlichkeit ersparen, ihn wegschicken zu müssen, indem er von selbst ging. Er wollte sich gerade von ihr verabschieden, als sie hüstelte und ihn fragte:

„Hast du noch ein paar Minuten Zeit?“

Schulte schluckte und nickte. Was war das denn? Sie sah zu Boden, als sie weiter sprach.

„Ich kenne ja den Geschmack meiner Mutter. Und da ich hier nicht gezwungen sein wollte, klebrig süße Liebfrauenmilch zu trinken, hatte ich mir eine schöne Flasche Schwarzriesling von zuhause mitgebracht. Sehr lecker, hoffe ich.

Wenn du möchtest, trinken wir noch einen Schluck zusammen. Du hast doch heute Abend noch nicht viel getrunken. Ein Glas kannst du wohl noch vertragen, oder?"

Schulte war sprachlos und mit allem einverstanden.

„Wir können uns ein bisschen auf den Balkon setzen. Es ist noch so schön draußen."

Im Haus zeigte sie ihm den Balkon, bat ihn, schon einmal die Polsterauflagen auf die Balkonstühle zu legen und holte dann den Wein und zwei Gläser. Dann stellte sie die beiden Stühle direkt nebeneinander.

Sie ging noch einmal in die Wohnung und ließ einen Schulte zurück, der sich fragte, wo das alles enden würde. Als sie zurückkam, hatte sie sich umgezogen. Sie trug nun ein weites luftiges Kleid, darüber eine dünne Strickjacke. Dann legte sie eine halbvolle Packung Zigaretten auf den Balkontisch.

„Die hat meine Mutter hier liegen lassen. Ich habe jetzt so richtig Lust darauf!"

Schulte wunderte sich nun über gar nichts mehr. Soweit er wusste, war Gunda Luitjens seit Jahren eine überzeugte Nichtraucherin. Er selbst war ein Gelegenheitsraucher und konnte mal einen Abend rauchen, dann wieder für Monate die Finger von dem Zeug lassen. Beide steckten sich eine Zigarette an und rauchten schweigend, während sie den herrlichen Sternenhimmel betrachteten. Auf einmal, und ohne erkennbaren Anlass, sagte sie sehr sanft und leise:

„Komm, lass uns Händchen halten! Das dürfen wir doch wohl noch!"

Schulte spürte erste Anzeichen eines Hirnschlages, legte aber wie ferngelenkt seine Hand in die ihre. Zwei Minuten saßen sie so da, dann löste sie ihre Hand aus der seinen und sie steckte sich und ihm eine neue Zigarette an. Schulte, ermutigt durch den unerwarteten Ablauf des Abends, nutzte die Gelegenheit, als beide eine neue Sitzposition einnehmen mussten und legte ihr den Arm um die schmalen Schultern.

Er zog sie leicht an sich. Sie kuschelte sich wohlig an ihn. Schulte nahm mit der freien Hand sein Weinglas, trank einen großen Schluck und flüsterte mit belegter Stimme:

„Dass ich das noch erleben darf!“

Sie schaute ihn lächelnd an. Er erkannte sie kaum wieder. Diese Frau sah er heute nicht zum ersten Mal. Er hatte sie von Anfang an begehrenswert gefunden. Gunda Luitjens war eine dieser leicht herben ostfriesischen Schönheiten. Eine Schönheit, die sich dem Betrachter nicht auf den ersten Blick erschließt. Die nicht herausfordert. Die still, verhalten und etwas scheu ist. Eine Schönheit, die entdeckt werden will. Die sich aber nur dem Betrachter offenbart, dessen Blick nicht konditioniert ist durch die stereotypen und aufdringlichen Schönheitsideale hollywoodscher Prägung.

Schulte hatte den richtigen Blick für diese Frau. Aber er hatte in ihrem Gesicht, das er wunderschön fand, auch immer eine Spur dieser Härte gefunden, die sie im Alltag als Polizistin brauchte und zeigte.

Diese Härte war bislang für Schulte wie ein Bollwerk gewesen, welches jede Annäherung schroff abwies. Jetzt war sie komplett verschwunden. Ihre Lippen hatten die Spannung aufgegeben und lächelten ihn sinnlich an. Alle Gesichtszüge waren frei und gelöst und strahlten eine Milde aus, die er an ihr nie vermutet hätte. Aber ihre blauen Augen leuchteten ihn verlangend an. Diese Botschaft war deutlich.

Schulte beugte sich zu ihr rüber, ganz nah zu ihr. Ganz zart strich er ihr eine Haarsträhne aus dem Gesicht. Als er dabei ihre erregte Wärme spürte, löste dies alle Bremsen. Er sah nur noch diese fordernden Augen und die leicht geöffneten Lippen vor sich. Lippen, denen er immer näher kam! Bis er sie spürte. Bis sie warm und weich ein Beben in seinem Körper auslösten.

Um ihn herum versank alles. Er sah und hörte nichts mehr. Nur noch ihr leises wohliges Stöhnen, das immer leidenschaftlicher wurde, je tiefer und intensiver ihre Küsse sich trafen. Er zog sie so weit zu sich heran, wie die störenden Armlehnen ihrer Klappsessel dies zuließen. Sein linker Arm hielt ihre Schulter fest umschlungen, seine rechte Hand wanderte forschend und fordernd über ihr Gesicht, über ihr Haar, über ihren Hals. Als sie die weiche Strickjacke erreichte, hielt Schulte einen winzigen Moment inne, dann stieß seine Hand weiter vor auf unerforschtes Gelände. Sie glitt unter das Kleid, strich sanft über Gunda Luitjens Schulter und Schlüsselbein, um dann wie unter Zwang tiefer zu rutschen. Er hätte vor Wonne schreien können, als er unter seiner Hand ihre Brüste spürte. Als er fühlen konnte, wie ihre Brustwarze seine Leidenschaft erwiderte.

Dann, ganz überraschend, wich sie ein Stück von ihm zurück. Seufzte tief, zog die Strickjacke wieder zurecht, hob den Kopf und sprach leise und ein wenig traurig:

„Das geht nicht! Wir können das nicht machen! Tut mir leid!“

Schulte fühlte sich, als hätte man ohne Vorwarnung eiskaltes Wasser über ihn gegossen. Er setzte sich senkrecht auf, schüttelte sich, als müsse er einer Narkose entkommen.

„Warum?“

Wieder seufzte sie, griff zu einer weiteren Zigarette, inhalierte tief und sagte:

„Ich kann das so nicht! Glaub mir, ich würde gern so weitermachen. Ich würde auch gern mit dir anschließend ins Bett gehen. Aber nur, wenn es für uns eine Perspektive gäbe. Die gibt es aber nicht. Ich bin in ein paar Tagen wieder in Aurich, du in Bielefeld oder Detmold. Ich kann mich nicht heute Nacht verlieben und morgen wieder allein sein. Männer können das vielleicht. Ich nicht! Dabei würde ich gefühlsmäßig draufgehen.“

Und als er sie völlig verständnislos anstarrte:

„Nimm es bitte nicht persönlich! Gerade, weil ich mich durchaus in dich verlieben könnte, geht es nicht. Verstehst du das? Für eine feste Beziehung taugen wir beide nicht. Und ich würde zuviel investieren, wenn wir jetzt weitermachen. Ich kann nicht so einfach zurück. Ich hänge dann am Haken."

Es dauerte eine Weile, dann schenkte sich Schulte ein neues Glas Wein ein, trank es in einem Zug aus, steckte sich auch eine Zigarette an und lehnte sich im Klappsessel zurück. Mittlerweile war die Nacht doch etwas kühl geworden. Gunda Luitjens zog ihre Strickjacke fester zusammen. Lange saßen sie so nebeneinander. Keiner sagte ein Wort. Es wurde noch kühler. Die ersten Regentropfen fielen.

Dann stand Schulte auf, reckte sich etwas und sprach heiser:

„Ich denke, es wird Zeit für mich. Danke für den wundervollen Abend!"

Auch Gunda Luitjens stand auf und begleitete ihn wortlos durch die Wohnung ihrer Mutter. An der Haustür wollte Schulte ihr so förmlich wie möglich die Hand geben, als sie plötzlich einen Schritt nach vorn machte und ihn heftig umarmte.

Und ehe er sich wundern konnte, fühlte er wieder ihre Lippen auf seinem Mund. Diesmal nicht warm und weich. Diesmal hart und fordernd. Beide mussten ihren Atem erst wieder unter Kontrolle bekommen, als sie voneinander abließen. Leicht keuchend stieß sie hervor:

„Bleib hier! Bitte!"

Und als er staunend, mit offenem Mund, vor ihr stand, ergänzte sie:

„Halt mich für verrückt! Aber wenn ich dich jetzt gehen lasse, dann werde ich mich spätestens in fünf Minuten darüber ärgern. Außerdem ist noch was in der Weinflasche."

Als Schulte sie wieder in den Arm nahm, murmelte sie leise:

„Aber das mit dem Wein hat noch Zeit. Es gibt Wichtigeres!"

42

Wieder ein regnerischer Abend. Doch Schulte bemerkte es kaum. Nach der gestrigen Nacht hatte er Flugzeuge im Bauch. Heute Abend konnte er nicht allein sein, schon gar nicht in dieser unaufgeräumten Wohnung. Er musste etwas unternehmen. Doch mit wem? Maren Köster brauchte er in nächster Zeit nicht anzurufen. Auf Axel Braunert hatte er nicht so richtig Lust, das gäbe mit Sicherheit ein Gespräch über die ganzen anstehenden Probleme. Auch danach stand ihm nicht der Sinn. Und seine Vertraute neuerer Zeit, Margarete Bülow, wohnte in Paderborn. Fritzmeier oder Rodehutskors kamen auch nicht in Frage. Also, wer blieb, war seine Tochter. Wie war er nur die ganzen Jahre ohne sie ausgekommen. Schulte konnte sie sich aus seinem Leben nicht mehr weg denken. Er rief sie an. Es war besetzt, also war sie zu Hause. Er machte sich auf den Weg. Während der Fahrt dachte er über seinen Bekanntenkreis nach. Im Grunde hatte er nicht viele wirkliche Freunde. Die meisten waren Kollegen oder hatten unmittelbar mit der Polizeiarbeit zu tun. Und wenn ihm vor zwanzig Jahren einer gesagt hätte, dass Schulte sich mit jemandem wie Fritzmeier anfreunden würde, der ja auf den ersten Blick so gar keine Gemeinsamkeiten mit ihm hatte, er hätte es nicht geglaubt. Das Leben ist doch sehr kleingliedrig, dachte er. Als junger Mann stellte man sich vor, dass man alles anders machen würde als die letzte Generation. Und dann, mit fünfzig, unterschied man sich an vielen Stellen gar nicht so sehr von seinen Eltern. Klar, es war vieles anders geworden, seit der Kindheit. Aber das Wesentliche, das die jeweilige Familie ausmachte, wurde doch von Generation zu Generation weitergegeben. Man konnte sich nicht mal so eben aus der Kultur der Ursprungsfamilie heraus schleichen.

Dann dachte Schulte an seine Mutter. Sie war alt geworden und könnte seine Hilfe sicherlich gut gebrauchen. Er musste sich mehr kümmern. Er nahm es sich fest vor. Gleich nächste Woche würde er wieder nach Warburg fahren, um sie zu besuchen.

Schulte stürmte die Treppen zur Wohnung seiner Tochter hinauf. Er hatte Lust irgendwo essen zu gehen. Ein bisschen plaudern und ein gutes Glas Wein trinken. Auch das hatte sich durch den Einfluss seiner Tochter geändert. Wenn er mit ihr ausging, tauschte Schulte öfter mal das obligatorische Bier gegen ein Glas Wein. Gut gelaunt läutete er an der oberen Wohnungstür Sturm. Eine leichenblasse, verweinte junge Frau öffnete ihm. Schulte traf der Schreck unerwartet. Was war geschehen?

Als Lena ihren Vater sah, stürzte sie in seine Arme und schluchzte haltlos. Sie konnte sich gar nicht mehr einkriegen und Schulte ertrug es. Nach einer Ewigkeit wischte sich Lena Wiesenthal ihre Tränen aus den Augen, schniefte noch einmal kräftig ins Taschentuch und wollte zur Tagesordnung übergehen. Doch Schulte ließ es nicht zu.

„Hattest du wieder einen dieser üblen Telefonanrufe?“

Sie nickte und schwieg.

Schulte bemerkte, wie ihn eine unbändige Wut ergriff, die er körperlich spüren konnte.

„Du musst hier weg und zwar so schnell wie möglich!“

„Wie stellst du dir das vor? Wir sind mitten im Schuljahr. Ich kann doch nicht einfach mal eben so ein paar Wochen verschwinden. Unsere Schule ist sowieso schon hoffnungslos unterbesetzt.“

„Das regele ich morgen. Du gehst zu deinem Hausarzt und sprichst alles mit ihm durch und ich leite die entsprechenden polizeilichen Schritte ein. Ich rede so schnell wie möglich mit Maren. Versprich mir, dass du gleich morgen zu deinem Arzt gehst.“

Lena seufzte, nickte dann aber. Sie wirkte zerbrechlich in dem großen Sessel.

„Und, was hat er gesagt?“

„Ach lass doch! Ist doch nicht so wichtig.“

„Nicht so wichtig? Und ob das wichtig ist. Also, was hat er gesagt?“

„Sinngemäß, dass du ein Arschloch seist und immer bleiben würdest. Und ich nicht besser sei als du. Meine Mutter sei eine ehrliche Frau, aber doppelt gestraft, erst mit dir und jetzt mit mir. Weil ich zu dir halte, so sagt er, sei ich nicht besser als du und müsse ebenso sterben wie du.“

Schulte fühlte sich schuldig. Er schämte sich, dass er seine Tochter in eine solche Rolle gebracht hatte.

„Lena, es tut mir so schrecklich leid, dass du wegen mir diese Ängste ausstehen musst. Aber ich kann es im Moment nicht ändern. Ich will dich nicht beunruhigen, aber ich nehme die Sache verdammt ernst. Irgendetwas braut sich da zusammen.“

„Ich glaube, manchmal haben auch Polizisten ihre Berufskrankheit. Die wittern schon ein Verbrechen, wo andere Menschen noch der Meinung sind, alles ist eitel Freude und Sonnenschein. Kann es sein, dass du in dieser Frage etwas überreagierst?“

„Überreagieren! Ich gehe morgen zu der Beerdigung eines einstmals guten Freundes. Jemand aus meiner Jugendclique. Er ist vor zwei Wochen an seinem Arbeitsplatz erschossen worden. Das ist übrigens schon der zweite Mord an jemandem aus meinem alten Warburger Freundeskreis. Letzte Woche haben wir schon jemand unter die Erde gebracht, mit dem ich den Großteil meiner Jugend verlebt habe. Auch er wurde ermordet. Warum soll ich nicht auch noch dran kommen? Ich finde zwar überhaupt keinen Ansatz für ein Mordmotiv, aber die Täter verfügen ja in solchen Situationen oft nur über einen eingeschränkten Blickwinkel.“

Beide schwiegen einige Minuten.

„Lena, du musst weg aus Lippe! Und ich weiß auch schon wohin! Du fährst gleich morgen, wenn der Formalkram geregelt ist und du deine Aussagen gemacht hast, zu deiner

Schwester nach Greifswald. Wir rufen sie gleich an. Die kann im Übrigen durchaus ein bisschen Ablenkung und Unterstützung gebrauchen. Ich habe es dir noch nicht erzählt, aber ich werde Opa!"

Trotz der heiklen Situation musste Lena schmunzeln.

„Und wie kommst du klar, mit dem plötzlichen Bewusstsein, alt geworden zu sein?"

Schulte winkte ab.

„Wir rufen jetzt deine Schwester an und heute Nacht schlafe ich auf deinem Sofa.

43

Lange genug hatte es ja gedauert, bis der bedauernswerte Herr Hoppe beerdigt wurde. Rund zwei Wochen hatte man ihn in der Pathologie des Detmolder Krankenhauses zwischengelagert, hatte ihn obduziert und anschließend wieder in die Kühlbox gelegt. Warum ein solches Verfahren so lange dauern musste, konnte sich Jupp Schulte nicht erklären. Denn die Todesursache hatte nie ernsthaft zur Debatte gestanden. Der Mann war erschossen worden. Dafür gab es Zeugen. Aber die Mühlen der Bürokratie mahlen manchmal schneller und manchmal langsamer. Im Paderborner Mordfall Krüger, der ja wesentlich komplizierter war, hatte man die Prozedur erheblich schneller abgeschlossen.

Es waren aber ganz andere Gedanken, die dem gebeutelten Polizisten durch den Kopf gingen. Das Wochenende war für ihn eine Zeit in einer anderen Welt gewesen. Eine kleine Nische des Glücks in einer trostlosen Zeit, die für ihn privat und dienstlich nichts als Probleme im Angebot zu haben schien.

Innerhalb einer Woche war dies die zweite Beerdigung eines alten Freundes. Was ging hier vor? Er fühlte sich nicht nur menschlich betroffen, er empfand auch den beiden Verstorbenen gegenüber die Pflicht, ihre oder ihren Mörder zu stellen und zur Strecke zu bringen.

Wenn er schon seinerzeit seinen Freunden untreu geworden war, indem er der Clique sang- und klanglos Adieu gesagt hatte, dann sollten die beiden wenigstens jetzt davon profitieren, dass sie mal mit ihm befreundet waren. Auch wenn es nun reichlich spät war.

Es war schwülwarm an diesem Montagnachmittag im Detmolder Nobelvorort Hiddesen. Eine dunkel gekleidete Schar von etwa dreißig Trauernden hatte sich zur Beerdigung Jochen Hoppes zusammengefunden. Wahrscheinlich seine Verwandtschaft. Schulte fragte sich, wer wohl mal zu seiner Beerdigung kommen würde? Seine beiden Töchter? Lena wahrscheinlich. Ina vielleicht. Sonst noch jemand? Plötzlich fühlte er sich noch elender, als ihm klar wurde, dass er durch seine Art der Lebensführung, so als etwas dorniges Solitärgewächs, ziemlich allein stand in dieser Welt. Er wischte die trüben Gedanken weg und schaute sich die Anwesenden näher an. Wo war Rudi Brückmann? Der wollte doch kommen. Jetzt kam jemand auf den Friedhof, mit dem Schulte überhaupt nicht gerechnet hatte. Hermann Rodehutskors. Rodehutskors war an diesem Tag die Inkarnation eines Rentners.

Komplett in beige gekleidet. Von der Windjacke bis hinunter zu den Schuhen. Schulte nickte Rodehutskors zu. Dann begab sich die Gesellschaft in die Friedhofskapelle. Als zwanzig Minuten später die Trauerfeier beendet war und die eigentliche Beisetzung begann, fügte sich auch Rudi Brückmann aus Warburg in den kleinen Zug ein. Er war keineswegs wie ein Trauergast gekleidet, auch er trug eine beige Windjacke ähnlich der von Rodehutskors. In Kombination mit einer dunkelbraunen Cordhose sah er alles in allem so spießig aus, dass Schulte ungeachtet der Situation schmunzeln musste.

Nach der Beisetzung ging Schulte zusammen mit seinem alten Warburger Freund zur Witwe und kondolierte. Sie stellten sich ihr als Klassenkameraden ihres Mannes vor. Nachdem auch Brückmann ihr sein Beileid ausgesprochen hatte, lud die Frau beide ein, zum Kaffee und Kuchen in den *Hiddeser Hof* mitzukommen.

Dort trafen die beiden ehemaligen Freunde wieder auf Rodehutskors.

„Wieso sind Sie eigentlich hier?“, fragte Schulte den Kuchen mampfenden Rodehutskors. „Was haben Sie mit dieser Beerdigung zu tun?“

Rodehutskors musste mehrfach schlucken, um einigermaßen unfallfrei sprechen zu können.

„Persönlich habe ich nichts damit zu tun. Aber dieser junge Herr Grafenberg, den kennen Sie doch auch, ist immerhin stark in Mitleidenschaft gezogen worden, als…“.

Er schaute sich vorsichtig um und sprach dann sehr leise weiter, „der arme Herr Hoppe erschossen wurde. Doch der Hauptgrund ist, dass ich zusammen mit Grafenberg seit kurzem ein Pressebüro betreibe und dieser Fall ja bundesweit für Aufsehen gesorgt hat. Jetzt wollen wir die Geschichte auch bis zum Ende begleiten.“

„Aha!“, staunte Schulte nicht schlecht. „Ich dachte, Sie genießen den Ruhestand und forschen nach der Römerschlacht. Woher kommt denn so plötzlich der Stimmungswandel?“

Rodehutskors winkte ab.

„Ach, dass mit den Römern machen doch jetzt so viele. Die Hermannsschlachtforschung braucht mich nicht mehr. Und was soll ich zuhause machen? Ich kann nicht den ganzen Tag Rotwein trinken und Zigarren rauchen.“

„Was sagt denn ihre Frau dazu, dass Sie wieder eingestiegen sind?“

„Oh, oh!“, Rodehutskors legte sich den Zeigefinger auf die Lippen. „Lassen Sie das bloß alles nicht meine Frau hören. Die weiß davon noch gar nichts. Ich habe auch noch keine Idee, wie ich ihr das schonend beibringen kann.“

Brückmann hatte bisher kaum zur Unterhaltung beigetragen. Er wirkte etwas eingeschüchtert. Ob es an der ihm fremden Gesellschaft lag oder ob dies einfach seine Art war, konnte Schulte nicht erkennen. Und wenn er ganz ehrlich war, fand er Rodehutskors auch als Gesprächspartner interessanter. Aber nach einer Weile beugte sich Brückmann zu ihm herüber und sagte leise:

„Können wir beiden uns mal in Ruhe unterhalten?“

Und als Schulte auffordernd nickte, ergänzte er:

„Nicht hier! Lass uns vor die Tür gehen!“

Wenig begeistert stand Schulte auf und schlurfte hinter Brückmann her. Sie umrundeten das Gasthaus und gingen ein Stück die Hindenburgstraße hinauf. Es war immer noch schwül und warm. Beide Männer trugen daher keine Jacke. Schulte fiel auf, dass Brückmann zwar seit der Jugendzeit ordentlich zugenommen hatte, er aber noch immer einen schwungvollen, ja geradezu kraftvollen Schritt hatte, obwohl sich in beiden Achselhöhlen dicke Schweißflecke abzeichneten. Schulte hatte Mühe mitzuhalten. Sie waren bereits fünfzig Meter gegangen, als Brückmann anfing:

„Ich brauch deine Hilfe! Als alter Freund und als Polizist. Vor allem als Polizist."

Dann folgte eine kleine Pause.

„Dass in so kurzer Zeit zwei unserer alten Freunde ermordet worden sind, ist kein Zufall. Wir sollten uns da keinen falschen Vorstellungen hingeben. Zumal ich nun auch bedroht worden bin."

„Was?", fuhr Schulte auf. „Du bist bedroht worden?"

Die gestern Abend erstmals gedachte Theorie, dass es bei den Mordfällen einen unmittelbaren Zusammenhang zu seiner alten Warburger Clique gab, wurde mehr und mehr bittere Wirklichkeit.

„Ja", berichtete Brückmann in ruhigem, fast emotionslosem Tonfall. „Ich habe einen Brief bekommen. Einen ziemlich üblen Brief. Darin werde ich beschimpft und bedroht. Ich werde beschimpft als asoziales, egomanisches Monster, das seine Freunde verraten hat. Und man bedroht mich ganz konkret mit dem Tod! Reicht das, um den Polizisten in dir zu wecken?"

Schulte war entsetzt. Ganz abgesehen von seiner Betroffenheit darüber, dass Brückmann mit einer Todesdrohung zu leben hatte, platzten bei ihm nun die letzten Illusionen weg wie Seifenblasen. Die unangenehmen Anrufe, die seine Tochter Lena seit einiger Zeit erleiden musste, hatten ihn zwar stark beunruhigt, aber er war trotzdem bisher nicht davon ausgegangen, diese Drohungen wörtlich nehmen zu müssen. Ein Spinner, hatte er gedacht, der ein perverses Vergnügen daran fand, seiner Tochter Angst zu machen. Aber nun schien es, als habe dieser Spinner bereits zwei Morde auf dem Gewissen.

Nun sah er ganz deutlich die tödliche Gefahr für seine Tochter und auch für sich selbst. Waren diese Anrufe nicht inhaltlich mit dem Brief, den Brückmann erhalten hatte, identisch? Hatten Krüger und Hoppe ähnliche Drohungen bekommen, bevor daraus tödlicher Ernst wurde?

Ihre Clique hatte aus Krüger, Hoppe, Brückmann und ihm selbst bestanden. Krüger war ermordet worden, Hoppe war ermordet worden. Brückmann wurde mit dem Tode bedroht, er selbst, bzw. seine Tochter, bekam diese Anrufe. Gab es irgendeinen Grund zu hoffen, dass der oder die Täter mit Brückmann und ihm anders verfahren würden, als mit den beiden ersten? Wohl kaum.

„Hast du den Brief dabei?“, fragte Schulte nach dem ersten Entsetzen.

„Nein!“, Brückmann schüttelte das mächtige Haupt. „Ich habe ihn zu Hause. Du kannst ihn aber gern haben, wenn du willst. Ich schicke ihn dir zu.“

„Quatsch! Das dauert zu lange und ist zu unsicher. Ich schicke dir noch heute Abend einen Mitarbeiter aus Paderborn vorbei. Der nimmt den Brief dann mit. Bist du dann zu Hause?“

Brückmann nickte, offenbar erstaunt, so wichtig genommen zu werden. Schulte fragte weiter:

„Sag mal, hast du irgendeine Vorstellung, wer dahinter stecken könnte? Haben wir damals jemandem was angetan? Vielleicht ohne die volle Tragweite erkannt zu haben?“

„Keine Ahnung!“, sagte Brückmann sehr bestimmt. „Ich habe schon viel darüber nachgedacht. Das kannst du mir glauben. Aber ich würde mich nicht wundern, wenn ihr drei damals irgendeine riesige Dummheit gemacht habt und ich jetzt mit drin hänge, weil wir ja meistens zusammen aufgetreten sind. Meistens, aber eben nicht immer!“

„Was willst du denn damit sagen?“, fragte Schulte, nun leicht erbost.

„Dass ihr, und vor allem du, manchmal ohne jeden Verstand gehandelt habt. Immer aus dem Bauch raus. Das will ich damit sagen. Ich war oft nicht damit einverstanden. Aber für Außenstehende hieß es nur, der Rudi gehört zur Clique von Schulte und Konsorten und ist mitverantwortlich für alles, was diese Truppe anstellt. Das hat mich früher schon oft geärgert. Jetzt muss ich den Kopf für etwas hinhalten, was ich gar nicht verbockt habe!“

Schulte war empört.

„Ich kann mich nicht entsinnen, dass wir dich jemals gezwungen hätten, mit uns rumzuhängen. Wenn dir unsere Art nicht gefallen hat, warum bist du dann immer wieder angedackelt gekommen? Hättest dir doch ’ne andere Clique suchen können. Glaub mir, wir haben uns oft genug gefragt, was wir mit dir anfangen sollen. Du warst ’ne unglaubliche Spaßbremse. Sei froh, dass wir dich immer mitgeschleppt haben!“

Die beiden Männer gingen nun mehrere Meter ohne zu sprechen. Dann fing Schulte wieder an.

„Warum erzählst du mir das eigentlich alles? Willst du mich allen Ernstes dafür verantwortlich machen, dass du diesen Scheißbrief bekommen hast? Du wolltest meine Hilfe. Wenn ich jemanden um Hilfe bitte, dann trete ich ihm nicht vorher auf die Füße!“

Brückmann schien von den Vorwürfen getroffen. Ihm dämmerte, dass er sich im Ton vergriffen hatte.

„Tut mir leid, aber ich bin etwas durcheinander. Ist alles ein bisschen viel für mich. Also, du lässt heute Abend den Brief bei mir zu Hause abholen? Wann wird dein Mitarbeiter kommen? Nur, damit ich auch Zuhause bin.“

Schulte zückte sein Handy, wählte die Nummer von Grotenburgs und wartete, bis sein junger Kollege sich meldete. Er fragte den ziemlich überraschten Kollegen, ob er noch heute nach Warburg fahren könne, um einen Brief sicherzustellen. Es stehe im Zusammenhang mit dem Mordfall Krüger.

„Aber heute habe ich frei", brummelte von Grotenburg etwas unzufrieden. Kann das nicht jemand von Warburg aus machen?"

Aber Schulte konnte ihn schließlich überreden, knipste sein Handy aus und nannte Brückmann zwanzig Uhr als Termin. Dieser nickte und beide gingen die restliche Strecke zurück zum *Hiddeser Hof* ohne ein weiteres Wort.

Die meisten Gäste waren noch da. Rodehutskors war allerdings schon gegangen. Auch Schulte und Brückmann verabschiedeten sich von der Witwe, nahmen ihre Jacken von der Garderobe und gingen hinaus. Auf dem Parkplatz stellte Brückmann fest:

„Mist! Das ist die falsche Jacke! Irgendeiner hat die Jacken vertauscht!"

„Hattest du denn was Wichtiges da drin?", fragte Schulte.

„Nee! Das Portemonnaie habe ich in der Hosentasche. Meine Mutter ist zu Hause, den Schlüssel brauche ich also nicht."

„Sag doch einfach dem Wirt Bescheid. Falls deine Jacke zurück gegeben wird, kann der ja alles regeln."

„Okay! Dann fahre ich eben ohne Jacke nach Hause. Übrigens, kannst du mich zum Bahnhof bringen, dann brauche ich kein Taxi zu nehmen?"

Schulte wunderte sich, dass Brückmann nicht mit dem Auto gekommen war, sagte aber sofort zu. Brückmann hängte die Jacke, die aller Voraussicht nach nur Rodehutskors gehören konnte, wieder an der Garderobe auf. Dann fuhr Schulte seinen Ex-Freund und aktuellen Leidensgenossen zum Detmolder Bahnhof. Bevor Brückmann ausstieg, fragte er noch:

„Du kümmerst dich um die Sache? Schnell?"

Schulte nickte.

„So schnell wie möglich. Heute Abend muss ich mich allerdings erst um einige andere Dinge kümmern. Eventuell muss ich meine Tochter auch nachher noch zum Bahnhof nach Bielefeld bringen. Die besucht ihre Schwester."

In diesem Moment kam Schulte auf die Idee, dass er ja auch gleich Zugverbindungen nach Greifswald in Erfahrung bringen könnte. Also stieg er auch aus und meinte:

„Ich komme mit. Ich brauche noch ein paar Reiseinfos für meine Tochter."

44

Hermann Rodehutskors hatte beim Beerdigungskaffee zwei Schnäpschen getrunken und sich vorsichtshalber von Grafenberg abholen lassen.

„Na, wie fährt sich unser Firmenwagen?“, fragte er seinen Chauffeur. Der antwortete schmunzelnd.

„Das beste Auto, das ich jemals hatte!“

Rodehutskors war zufrieden. Daran, dass Michael Grafenberg bislang noch nie ein Auto besessen hatte, mit dem er eine TÜV-Überprüfung erfolgreich hätte überstehen können, wollte er nicht denken. Für ihn lief es gut in den letzten Tagen. Es hatte im Verlauf des letzten Jahres Phasen gegeben, an denen ihm zu Hause die Decke auf den Kopf zu fallen drohte. Die Vorstellungen von einem ruhigen Rentnerleben, die seiner Frau vorschwebten, konnte er nicht teilen.

Er war noch nicht soweit. Bei ihm war noch zu viel Dampf im Kessel, wie er immer sagte. Nun hatte er, durch die Verbindung mit diesem jungen Mann, neue Perspektiven gewonnen. Jetzt musste er nur noch seine Ehefrau überzeugen, dann stand seinem späten Berufsglück nichts mehr im Wege.

„Lass uns kurz zu dir ins Büro fahren. Ich entwerfe dann schnell einen kleinen Artikel über die Beerdigung. Den kannst du ja eben in den Computer hacken. Das liegt mir nicht so. Und dann auf nach Bielefeld!“

Die beiden hatten für diesen Abend einen Termin mit dem WDR in Bielefeld. Nachdem bekannt geworden war, dass die Agentur über beste Quellen im Mordfall Arbeitsamt Detmold verfügte, waren Rodehutskors und Grafenberg begehrte Gesprächspartner geworden. Der in geschäftlichen Dingen völlig unbeleckte Grafenberg hätte vor lauter Begeisterung am liebsten alle Informationen kostenlos hinausposaunt. Aber Rodehutskors war ein alter Profi und wusste, was gute Nachrichten wert sind.

Doch als Rodehutskors, im Büro angekommen, schnell ein paar Sätze aufschreiben wollte, brauchte er seine Brille.

„Kannst du mir bitte mal eben meine Jacke aus dem Auto holen. Meine Brille ist da drin. Ohne kann ich nicht schreiben."

Es schien ihm bereits völlig selbstverständlich zu sein, den Jüngeren wie seinen Assistenten zu behandeln. Und in Anbetracht der sehr unterschiedlichen beruflichen Qualifikationen war das auch gar nicht so abwegig. Grafenberg sah das wohl ähnlich, denn er ging widerspruchslos zum mehr als hundert Meter weiter geparkten Auto und holte die Jacke. Als er wiederkam, gab er sie jedoch nicht ab, sondern hielt sie fest und roch ein ums andere Mal daran.

„Was zum Teufel machst du da mit meiner Jacke?", fragte Rodehutskors genervt. Er war im Begriff, dem anderen die Jacke zu entreißen.

„Die riecht ganz komisch!", sprach Grafenberg unsicher.

„Hä?", Rodehutskors war überrascht und etwas empört. „Meine Jacke riecht komisch? Was soll das denn heißen? Hast du keine anderen Sorgen?"

„Dieser Geruch erinnert mich an was!"

„Vielleicht erinnerst du dich langsam mal daran, wem die Jacke gehört. Ob dir der Geruch gefällt oder nicht, verdammt noch mal!"

Zögernd gab Grafenberg die Jacke frei. Rodehutskors kramte in der Seitentasche, auf der Suche nach seiner Brille.

„Wo ist denn diese Scheißbrille?", fluchte er, als er die Tasche leer fand. „Die habe ich doch…"

Wortlos kramte er weiter, fand aber keine Brille. Auch in keiner anderen Tasche.

„Das gibt's doch nicht!", schrie er wütend. „Das ist ja gar nicht meine Jacke! Die hat einer vertauscht!"

Verärgert warf er das Kleidungsstück auf den Fußboden. Grafenberg nahm sie wieder an sich und roch erneut daran, während Rodehutskors laut rief:

„So ein Mist! In meiner Jacke war mein Portemonnaie mit Ausweis und allem. Welcher Volltrottel hat…“

Dass er selbst der Volltrottel gewesen sein konnte, fiel ihm nicht ein.

Grafenberg rief plötzlich:

„Genau so hat er gerochen! Jetzt weiß ich's wieder!“

Rodehutskors starrte ihn an.

„Was weißt du wieder?“

Grafenberg drückte ihm die Jacke vor die Nase.

„Hier! Riech doch selbst mal daran. Würdest du diesen Geruch jemals vergessen, wenn du ihn in den schrecklichsten Sekunden deines Lebens riechen musstest?“

Rodehutskors schnüffelte vorsichtig, gab dann die Jacke angewidert wieder zurück und meinte:

„Nee! Das ist ja schauderhaft! Die stinkt entsetzlich nach Mottenkugeln! Puh!“

Grafenberg nickte.

„Genau! Ich halte mich nicht für einen olfaktorischen Typen. Aber ich möchte schwören, dass ich diesen Geruch ganz penetrant in der Nase hatte, als der Mörder vom Arbeitsamt mich als Geisel genommen hat. So was vergisst du nicht!“

Nun stand Rodehutskors vor Überraschung der Mund auf. Langsam, ganz langsam begriff er die Tragweite dessen, was er gerade gehört hatte.

Plötzlich wurde er hektisch.

„Mann! Ich habe doch Fotos auf der Beerdigung gemacht! Wenn da nun einer mit dieser Jacke zu sehen ist, dann…“

45

Beerdigungen, das wurde Schulte gerade klar, waren Veranstaltungen, auf die er gut verzichten konnte. Das war ihm heute wieder deutlich geworden. Doch anstelle des bevorstehenden Gespräches mit Maren Köster hätte er lieber zehn Begräbnisse hintereinander besucht und auch noch die Grabrede gehalten.

Doch er hatte nicht die Wahl. Es ging um seine Tochter und seine heißgeliebte, im Moment verhasste Kollegin, war die adäquate Ansprechpartnerin, wenn man dem Stalker, der seiner Tochter das Leben zur Hölle machte, in irgendeiner Weise das Handwerk legen wollte.

Am liebsten hätte Schulte dem Schwein selbst das Herz herausgerissen, so unbändig war die Wut, die von ihm Besitz ergriff, wenn sich die Bilder der weinenden Lena wieder in sein Bewusstsein drängten. Doch er war Profi genug, hier zu erkennen, dass er zu sehr involviert war. So mit Emotionen gespickt wäre die Wahrscheinlichkeit, dass er Fehler machen würde, einfach zu groß. Und seine Lena wollte er auf keinen Fall gefährden. Also blieb ihm nichts anderes übrig, als den Bußgang zu Maren Köster anzutreten. Klar würde seine Kollegin sehr viel Privates von ihm erfahren, nicht nur Ruhmreiches, wenn sie in diesem Fall ermitteln würde. Doch das war Schulte in diesem Moment egal. Es ging um seine Tochter.

Mit schweren Schritten schleppte er sich durch die Flure der Kreispolizeibehörde Detmold. Links hinten öffnete sich eine Tür und Erpentrup trat in den Korridor. Sah Schulte, drehte ab und verschwand in dem Zimmer, aus dem er gekommen war.

Ein kleiner Vorgeschmack auf das, was ihn noch erwarten würde, dachte Schulte. Okay, der Polizeioberrat war ihm egal. Er amüsierte sich sogar ein bisschen über dessen pikierte, kleingeistige Reaktion.

Schulte klopfte an die Bürotür der Kommissarin und trat ein. Braunert saß auf dem Besucherstuhl und nippte an einer Tasse Kaffee. Die Polizistin selbst las konzentriert in einer Akte. Als die Tür sich öffnete, sah sie auf und blickte Schulte in die Augen.

„Ich muss mit dir reden, Maren!“

„Kann sein, aber ich nicht mit dir!“

Braunert erhob sich und wollte gehen. Doch Schulte deutete ihm zu bleiben.

Mit einem Gesicht, das Unwohlsein ausdrückte, setzte er sich zurück auf den Stuhl.

„Okay Maren, du bist sauer auf mich. Ich auf dich auch. Wer jetzt mehr Grund dazu hat, können wir klären, wenn Zeit dazu ist. Es geht nicht um mich, sondern um meine Tochter. Sie wird permanent von einem Stalker belästigt. Mittlerweile geht der Mann so weit, dass er Morddrohungen gegen sie ausspricht. Und ich fresse einen Besen, wenn die Übergriffe, die der Arsch sich erlaubt, nichts mit dem Arbeitsamtsmordfall zu tun haben.

Axel, du hattest den richtigen Riecher, als du mich darauf aufmerksam machtest, dass Hoppe mit mir zur Schule gegangen ist. Es war sogar mal ein guter Kumpel von mir. Einen ähnlich guten Freund habe ich letzte Woche in Paderborn mit zu Grabe getragen. Ebenfalls ermordet! Und dieser Stalker spricht nun Morddrohungen gegen meine Tochter und mich aus. Das alles muss irgendwas mit meiner Warburger Jugend zu tun haben. Nur was? Ich kriege da einfach keinen Einstieg. Aber das ist im Moment nur in zweiter Linie wichtig. Ich muss meine Tochter aus Detmold wegbringen. In Lippe ist sie nicht mehr sicher. Bitte Maren, kümmere dich um sie. Wenn das so weiter geht, stirbt Lena vor Angst und ich werde verrückt.“

Augenblicklich hatte die Kommissarin das Kriegsbeil gegen Schulte begraben. Sie wurde dienstlich und hörte sich den Bericht ihres Kollegen an. Anschließend schrieb sie sich die Adresse Lena Wiesenthals auf und machte sich auf den Weg zu ihr.

46

Das Wohnzimmer war gemütlich eingerichtet, und die brennenden Kerzen, die das Halbdunkel erleuchteten, gaben dem Ganzen noch einmal zusätzlich eine anheimelnde Atmosphäre. In einem wuchtig wirkenden Sessel saß eine attraktive Frau, deren Alter nur schwer zu schätzen war.

„Ich finde es unheimlich mutig von dir, dass du die alten Verletzungen jetzt noch rächst. Mehrere Jahrzehnte hast du unter ihnen gelitten, während deine so genannten Freunde ein Leben in Saus und Braus lebten. Sie haben dir deine Gesundheit, deine Würde und dein Lebensglück genommen. Ich kann verstehen, das du das nicht vergessen kannst, solange du dem nicht einen Abschluss gibst, dessen Ausgang du selbst bestimmst."

Für ihn war es wie Balsam auf seiner geschundenen Seele. Endlich, nach so vielen Jahren gab es eine Frau, die ihn verstand. Er hatte oft sogar das Gefühl, dass sie ihn liebte. Wenn er doch nur nicht so schüchtern wäre, seine Gefühle zu äußern. Wäre es so, hätte er diese Klarheit, er hätte die Kraft, Berge zu versetzen.

Sein Wunsch nach Rache hatte sie zusammengebracht. Auch sie blickte auf ein schweres Leben mit ihrem Ehemann zurück. Sie waren Leidensgeschwister. Oder waren sie sogar Liebende, die ihr Leid gemeinsam ertrugen, solange, bis sie es hinreichend bearbeitet hatten, um ein neues Leben zu beginnen?

Doch bald war der Rachefeldzug abgeschlossen. Was würde dieses neue Leben dann bringen? Würden sie in ein Loch stürzen, in dem es keine gemeinsamen Themen mehr gab. War sie dann wieder die Schöne und er der Krüppel?

Diese unterschiedlichen Erscheinungen, die nichts mehr miteinander verband?

Wenn sich diese Realität einstellte, würde er erst sie, seine schöne Geliebte und sich dann selber umbringen. Mit dem Tod war er konfrontiert worden. Der schockte ihn nicht mehr, auch nicht sein eigener.

Er sah sie mit leuchtenden Augen an.

„Ja, jetzt geht es mir gut. Jetzt, wo ich ihre Angst erlebt habe, weiß ich, dass alle aufgeblasene Feiglinge sind. Wenn man einmal an ihrer Fassade rüttelt, brechen ihre Persönlichkeiten zusammen wie Kartenhäuser. Es sind und waren Schwächlinge und ich bin stark, das merke ich. Ich habe alle Kraft der Welt. Selbst wenn ich bei meinem Vergeltungsakt selber mit der Freiheit oder meinem Leben zahlen müsste. So hätte ich doch meine Freiheit gefunden. Nein, nicht gefunden, ich hätte sie mir erkämpft, in einer viele Jahre dauernden Auseinandersetzung!"

Er war erstaunt und erfreut über das, was aus seinem Munde kam. Nie hätte er sich solche Äußerungen zugetraut. Er fühlte sich stark und stolz und diese Gefühle konnte er in diesem Moment seiner Umwelt, nein, nicht seiner Umwelt, sondern ihr vermitteln.

Die Frau stand auf, ging auf ihn zu. Sie wirkte zierlich gegen ihn, als sie ihre Hand hob und ihm über die Wange strich. Die Berührung fühlte sich so sanft an, wie ein Sommerwind, der seine Haut umschmeichelte.

Doch diese Berührung zündete in ihm eine Atombombe der Gefühle. Noch geheime Gefühle! Doch er würde die Kraft finden, sie zum Ausdruck zu bringen! Aber zunächst wollte er sie dazu bewegen, mit ihm den Racheakt gemeinsam zu Ende zu bringen.

„Du musst mich bei meinem Weg unterstützen", bat er sie. „Ich bitte dich darum, das Telefongespräch zu führen, das jetzt nötig ist, um unseren Plan zu realisieren. Meine Stimme könnte erkannt werden. Das ist zu riskant."

Er bemerkte ihren Widerwillen nicht, als er ihr auffordernd das Telefon entgegenhielt.

47

Lange war der Bielefelder Bahnhof eine Baustelle gewesen. Doch jetzt hatte man den Großteil der Arbeiten geschafft. Das Gebäude erstrahlte in fast neuem Glanz.

Schulte und seine Tochter Lena waren, kurz nachdem Maren Köster ihr dienstliches Gespräch beendet hatte, aufgebrochen. Der Hauptkommissar wollte sicher gehen, dass Lena unbeschadet in Greifswald ankam. Daher war er fest entschlossen, sie höchstpersönlich in den Zug zu setzen. Das unterkühlte Auftreten der Kollegin ihm gegenüber war Schulte völlig entgangen, so sehr sorgte ihn die Sicherheit Lenas. Maren Köster hingegen empfand Schultes Verhalten als oberflächlich ihr gegenüber und konnte ihre Wut gerade noch zügeln.

„Deine Kollegin ist aber wirklich sehr einfühlsam“, erzählte Lena, als sie gemeinsam in einem Café der neu errichteten Kneipenmeile hinter dem Bahnhof saßen.

„Welche Kollegin?“, fragte Schulte abwesend.

„Na, Maren Köster.“

„Hm.“

„Eure Beziehung scheint sich ja, seit unserem letzten Treffen im Café Treibsand, nicht gerade verbessert zu haben?“

„Wie, Beziehung?“

„Hey Dad! Wo bist du mit deinen Gedanken? Na, du und Maren Köster.“

„Na ja, wir haben eher gar keine Beziehung. Ich meine ...“

„Du machst dir Sorgen um mich?“, fragte Lena.

„Ja, sehr!“, antwortete Schulte wahrheitsgemäß.

„Brauchst du nicht! Ich habe mit Maren einen genauen Verhaltensplan abgesprochen. Außerdem sitze ich gleich im

Zug, Richtung unbekannt für fast alle. Wer soll mich da noch belästigen?"

Schulte konnte die Unbefangenheit seiner Tochter nicht teilen. Nervös sah er auf die Uhr. Noch zehn Minuten, dann traf der Intercity ein. Schulte war erleichtert. Er winkte nach dem Ober, um zu zahlen.

Als er später dem Zug nachsah, wirkte er fast erleichtert. Selten war ihm ein Abschied so leicht gefallen. Doch eine tatsächliche Entspannung gab es für ihn nicht. Die verschiedensten Gedanken drängten nach vorn und nahmen seine Aufmerksamkeit in Beschlag.

Einer dieser Gedanken war der nach dem Motiv des Mörders. Es musste etwas mit seiner Jugend in Warburg zu tun haben. Doch was? Er war ein ganz normaler Teenager gewesen. Nichts in seiner Jugend empfand er als spektakulär. Okay, es gab eine kleine Besonderheit. Die Zeugung zweier Mädchen in einer lauen Schützenfestnacht, mit zwei verschiedenen Frauen. Aber was hatten seine Schulkollegen mit dieser Sache zu tun? Nichts!

Sollte er die Mütter seiner Töchter zu der ganzen Angelegenheit befragen? Sinnlos!

Und Maren Köster bitten, sich mit seinen Ex-Frauen in Verbindung zu setzen, war gar nicht möglich. Das fehlte auch noch! Es gab nur einen, den er mit dieser Aufgabe beauftragen könnte. Axel Braunert war der einzige, dem er es zutrauen würde, die Mütter seiner Töchter zu befragen, ohne dass Porzellan zerdeppert würde. Genau, Braunert war der einzig richtige Mann für diese Aufgabe. Die Anfangsakkorde von *Born to be wild*, Schultes neuem Klingelton, rissen ihn aus seinen Gedanken. Er durchsuchte die Taschen seiner Lederjacke nach dem Handy. Er hörte eine verzerrte Frauenstimme, als er das Gerät an sein Ohr drückte.

„Na, Schulte, du alter Schmierlapp, du bist doch immer noch so ein schäbiger Weiberheld wie früher. Hast es am Samstag wieder mal geschafft, eine Kollegin ins Bett zu zerren. Aber immerhin musstest du schon nach Osnabrück fahren, um zum Schuss zu kommen. Hier in Ostwestfalen wissen schon alle Frauen, was du für eine Drecksau bist. Nur deine Tochter, die kleine Schlampe, hält noch zu dir. Aber das wird sie mit ihrem Leben bezahlen müssen, noch bevor du dran bist. Erst muss sie sterben. Ich will dich leiden sehen, wenn du an ihrem Grab stehst. Und dann, wenn es dir so richtig schlecht gehst, bist du an der Reihe. Du wirst mir dankbar sein, wenn ich dich von deinem Scheißleben erlöse."

Schulte taumelte. Hilflos stammelte er ins Telefon: „Wer bist du?"

„Das wirst du noch früh genug erfahren. Aber eins noch! Greifswald ist ein genauso unsicherer Ort für deine Tochter wie Detmold. Wenn ich es mir so richtig überlege, gibt es eigentlich gar keinen Ort auf der Welt, an dem deine Lena sicher ist."

Schulte wollte etwas sagen. Doch die Anruferin hatte das Gespräch beendet. Schultes Ohren dröhnten. Vor seinen Augen tanzten Sterne und sein Magen krampfte. Seine Gedanken schlugen Purzelbäume. War der Stalker eine Frau? Lena hatte immer von einem Mann gesprochen. Woher wusste die Anruferin, dass er in Osnabrück gewesen war und woher, das Lena auf dem Weg nach Greifswald war? Es musste jemand aus seiner unmittelbaren Umgebung sein.

Die Fahrt nach Greifswald war gerade eben das Überflüssigste der Welt geworden. Lena war weiterhin in Gefahr. In Detmold wäre sie sogar noch sicherer gewesen. Hier hätte er seinen Einfluss geltend machen können. Schulte musste sie anrufen. Sie musste zurückkommen. Gleich am nächsten Bahnhof musste sie aussteigen. Er zerrte das Handy aus der Tasche und wählte ihre Nummer.

„Lena Wiesenthal", meldete sie sich nach dem vierten Klingeln.

„Hallo Lena!"

„Wer ist da?"

Die Verbindung war unterbrochen. Ein Funkloch. Schulte wählte wieder.

Jetzt meldete sich eine Stimme, die mitteilte, dass der gewünschte Gesprächspartner gerade nicht zu erreichen sei. Er solle es zu einem späteren Zeitpunkt versuchen.

„Verdammt!"

Am liebsten hätte Schulte sein Handy an die nächste Hausecke gepfeffert. Was sollte er tun? Er wählte wieder. Doch seine Tochter Lena ging nicht dran.

Schultes Wut und Verzweiflung waren nicht mehr erträglich. Um Luft zu bekommen, öffnete er die Fahrertür seines Autos.

Er musste etwas tun. Jetzt nach Hause fahren und schlafen, war das Letzte, was er sich vorstellen konnte. Er musste mit jemandem reden. Doch mit wem? Sein Freundeskreis war verdammt dünn geworden. Wenn alle Stricke rissen, war da noch sein Sandkastenfreund Detlev. Zu dem konnte er immer gehen.

Eine halbe Stunde später lenkte er sein Auto auf den Hof des Tierarztes. Alle Gebäude waren dunkel. Sollte er trotzdem klingeln, oder wieder nach Hause fahren? Schulte sah auf die Uhr. Es war erst kurz vor zehn. Da war auf jeden Fall jemand. Schließlich hatten Detlev und seine Frau Lisa zwei Kinder, die morgen wieder in die Schule mussten. Schulte entschloss sich, zu klingeln und eine Minute später öffnete eine völlig verschlafene Lisa Aka-Dierkes die Haustür.

„Jupp, du bist es. Komm rein, Detlev ist aber nicht da. Bei uns gibt es ja in letzter Zeit viele Wildschweine. Da sind die Jäger wie gestochen, wenn wieder von einer Rotte berichtet wird, die irgendwo ein Feld umgegraben hat. Na, der Wildschaden ist aber auch erheblich. Mein Göttergatte ist da nicht anders als die anderen. Er sitzt auf irgend so einem klapprigen Hochsitz und schlägt sich die Nacht um die Ohren. Friert sich den Arsch ab und schleppt sich morgen total übermüdet ins Amt. Natürlich ohne ein Wildschwein erlegt zu haben."

Schulte war dankbar dafür, dass er hereingebeten wurde. Lisa ging nach oben, zog sich einen Trainingsanzug und eine dicke Fleecejacke an. Dann holte sie zwei Flaschen Bier aus der Speisekammer und stellte sie auf einen kleinen Tisch im Wohnzimmer. Schulte hatte sich schon in einen der grünen Cocktailsessel gesetzt und war dankbar, dass er so gastfreundliche Freunde hatte.

„Jupp, Ida hatte letzte Nacht Ohrenschmerzen. Ich habe die ganze Nacht kein Auge zu getan. Aber egal, jetzt bin ich wach. Erzähl, was treibt dich zu uns."

Schulte war froh, dass ihm jemand zuhörte und so berichtete er die ganze Geschichte. Lisa hörte zu, stellte ab und zu eine Frage. Gab Ratschläge und irgendwann hatte Schulte wieder das Gefühl, dass er seine Probleme in den Griff bekäme. Lisa war eine gute Zuhörerin gewesen und durch ihr gezieltes Nachfragen konnte Schulte seine Gedanken neu strukturieren.

Genau, dachte er, es müssen zwei Personen sein, die die Morde begehen, ein Mann und eine Frau.

Warum sie so gut über Schultes Situation Bescheid wussten, blieb ihm zwar im Moment noch ein Rätsel, aber auch das würde er lösen. Jetzt galt es erst einmal seine Töchter zu erreichen und mit ihnen zu überlegen, was zu tun sei.

Das Anwesen lag in einem Funkloch und so reichte sie ihm das hauseigene Telefon, damit Schulte seine Töchter über Festnetz erreichen konnte. Schon bei seinem ersten Versuch hatte er Ina, seine Greifswalder Tochter, wie er sie mittlerweile nannte, an der Strippe.

Der Zug, in dem Lena saß, würde erst in einer Stunde den Bahnhof der Hansestadt erreichen. Daher berichtete Schulte Ina von dem Anruf und den Morddrohungen.

„Mach dir keine Sorgen", tröstete sie ihn. „Ich habe einen Freund, der ein Segelboot hat. Mit dem werden wir einen

Ostseetörn machen. Ich habe übrigens auch einen Segelschein. Gleich morgen früh geht es los. Ich habe schon alles vorbereitet. Es ist zwar noch ein bisschen kalt, aber wir bleiben im Greifswalder Bodden und in den Rügenern Gewässern. Das wird schon gehen. Wir sind jeden Abend in einem anderen Hafen. Mal sehen, wo uns der Wind hintreibt. Ich kann mir nicht vorstellen, dass dieser Mistkerl so flexibel ist, auf diesen Schachzug zu reagieren. Wir bleiben in Kontakt. Ich rufe dich jeden Abend an."

Das Telefongespräch trug ebenfalls zu Schultes Beruhigung bei. Lisa stellte ihm noch eine Flasche Bier auf den Tisch.

„Komm Jupp, trink noch einen. Du kannst bei uns im Gästehaus schlafen. Das ist zwar im Moment mein Atelier, aber das wird dich ja nicht stören."

Schulte war froh über dieses Angebot. Kaum hatte er den ersten Schluck getrunken, da kam Detlev Dirkes ins Zimmer gestürzt.

„Ich habe eben einen Frischling geschossen!", verkündete er stolz. „Hängt schon in der Kühlkammer."

„Detlev, wir haben Besuch!"

„Ach Jupp! Schuldigung! Ich bin noch ganz aufgeregt. Was treibt dich denn hierher?"

Lisa verdrehte die Augen, stellte ihrem Mann aber doch eine Flasche Bier auf den Tisch.

48

Es goss in Strömen, als der silberfarbene Opel Astra auf dem Kopfsteinpflaster des *Brüderfriedhofs* in Warburg anhielt. Der Platz vor dem großen Schulgebäude war jetzt, am Montagabend um Viertel vor Acht völlig leer. Kommissar von Grotenburg stieg aus, spannte seinen Regenschirm auf, verriegelte das Auto und ging mit schnellen Schritten von dannen. Den Kopf hatte er etwas eingezogen, als wenn ihn das besser vor dem Regen schützen würde. Er lief am Gymnasium Marianum vorbei. Irgendwie war ihm der Name dieser Schule vertraut. Hatte nicht Josef Schulte seinerzeit dieses Gymnasium unsicher gemacht? Richtig, darüber hatten sie erst letztens gesprochen, als bekannt geworden war, dass auch der Tote von der Haxtergrundbrücke hier Schüler gewesen war.

Von Grotenburg befand sich in einem Warburger Stadtbereich mit dem seltsamen Namen „*Zwischen den Städten*". Es war von hier aus nicht mehr weit bis zu dem Haus, das Schulte ihm als Adresse genannt hatte. In diesem Haus sollte ein Herr Brückmann wohnen. Ebenfalls ein alter Schulkollege Schultes. Er war ein wenig sauer auf diesen Schulte, weil der ihn genötigt hatte, nach Feierabend den weiten Weg von Paderborn aus hier her zu machen. Nur um einen Brief abzuholen. Warum hatte Schulte nicht einfach in der Warburger Dienststelle angerufen und um Beistand gebeten? Von Grotenburg war ein diensteifriger und ehrgeiziger junger Polizeibeamter, der so schnell nicht klagte. Aber jetzt ärgerte er sich doch, dass er sich hatte überreden lassen.

Als er das Fachwerkhaus gefunden hatte, suchte er auf dem Klingelschild den Namen Brückmann. Da waren aber zwei Klingeln mit diesem Namen. Einmal Rudolf und einmal Elvira Brückmann. Er schellte zweimal bei Rudolf, aber niemand meldete sich. Von Grotenburg fluchte leise. Sollte er den ganzen Weg umsonst gemacht haben? Hatte Schulte nicht mit diesem Mann klar abgesprochen, dass von Grotenburg um zwanzig Uhr kommen würde? Wahrscheinlich hatte Brückmann sich verspätet. Der junge Kommissar beschloss, trotz des Regens einen Bummel in die Warburger Altstadt zu machen, von der er schon so viel Gutes gehört hatte.

Eine halbe Stunde später stand von Grotenburg wieder vor der Haustür und schellte. Als sich auch diesmal nach dem zweiten Signal niemand meldete, drückte er stinksauer auf den anderen Klingelknopf. Es dauerte eine kleine Weile, dann hörte er, wie sich über ihm ein Fenster öffnete. Eine alte Frau streckte den Kopf heraus und sah misstrauisch auf ihn hinunter.

„Frau Brückmann?“, rief von Grotenburg hinauf. Dabei musste er den Regenschirm schräg halten, damit sie ihn sehen konnte. Was natürlich zur Folge hatte, dass er innerhalb von Sekunden klatschnasse Haare hatte.

„Ja! Was wollen sie?“, kam es mit zittriger Stimme von oben.

„Ich wollte eigentlich mit Herrn Rudolf Brückmann sprechen. Der scheint aber nicht zu Hause zu sein. Ich wollte etwas abholen. Hat er Ihnen vielleicht einen Brief für mich gegeben, oder wissen Sie, wann er kommt?“

„Ich bin die Mutter!“, rief sie, als sei damit die Frage beantwortet.

Von Grotenburg war etwas aus dem Konzept gebracht worden. Dann stellte er seine Frage noch einmal. Es dauerte quälend lange, bis sie antwortete:

„Nein! Hat er nicht. Aber wer sind sie überhaupt?“

Der Polizist stellte sich mit Namen, Dienstgrad und Funktion vor. Die alte Frau schien wenig beeindruckt zu sein.

„Ein Kommissar, sagen sie? Können denn so junge Leute schon Kommissar werden? Haben sie denn einen Ausweis?“

Geduldig fischte er seinen Dienstausweis aus seiner Jackentasche und hielt ihn hoch. Aber auch das reichte der Frau nicht.

„Das kann ich doch von hier aus nicht lesen! Was denken sie sich denn?"

„Frau Brückmann, wenn Sie kurz die Haustür aufmachen könnten, dann kann ich Ihnen den Ausweis besser zeigen."

Sie zögerte.

„Ich weiß ja nicht. Aber ich komme mal runter, warten Sie einen Moment! Ich hoffe, ich mache jetzt keinen Fehler!"

Und wieder verflossen die Minuten. Dann endlich quietschte die Haustür, öffnete sich einen schmalen Spalt und die Frau sprach:

„Ich strecke jetzt meine Hand aus und sie geben mir den Ausweis!"

Eine knorrige Hand schoss heraus und widerwillig legte von Grotenburg seinen Dienstausweis hinein. Sofort wurde die Hand zurückgezogen und die Tür schloss sich wieder. Verblüfft stand der Polizist davor. Was denn nun? Was wurde nun aus seinen Dienstausweis? Er spielte bereits mit dem Gedanken, die Tür zu rammen, als diese wieder aufging, diesmal komplett und eine kleine, etwas hutzelige alte Frau vor ihm stand, die ihn nun völlig unbefangen anschaute.

„Irgendwie sehen sie gar nicht wie ein Polizist aus, junger Mann! Ich habe mir einen Kommissar immer ganz anders vorgestellt. Viel älter! Und sie sind ja ganz nass. Nun sagen sie doch mal, was wollen sie eigentlich von mir?"

Tapfer und ohne die Augen zu verdrehen, wiederholte von Grotenburg, was er bereits einmal gesagt hatte. Den Regenschirm hielt er jetzt zwar wieder ganz normal, aber es kam nun eigentlich nicht mehr darauf an. Die alte Dame war nun, nachdem sie sich davon überzeugt hatte, dass er ein echter Polizist war, recht freundlich. Sie lud ihn ein, in den trockenen Hausflur zu kommen, was er gern annahm.

„Nein, Rudolf ist nicht da! Er hat mir auch nichts gesagt. Heute Mittag hat er mir nur erzählt, dass er irgendwo hin fahren würde. Zu einer Beerdigung. Aber ich weiß nicht mehr, welche Beerdigung das war und wo. Seitdem habe ich ihn nicht mehr gesehen. Und gegeben hat er mir auch nichts für Sie. Tut mir ja leid!“

Von Grotenburg zuckte resigniert mit den Achseln. Also hatte er tatsächlich den ganzen Weg umsonst gemacht. Sollte er noch länger warten? Nein! Er zückte sein Handy, rief Schulte an und berichtete. Schulte konnte seine Enttäuschung nur schwer unterdrücken, als er seinen jungen Kollegen anwies:

„Okay! Wir haben es versucht. Fahr wieder nach Hause. Wir jagen in zwei Stunden die Warburger Kollegen noch mal dahin. Dann wird er ja wohl wieder da sein. Wenn nicht, muss ich mir allerdings ernsthaft Sorgen machen! Sag der alten Frau Brückmann, sie soll ihrem Sohn ausrichten, er solle mich anrufen, wenn er wieder da ist. Ich erkläre dir alles morgen!“

49

Die Nacht war kurz gewesen. Sie hatten noch länger bei Schultes Freund Detlev in der Küche gesessen und über die Sorgen des Polizisten geredet. Doch als er nach reichlich Bier im Gästehaus sein Bett bezogen hatte, wollte sich der Schlaf, trotz der Müdigkeit, die Schulte verspürte, nicht einstellen. Er drehte sich von einer Seite auf die andere, starrte in die Dunkelheit, versuchte sich zu entspannen. Doch nichts half. Immer wieder kamen Gedanken hoch, die abwechselnd Wut und Angstgefühle erzeugten. Irgendwann schlief er ein. Plötzlich drangen Akkordeontöne von ganz weit weg in sein Bewusstsein. Schulte erkannte deutlich die Melodie von: *Hänschen klein*. Er schlug die Augen auf. Vor dem Bett stand Julius, der Sohn von Detlev Dirkes und brachte ihm mit breitem Grinsen ein Morgenständchen auf seinem neu erworbenen Musikinstrument.

Später, auf dem Weg nach Bielefeld, dachte er wieder an den Moment des Aufwachens. Schulte hatte nie sehr intensive Begegnungen mit Kindern erlebt. Nicht einmal als seine Töchter noch klein waren. Erst seit sein Freund Detlev im hohen Alter noch Vater geworden war, erfuhr Schulte bei seinen Besuchen die Unbefangenheit und Freude, die Kinder mit sich brachten. Schulte war leicht neidisch auf die Familie Dirkes.

So in Gedanken vertieft, hatte er die Fahrt durch die Innenstadt von Bielefeld gar nicht bewusst wahrgenommen. Ohne dass sich Schulte an Einzelheiten der Fahrt hätte erinnern können, stand sein Auto plötzlich auf dem richtigen Parkplatz.

Als er gerade sein Büro betreten wollte, erschien seine Kollegin Margarete Bülow auf dem Flur.

„Guten Morgen, Josef! Schön, dass du da bist. Ich muss mit dir reden. Hast du etwas Zeit?“

„Trifft sich gut", antwortete Schulte. „Ich habe auch noch einiges auf dem Herzen. Komm doch gleich zu mir. Ich hole gerade noch Kaffee, dann können wir loslegen."

„Steht alles schon bei mir auf dem Tisch, kannst gleich rüberkommen."

Also schloss Schulte seine Tür wieder zu und folgte seiner Kollegin in ihr Zimmer.

Nachdem sie Platz genommen und Schulte den ersten Schluck heißen Kaffee genossen hatte, fragte er:

„Wer fängt an?"

„Wenn du gestattest, ich", kam es sehr bestimmt von ihr. Schulte nickte zustimmend.

„Also, ich war, wie du weißt, gestern in Düsseldorf. Mein Arbeitsversuch, so nennt das Ministerium meine Tätigkeit bei der Polizei, seit meiner Erblindung, wird als erfolgreich angesehen. Ich kann wieder in den normalen Dienst einer Polizeidirektorin einsteigen. Man hat mir eine Stelle in Düsseldorf angeboten."

Schulte wurde bleich. Der Tag war gelaufen. Er hatte nie mit jemandem besser zusammengearbeitet als mit Margarete Bülow.

„Das kannst du nicht machen, Margarete! Wenn du hier die Segel streichst, bin ich aufgeschmissen."

Die Kollegin schmunzelte.

„Nun lass mich doch erst einmal ausreden. Die zweite Option, die man mir in Aussicht gestellte hat, ist die Leitung des *Zentralen Dezernates Gewaltverbrechen* hier in Bielefeld. Ich würde sozusagen deine Chefin und du müsstest in die zweite Reihe. Und wenn ich ehrlich bin, ich wäre gerne deine Chefin."

Schulte war begeistert.

Genau das hatte er gewollt. Endlich konnte er wieder der Streetfighter sein, weg von dem lästigen Verwaltungskram. Schade fand er einzig die Tatsache, dass er bei Auseinandersetzungen mit Erpentrup, diesem nicht mehr auf Augenhöhe begegnen konnte. Man kann eben nicht alles haben, dachte Schulte.

Jetzt schilderte Schulte seine Vermutungen über die Morde in Detmold und Paderborn. Er berichtete Margarete Bülow, dass die beiden ermordeten Männer mit ihm zur Schule gegangen waren. Ja, dass sie damals sogar befreundet waren. Er berichtete von den Drohanrufen, die seine Tochter und er bekommen hatten und über den Drohbrief, der bei einem weiteren ehemaligen Freund und Klassenkameraden eingegangen war. Und dass dieser Bekannte, obwohl man gestern einen Termin mit ihm vereinbart hatte, diesen nicht, wie fest verabredet, eingehalten hatte.

„Mit anderen Worten“ fasste sie zusammen, „der Mörder von Hoppe war mit aller Wahrscheinlichkeit kein frustrierter Hartz IV-Empfänger. Ein Mordmotiv für Krüger gibt es bis jetzt noch nicht und dir und einem weiteren Mitglied eurer alten Clique trachtet man ebenfalls nach dem Leben. Weiter wissen wir seit dem Anruf, den du gestern bekommen hast, dass es sich mindestens um zwei Personen handelt, die als Täter in Frage kommen. Nämlich einen Mann und eine Frau.“

Schulte nickte. Eine ziemlich abgedrehte Geschichte, dachte er. Ihm wurde mehr und mehr klar, dass er nach den Tatmotiven in seiner Jugend suchen musste.

„Wir müssen unbedingt eine große Dienstbesprechung machen. Wir, plus Detmold und Paderborn, müssen gemeinsam an einen Tisch und uns alles noch einmal durch den Kopf gehen lassen“, sagte Margarete Bülow. „Wir müssen unsere Ermittlungen wahrscheinlich noch einmal völlig neu strukturieren und uns völlig anders aufstellen.

Da wäre noch etwas, was mir Sorgen bereitet. Unser Mörder ist zu allem fähig. Darüber hinaus verdammt gut über jeden deiner Schritte informiert. Ich halte ihn für unberechenbar. Daher möchte ich, dass deine Töchter unter Polizeischutz gestellt würden. Wir könnten natürlich die Kollegen in Greifswald darum bitten. Doch mir wäre wohler, wenn es jemand aus Detmold übernehmen würde. Undercover sozusagen. Ich dachte an Maren Köster. Ich finde, du solltest mit ihr reden."

Schulte räusperte sich. Was sollte das? Margarete Bülow wusste doch, dass sein Verhältnis zu der Kollegin im Moment nicht das Einfachste war.

Es herrschte ein angestrengtes Schweigen, bis Schulte nach einer gefühlten Ewigkeit sagte:

„Okay, ich werde gleich heute Nachmittag mit Maren Köster reden. Kann ich mich dabei auf dich berufen?"

50

Selten war ihm die Strecke nach Detmold so kurz vorgekommen wie heute. Schulte kam sich vor, als müsse er einen Bußgang antreten. Als er das Foyer der Detmolder Kreispolizeibehörde betrat, wurde er gleich von mehreren Kollegen freundlich begrüßt. Er schien hier doch noch gelitten zu sein.

Dieses Gefühl erleichterte ihm die nächsten Schritte Richtung Maren Kösters Büro. Sie saß an ihrem Schreibtisch und blätterte in den Akten. Als Schulte, nach einem kurzen Klopfen, den Kopf durch die Tür steckte, sah sie ihn mit gerunzelter Stirn an. Sie hatte nicht damit gerechnet, Schulte so schnell wiederzusehen und war innerlich noch nicht bereit dazu. Mit unterkühlter Stimme fragte sie ihn, was er von ihr wolle. Schulte räusperte sich. „Na ja, du weißt ja, dass ich meine Tochter Lena gestern nach Greifswald geschickt habe. Ich wollte sie vor dem Stalker und wahrscheinlich auch Mörder in Sicherheit bringen. Doch kaum saß sie im Zug, bekam ich einen Drohanruf. Diesmal von einer Frau."

„Wundert mich nicht!", antwortete Maren Köster mit ironischem Unterton.

Zu jedem anderen Zeitpunkt hätte es jetzt heftig zwischen ihnen geknallt. Doch Schulte nahm alle Disziplin zusammen und überhörte die Anspielung.

„Die Frau wusste schon, dass Lena auf dem Weg nach Greifswald war und hat angekündigt, sowohl Lena wie auch mich zu töten."

Die Kommissarin starrte Schulte mit weit aufgerissenen Augen an.

„Entschuldige, Jupp!"

„Ich habe die ganze Angelegenheit heute Morgen mit meiner Chefin durchgesprochen und Margarete hat mir geraten, meine Töchter bewachen zu lassen. Sie ist der Meinung, dass das nicht die Kollegen aus Greifswald übernehmen sollten, sondern sie hält es für sinnvoll, dass es jemand aus unserem Team macht, sozusagen halb legal. Daher jetzt meine Frage: Würdest du die Aufgabe übernehmen? Dann wüsste ich, dass sie in guten Händen ist!"

Maren Köster staunte, zögerte aber keine Sekunde.

„Ich habe noch ein paar Sachen zu klären. Dann packe ich und nehme den nächsten möglichen Zug."

Schulte atmete tief durch.

„Ich brauche aber noch einige Infos, bevor ich fahre", sagte sie schnell. „Und seit wann ist Margarete Bülow deine Chefin? Ich dachte, du seiest der Leiter des ZDG."

Schulte berichtete ihr von dem Führungswechsel, von seinen Motiven, den Stab weiterzureichen und von allem, was er über die Mordfälle wusste. Maren Köster wurde klar, dass die Ermittlungen eine völlig andere Wendung nehmen würden, als sie noch vor zehn Minuten geglaubt hatte.

„Gut, dann versuche ich mal, meine Töchter zu erreichen. Um sich in Sicherheit zu bringen, haben sie sich entschlossen, einen Segeltörn zu machen. Ina hat einen Segelschein. Nimm dir also entsprechende Klamotten mit."

Für diese Art von Überraschungen hätte Maren Köster ihn schon vor Jahren erschlagen können.

Nachdem Schulte sich wieder auf den Weg gemacht hatte, rief Maren Köster Grafenberg an. Sie erzählte ihm unter dem Siegel der Verschwiegenheit, dass sie Detmold ein paar Tage verlassen müsse. Den Grund könne sie ihm nicht sagen. Grafenberg akzeptierte diese vagen Angaben, obwohl er gerne mehr erfahren hätte. Aber er war sich im Klaren darüber, dass an dieser Stelle unbedachtes Insistieren die junge Beziehung gefährden könnte. Also fragte er nicht weiter, sondern bot Maren Köster an, sie von der Kreispolizeibehörde abzuholen. Sie hatte heute Morgen von der Tatsache profitiert, dass sie mit Axel Braunert in einer Hausgemeinschaft lebte, war mit ihm zur Arbeit gefahren und hatte folglich kein Auto dabei.

Eine halbe Stunde später begrüßte Grafenberg sie mit einem Kuss vor dem Polizeigebäude. In dem Moment, als er seinen Arm um ihre Schulter legte, kam Hartel vom Parkplatz und sah das Paar. Als hätte er den Auftrag, die beiden zu beschatten und selber unbekannt zu bleiben, duckte er sich hinter einem Busch und spähte durch die Zweige.

Sieh an, dachte er, wo die Liebe hinfällt.

51

Spät war es, als Jupp Schulte an diesem Abend endlich an seinem Küchentisch saß. Fertig war er, fix und fertig. Die letzten Tage waren von einer Ereignisdichte gewesen, die eigentlich für Wochen, wenn nicht Monate ausgereicht hätte. Wenn er allein die Zeit vom letzten Freitag bis zum heutigen Dienstag betrachtete: Er war zwischen Himmel und Hölle hin und her getaumelt. Nach der bitteren Erkenntnis, dass innerhalb weniger Tage zwei seiner Jugendfreunde umgebracht worden waren, hatte er am Wochenende mit Gunda Luitjens höchste Wonnen genießen dürfen. Aber bereits am Sonntag hatte ihn die brutale Wirklichkeit wieder eingeholt, als ihm klar wurde, wie sehr seine Tochter Lena bedroht war. Am Montag hatte er an einem offenen Grab gestanden, hatte von der Bedrohung eines weiteren Jugendfreundes gehört, hatte erkennen müssen, dass auch er selbst sich nicht mehr sicher fühlen konnte. Und er war so sicher gewesen, dass Lena nun in Greifswald in Sicherheit sei. Seit dem Anruf gestern Abend war auch diese Sicherheit obsolet. Was tun? Dadurch, dass Brückmann seit Montagabend nicht mehr gesehen worden war, weder in Warburg noch sonst wo, waren seine Sorgen auch nicht geringer geworden. Er hatte ihn bereits auf die Vermisstenliste setzen lassen. Es war auf jeden Fall richtig gewesen, heute mit seiner Kollegin Bülow zu sprechen, ihr die administrative Verantwortung zu überlassen. Nicht nur, weil sie die Bessere in diesen Dingen war. Aber nun konnte er sich stärker auf seine eigenen Belange konzentrieren, musste nicht auch noch diesen bürokratischen Ballast mit sich herumschleppen. Vorausgesetzt, die höheren Dienststellen spielten mit.

Schulte hatte gerade eine Flasche Detmolder Landbier entploppt, als draußen auf dem Hof der Hund kurz bellte und dann eher freudig erregt winselte. Dann klingelte es an der

Haustür. Er stöhnte. Gab es denn für ihn überhaupt keine Ruhe mehr? Wahrscheinlich wollte Anton Fritzmeier wieder irgendwas von ihm. Schulte schlurfte zur Haustür, bereit, jedes Hilfeersuchen Fritzmeiers eiskalt abzulehnen. Doch draußen stand nicht der alte Bauer, sondern ein gequält lächelnder Hermann Rodehutskors, der Mühe hatte, die Sympathiebekundungen des großen schwarzen Hundes abzuwehren. Schulte schickte das Tier weg und ließ Rodehutskors in die Wohnung. Ohne zu fragen, stellte er dem alten Journalisten ebenfalls eine Flasche Bier auf den Tisch. Und, als hätte der mit nichts anderem gerechnet, nahm dieser wortlos die Flasche und trank einen großen Schluck. So einfach und geräuschlos kann manchmal die Kommunikation zwischen Männern ablaufen.

„Ich habe gesehen, dass Sie versucht haben, mich auf dem Handy anzurufen“, eröffnete Schulte das Gespräch.

„Aber der Akku war leer und später habe ich vergessen, zurückzurufen. Ich hoffe, es hat dadurch keine Probleme gegeben.“

Rodehutskors hatte sich mittlerweile gesetzt.

„Nein, Probleme nicht. Ich war sowieso nicht ganz sicher, ob ich anrufen sollte. Aber Grafenberg war so sicher, dass…“

„Grafenberg? Der Grafenberg? Was haben Sie mit dem zu tun?“

„Wir arbeiten doch neuerdings zusammen. Das habe ich Ihnen doch schon auf Hoppes Beerdigung erzählt!“

Er berichtete in knappen Worten von den ersten Erfolgen ihres gemeinsamen Projektes. Schulte staunte. Diese ungebrochene Tatkraft hätte er dem so gemütlich wirkenden älteren Herrn gar nicht mehr zugetraut. Und noch erstaunter war er, als Rodehutskors ihm von der Windjacke berichtete, die er am Montag nach der Beerdigung versehentlich mitgenommen hatte. Und davon, dass Grafenberg sich völlig sicher war, den speziellen Geruch dieser Jacke wiedererkannt zu haben. Dass damit praktisch der Mörder vom Arbeitsamt identifiziert sei.

„Mottenkugeln! Grafenberg meinte, wir müssten das sofort der Polizei melden. Wahrscheinlich hat er Recht, aber ich kam mir ein bisschen komisch dabei vor. Ich meine, es ist ja schließlich nicht ganz alltäglich, wenn ein Verbrecher durch seinen Geruch enttarnt wird. Sicher, es gibt Spürhunde, aber durch eine menschliche Nase? Kann das wirklich sein? Also, ich war unsicher und wollte nicht gleich das große Halali auslösen. Auf einen armen Kerl, der vielleicht völlig unschuldig ist und nur zufällig dieselben Mottenkugeln verwendet wie ein Ganove. Aber einfach unterdrücken wollte ich diese Information auch nicht und deshalb habe ich versucht, mich erst mal, praktisch informell, an Sie zu wenden. Was halten Sie von der Geschichte?"

Schulte trank den Rest der Flasche in einem großen Zug aus.

„Möglich ist alles! Haben Sie die Jacke dabei?"

Rodehutskors kramte aus seiner Aktentasche eine beigefarbene Windjacke hervor und warf sie Schulte zu.

„Hier ist sie! Aber ich habe noch mehr. Auf der Beerdigung Hoppes habe ich Fotos gemacht. Und der Mann, dem diese Jacke gehört, ist damit auf diesem Foto zu sehen. Schauen Sie selbst!"

Schulte konnte ihm gar nicht schnell genug das Foto aus der Hand reißen. Wenn das zutraf, dann…

Das Foto schien vor seinen Augen zu verschwimmen. Er rieb sich die Augen und starrte erneut darauf.

„Unmöglich!" rief er spontan aus. „Das muss ein dummer Zufall sein! Ausgeschlossen!"

Er ging zum Kühlschrank und stellte zwei weitere Flaschen auf den Tisch. Als er wieder saß, erklärte er dem verdutzten Rodehutskors:

„Diesen Mann kenne ich gut. Wir waren als Jugendliche befreundet. Waren beide jahrelang Mitglieder einer Clique.

Der Mann, der gestern beerdigt wurde, war ebenfalls ein Cliquenmitglied. Deshalb war der Mann mit der Jacke auf der Beerdigung. Genauso wie vor ein paar Tagen, als wir beiden auf einem Paderborner Friedhof ebenfalls einen alten Freund begraben haben. Er ist ein seltsamer Vogel, zugegeben. Aber er wird selber bedroht, ist vielleicht schon jetzt in großer Gefahr, denn er ist seit gestern Abend verschollen. Ich mache mir große Sorgen um ihn. Aber er ist Opfer und kein Täter!"

Rodehutskors hüstelte.

„Sind Sie sich da ganz sicher? Was, wenn Grafenberg recht hat? Wenn der Mann auf diesem Foto, also ihr alter Kumpel, tatsächlich der Mörder vom Arbeitsamt ist? Grafenberg ist sich seiner Sache recht gewiss, auch wenn er sich an das Aussehen des Mannes, der ihn als Geisel nahm, nicht genau erinnern kann!"

Schulte sprang auf und lief wirr in der Wohnküche hin und her.

„Grafenberg! Grafenberg! Ich möchte Ihren neuen Kollegen nicht schlecht machen, aber für mich ist dieser Kerl etwas weltfremd. Schauspieler! Leo, der letzte Lipper! Ein Wichtigtuer ist er! Der ist doch so pleite, dass er nach jedem Strohhalm greift, der sich ihm bietet. Wahrscheinlich wittert er jetzt mit dieser Geschichte die Chance, aus seiner Opferrolle als Geisel die Heldenrolle Ganovenjäger machen zu können. Und das alles über ihr Pressebüro zu vermarkten. Herr Rodehutskors, ich glaube, Sie werden ausgenutzt! Überlegen Sie doch mal!"

Auch Rodehutskors war nun aufgesprungen. Beide Männer blickten sich wütend an.

„Herr Schulte, auch wenn Sie mich offenbar für naiv halten, aber auch ich kann Verhaltenweisen einschätzen. Und in Ihrem Fall ist das ganz besonders einfach. Ich weiß, dass Grafenberg sich um die kleine Köster bemüht. Und auch, dass der große Herr Schulte bei dieser Dame ebenfalls interessiert ist, aber bei ihr keine Chance hat. Eifersüchtig sind Sie, Herr Schulte! Ganz einfach! Eifersüchtig und dumm! Denn wenn ein Krimineller davonkommt, weil Sie Dienstliches und Privates nicht auseinander halten können, dann haben Sie einen riesengroßen Fehler gemacht. Und der wird dann mit Sicherheit in allen Zeitungen stehen, dass verspreche ich Ihnen!“

Mit hochrotem Kopf stopfte Rodehutskors die Jacke und das Foto wieder in seine Aktentasche und wollte aus der Wohnung stampften. Obwohl Schulte ähnlich wütend war, hielt er den alten Journalisten zurück und sagte:

„Na, geben sie die Jacke schon her, ich leite sie zur Spurensicherung weiter.“

Rodehutskors knallte das Kleidungsstück auf den Küchentisch. Eine Tasse ging zu Bruch. Es interessiert ihn nicht im Geringsten. Er ging entschlossen aus dem Zimmer. In der Haustür wäre er beinahe mit Anton Fritzmeier zusammengeprallt, der soeben eintreten wollte.

„Was ist denn hier los?“, fragte Fritzmeier völlig entgeistert. „Habt ihr euch chestritten?“

Schulte winkte entnervt ab. Fritzmeier ignorierte seine schlechte Laune einfach und setzte sich an den Küchentisch. Schulte schien mit seinen Gedanken ganz woanders zu sein, denn er beachtete seinen neuen Besucher praktisch nicht. Fritzmeier musste sich mehrfach vernehmlich räuspern, bis Schulte aufschreckte und ihm eine Flasche Bier aus dem Kühlschrank holte.

„Jupp, wills du mir nich diese Reise abkaufen?“, eröffnete Fritzmeier.

„Du bis doch noch jung und stark. Chib mir das Cheld und ich chebe dir das Flugtikket, oder wie das heißt. Ich mach dir auch ’nen chuten Preis. Was hälsse davon?“

„Nichts! Abgesehen davon, dass ich wieder mal ziemlich pleite bin, habe ich im Augenblick soviel um die Ohren, dass ich nicht mal einen Tag Urlaub nehmen könnte. Geschweige denn eine Woche. Mensch, Anton. Nimm dein Herz in die Hand und flieg los! Du wirst begeistert sein."

Fritzmeier wirkte völlig niedergeschlagen.

„Ja, muss ich denn woll machen. Aber cherade chetz, wo ich den Weg so schön chepflastert habe, muss ich in son Flugzeug steigen. Und der alte Stall, wie der aussieht. Und der Charten. So 'ne Scheiße aber auch!"

Schulte konnte es nicht fassen.

„Mann, Tausende würden dich darum beneiden! Was haben denn der Weg, der Stall und dein Garten mit der Reise zu tun? Das kannst du alles noch erledigen, wenn du wieder zurück bist."

Fritzmeier starrte ihn an.

„Das is ja cherade der Punkt! Wenn ich wieder zurück bin. Ja, wenn. Und wenn nich? Wenn das verdammte Ding abstürzt? Wer macht denn dann die Arbeit auffen Hof? Hä? Kuck dir doch an, wie das alles aussieht. Ich bin 'n alter Mann. Ich muss doch noch aufräumen, bevor ich sterbe!"

Dazu fiel Schulte nichts mehr ein. Er stellte Fritzmeier eine zweite Flasche hin, machte sich selbst auch eine auf und setzte sich lange schweigend neben seinen alten Vermieter.

„Wann ist es denn so weit?", fragte er dann. Fritzmeier seufzte.

„Das iss ja das Schlimme. Es cheht schon am Donnerstag Nachmittag los. Und heute is Dienstag Abend. Zwei Tage hab ich noch. Ich weiss noch chanich, wie ich zum Flughafen hin komme. Nach Padderborn. So'n Mist aber auch!"

Schulte war sprachlos.

„Was? In zwei Tagen schon? Das wird aber eng. Komm, lass das Bier stehen. Das können wir später noch trinken. Ich helfe dir jetzt beim Packen. Und am Donnerstag nehme ich den Nachmittag frei und fahre dich zum Flughafen. Versprochen!"

52

Josef Schulte hatte gerade sein Büro im Polizeigebäude an der Kurt-Schumacher-Straße in Bielefeld betreten, den PC hochgefahren und sich eine Tasse Kaffee aus dem Automaten auf dem Flur geholt, als das Telefon ging und sein Kollege Willi Potthast aus Paderborn anrief.

„Hallo Jupp! Hast du heute viel zu tun?“, fragte der Paderborner, der als Frühaufsteher bereits bester Laune war. Das Schützenfest in Wewer war vorüber, der Alkoholpegel wieder auf normal Null herunter geschraubt, alles war gut gelaufen. Die Schützen waren zackig marschiert, der Hofstaat war nett anzusehen, die Königin war wunderschön gewesen. Die überschaubare private Welt des Willi Potthast war zurzeit in Ordnung. Ganz im Gegensatz zu seinem Kollegen Schulte, bei dem sich im Moment die Probleme die Klinke in die Hand gaben. Nachdem Schulte ihm mit dürren Worten mitgeteilt hatte, dass er kaum noch wisse, ob er Männlein oder Weiblein sei, fuhr Potthast munter fort:

„Tut mir leid, Jupp. Aber ich habe eventuell was für dich. Du weißt ja, dass wir in Sachen Krüger einen Aufruf veröffentlicht haben. In der schwachen Hoffnung, dass sich Augenzeugen melden. Und heute hat sich in aller Frühe tatsächlich jemand gemeldet. Du bist ja ziemlich stark in dem Fall involviert, sowohl dienstlich als auch privat. Von Grotenburg hat für 11 Uhr einen Besuchstermin ausgemacht. Willst du nicht selbst dabei sein?“

Schulte zögerte keine Sekunde.

„Klar! Ich komme vorbei.“

Er ließ sich von Potthast die Adresse in Paderborn geben, trank seinen Kaffee aus und ging hinüber zum Büro von Margarete Bülow. In knappen Sätzen berichtete er von Potthasts Anruf.

„Ich fahre nach Paderborn und mache die Zeugenvernehmung selbst. Da du praktisch schon die neue Chefin bist, muss ich mich ja bei dir abmelden. Bin vermutlich am frühen Nachmittag wieder zurück."

Schulte war erstaunt, wie wenig es ihm ausmachte, sich dieser Frau zu unterstellen. Sein ganzes Berufsleben war von seinen Konflikten mit Vorgesetzen geprägt gewesen. Als er dann selber Chef wurde, hatte er feststellen müssen, dass er sich dafür überhaupt nicht eignete. Er war sicher, dass Margarete Bülow diesen Job besser machen würde. Außerdem war sie ihm sympathisch. Bis jetzt jedenfalls. Man musste mal sehen, was die Zukunft bringt.

Auf der Fahrt nach Paderborn spukte immer wieder die verzerrte Stimme dieser furchtbaren Frau am Telefon durch sein Hirn. Jedes Wort von ihr hatte sich bei ihm eingebrannt. Schulte zermarterte sich den Kopf, aber er fand keinen Anfang und kein Ende. Fast gewaltsam schüttelte er die Gedanken daran ab und rief über die Freisprechanlage seines Volvo die Polizeidienststelle in Warburg an. Wieder einmal. Aber auch diesmal kam die Auskunft, dass von Rudolf Brückmann nach wie vor nichts zu hören oder zu sehen war. Schultes Magen krampfte. In diesem Zusammenhang tauchte auch Rodehutskors wieder in seinem Gedächtnis auf. Und mit ihm dieser schreckliche Verdacht gegen Brückmann. Davon wollte Schulte nichts wissen. Er hatte Brückmann seit seiner Jugend gekannt. Der hatte zwar seine Macken, aber weder einen vernünftigen Grund noch die Tatkraft, alte Freunde umzubringen. Viel wahrscheinlicher war, dass er im diesem Augenblick bereits selbst zum Opfer geworden war.

Erstaunlich pünktlich traf Schulte am vereinbarten Treffpunkt mit dem jungen von Grotenburg zusammen. Er hatte, nach anfänglichen Vorurteilen, diesen Polizeibeamten mit Model-Figur, der vor einigen Jahren einmal zum schönsten Polizisten Nordrhein-Westfalens gekürt worden war, als ruhigen, zuverlässigen und kompetenten Kollegen schätzen gelernt. Zusammen fuhren sie weiter in die Cheruskerstraße zu dem angeblichen Zeugen.

Werner Ostermann war ein kleinerer Mann von fünfundfünfzig Jahren, Bauch- und Vollbartträger. Ein gemütlicher Typ, der den beiden Polizisten sofort einen Kaffee anbot.

„Allzu viel kann ich Ihnen leider nicht berichten", meinte er in einem ruhigen und selbstsicheren Tonfall. „Ich bin an dem Tag geschäftlich in Lichtenau gewesen. Ich weiß das deshalb so genau, weil ich nach der Rückfahrt direkt einen Besuchsbericht ausgefüllt habe. Ich bin nämlich Außendienstler, müssen Sie wissen. Da dieser Besuchsbericht datiert ist, kann ich auch nach so langer Zeit noch sicher sein, um welchen Tag es sich handelte. Es war ein Freitag, der 11. Mai, so ungefähr 21 Uhr. Es war schon sehr dämmerig. Ich kam, wie gesagt, von Lichtenau und wollte zurück nach Paderborn. Auf der Brücke über dem Haxtergrund stand am Rand der Gegenspur ein Auto. Es war ein dunkelblauer 7er BMW. Glauben Sie mir, für so was habe ich einen Blick. Komisch fand ich, dass zwei Männer am Brückengeländer standen. Einem von beiden schien schlecht zu sein, denn er lag halb über dem Geländer und der andere Mann hielt ihn fest. Als bei mir der Reflex einsetzte, anzuhalten und eventuell zu helfen, war ich schon fast hundert Meter weiter. Ich bremste dann und fuhr im Rückwärtsgang zu dem BMW zurück. Dann habe ich die Scheibe runtergelassen und gefragt, ob ich helfen könne. Aber der Mann, der den anderen hielt, sagte mir, es sei alles in Ordnung. Sein Kumpel hätte auf einer Betriebsfeier zu viel getrunken und ihm sei nun schlecht. Ja, dann bin ich wieder losgefahren und hatte die ganze Geschichte schon fast völlig vergessen, bis ich jetzt in der Zeitung gelesen habe, was da wirklich passiert ist. Schrecklich! Aber wer rechnet denn mit so was?"

„Niemand!", gestand ihm Schulte zu. „Niemand macht Ihnen einen Vorwurf. Immerhin haben Sie wenigstens angehalten und Ihre Hilfe angeboten. Das ist bereits mehr, als die meisten Leute von sich behaupten können. Für uns sind vor allem zwei Dinge wichtig, an die Sie sich hoffentlich genau erinnern. Einmal die Uhrzeit, die haben Sie ja schon recht genau genannt. Und dann brauchen wir von Ihnen eine so genaue Beschreibung des Mannes, mit dem Sie gesprochen haben, wie möglich."

Ostermann konzentrierte sich.

„Es ist schwer, die Größe eines Menschen genau zu erkennen, wenn man selbst im Auto sitzt. Aber ich sage mal, dieser Mann war größer als der Durchschnitt. Ich schätze ihn mal so auf 1,90 m. Ganz grob natürlich. Außerdem war er nicht dünn, aber auch nicht wirklich dick. Eher etwas feist. Graue Haare hatte er. Irgendwie wirkte er etwas altbacken, wenn Sie wissen, was ich meine. Trotz seiner Größe etwas wie ein altgewordener Milchbubi. Das Alter kann ich nur raten. Ich würde ihn mal auf Mitte Fünfzig schätzen."

„Können Sie sich an die Kleidung erinnern?", fragte von Grotenburg.

Der Mann überlegte, schüttelte dann aber den Kopf. Weitere Aussagen konnte er auch nicht machen. Von Grotenburg, der alles mitgeschrieben hatte, ließ Ostermann das Protokoll unterschreiben und bedankte sich für seine Mitarbeit.

In Schultes Auto schaute von Grotenburg von der Beifahrerseite aus nur kurz auf den neben ihm sitzenden Schulte und bemerkte:

„Schade, sehr genau war die Beschreibung ja nicht. Ich denke, damit können wir nicht viel anfangen. Was meinst du?" Er blickte noch mal auf Schulte und erschrak.

„Du bist ja kreideweiß! Was ist denn los? Hast du ein Gespenst gesehen?"

Schulte schüttelte müde den Kopf.

„Ein Gespenst nicht. Aber so was Ähnliches. Die Beschreibung war übrigens recht genau. Sie war sogar sehr deutlich. Verdammt deutlich!"

Dann drehte sich Schulte nach hinten, holte etwas weiches, beigefarbenes vom Rücksitz und gab es von Grotenburg.

„Gib diese Jacke bitte mal der Spurensicherung! Würde mich nicht wundern, wenn sich an ihr dieselben genetischen Spuren finden würden wie in Krügers Auto.“

53

Draußen war es schon stockdunkel, als Grafenberg sich die Augen rieb. Er hätte nie gedacht, dass ihn eine Arbeit so gefangen nehmen könnte. Die journalistische Tätigkeit machte ihm sehr viel Spaß. Sowohl das Schreiben wie auch das Recherchieren zu den einzelnen Themen. Und Rodehutskors war der beste Lehrer, den er sich vorstellen konnte. Er gab ihm alle erdenklichen Freiheiten. Doch wenn es darauf ankam, wurde er penibel.

Er verlangte sauber ausrecherchierte Stories. Hasste nichts mehr, als einen mit der heißen Nadel hingehauenen Artikel. Kurze Sätze wollte er in den Berichten sehen. Wenig Fremdwörter und keine Wortwiederholungen. Subjektive Bewertungen hasste er wie die Pest. Jeder Leser sollte sich sein eigenes Bild machen. Er wollte lediglich die Informationen liefern. Eine Meinung sollte sich der Leser selbst daraus bilden.

„Früher gab es nur eine Zeitung, die man gleich in die Mülltonne stecken konnte, ohne sie zu lesen. Heute verfallen leider immer mehr Journalisten in diese reißerische, volksverdummende Schreibe“, hatte er gestern erst zu Grafenberg gesagt. Und dann, er wirkte plötzlich sehr müde: „Dieser journalistische Verfall kotzt mich an.“

Grafenberg rieb sich die Augen. Zeit, Schluss zu machen, dachte er und speicherte die Datei auf der Festplatte. Da hörte er ein Rütteln an der Haustür. Ein Schlüssel drehte sich im Schloss. Im nächsten Moment stand ein schnaubender Rodehutskors mit hochrotem Kopf im Zimmer.

„Ich war gerade bei Schulte und habe ihm erzählt, dass du die Jacke des Mörders am Geruch erkannt hättest. Ich gebe zu, es ist ja auch eine ziemlich verrückte Behauptung. Aber das hat den gar nicht interessiert, sage ich dir. Der Schulte ist blind vor Eifersucht. Dass du mit der kleinen Köster rum machst, kann der überhaupt nicht verknusen. Sobald etwas von dir kommt, schaltet der auf Stur. Wenn du dem erzählst, du hättest gesehen, dass Müller seine Frau umgebracht hat, verhaftet Schulte Meier und setzt den solange unter Druck, bis der es nachher selber glaubt. Nur damit du am Ende nicht Recht hast."

Grafenberg konnte mit dem, was Hermann Rodehutskors da zum Besten gab, nicht gerade viel anfangen.

„Okay, dieser Schulte ist eifersüchtig. Meinetwegen, aber was regt dich daran so sehr auf?"

„Wir müssen uns selber in die Ermittlungen einklinken. Schulte kooperiert nicht. Wir müssen rauskriegen, wem die Jacke gehört. Beziehungsweise, wer das auf den Fotos ist, die ich bei der Beerdigung gemacht habe."

„Und wie stellen wir das an?"

„Schulte hat gesagt, dass es sich bei dem Jackenbesitzer um einen alten Kumpel handelt. Schulte kommt gebürtig aus Warburg. Also müssen wir mit den Bildern nach Warburg und sie dort Leuten zeigen. Wenn unsere Zielperson ein Einheimischer ist, der schon dort zur Schule gegangen ist, dann wird man ihn dort auch kennen. So groß ist die Stadt ja nicht. Ich fange gleich morgen früh damit an. Zunächst schicke ich die Fotos an meinen alten Kollegen Hupsi. Der kennt in der Börde Hans und Franz. Die Chance, dass der uns schon sagen kann, wen wir suchen, ist achtzig zu zwanzig. Und wenn wir dann den Namen und seine Adresse haben, dann beschatten wir ihn. Wollen doch mal sehen, ob da nicht was zu holen ist. Und wehe, wir haben recht, und das ist der Mörder, und die Polizei kümmert sich nicht, dann schreiben wir die in Grund und Boden! Schulte hin, Schulte her!"

Grafenberg traute seinen Ohren nicht. Bis vor drei Minuten hatte Rodehutskors noch den Edeljournalisten vor sich her getragen und nun, Grafenberg hatte sich noch nicht einmal umgedreht, waren niedere Rachegelüste die Triebfeder. Rodehutskors ist auch nicht besser als dieser Schulte, dachte Grafenberg amüsiert.

„Sag mal, wo ist denn die kleine Köster? Wollte die dich heute Abend nicht besuchen?"

„Sie musste dienstlich verreisen. Tat sehr geheimnisvoll. Sie wollte mir partout nicht sagen, warum sie wohin muss. Da habe ich dann auch nicht weiter nachgebohrt."

Rodehutskors war hell wach.

„Das müssen wir rauskriegen! Aber, das lass mal meine Sorge sein. Übernimm du erst mal die Beschattung in Warburg, wenn wir wissen, um wen es sich handelt. Ich höre mich auch mal bei der lippischen Polizei um. Ich sage dir, die Nummer mit dem durchgeknallten *Hartz-IV*-Empfänger können wir abhaken. Dieser Hoppe ist aus anderen Gründen umgebracht worden. Außerdem muss es da Parallelen zu einem Mord in Paderborn geben. Schulte sagte da so was wie: Er kenne den Mann auf den Fotos gut. Sie waren als Jugendliche wohl befreundet, Schulte und dieser Typ mit der Jacke. Waren wohl beide jahrelang Mitglieder einer Clique. Hoppe, der gestern beerdigt wurde, war ebenfalls ein Cliquenmitglied. Deshalb war der Mann mit der Jacke auch auf der Beerdigung. Und vor ein paar Tagen hatten sich die Beiden schon einmal auf einem Paderborner Friedhof getroffen, um einen alten Freund zu begraben. Ich sage dir, der Mord hat irgendetwas mit Schultes Vergangenheit zu tun. Und ich würde mich nicht wundern, wenn es Schulte noch nicht so klar ist, wie mir. Der sieht unter Umständen den Wald vor lauter Bäumen nicht."

54

Der neue Golf war wirklich ein prima Auto. Auch die Musikanlage war nicht schlecht. Grafenberg müsste sich in nächster Zeit nur noch um ein paar annehmbare CDs kümmern, bevor Rodehutskors den Apparat mit Volksmusik vollstopft, dachte er, als er auf dem Weg nach Warburg war. Rodehutskors hatte gleich heute Morgen seinen Zeitungskumpel angerufen, um ihn nach der Zielperson, wie er es nannte, zu fragen. Als der Warburger Ex-Kollege ihn dann jedoch darum bat, ihm ein Foto zu mailen, war Hermann Rodehutskors mit seinem Latein am Ende. Er hatte nicht die leiseste Ahnung, wie er das Foto in diesen verdammten Computer kriegen sollte. Aber er wand sich souverän aus der Affäre.

„Junge, mail mal das Foto nach Warburg. Die Adresse habe ich aufgeschrieben."

Grafenberg hatte sich schon intensiv mit dem neuen PC beschäftigt und so dauerte es keine zehn Minuten, bis die Mail mit dem Namen der gesuchten Person im Posteingang des Computers auftauchte. Rudolf Brückmann hieß der Mann und wohnte in Warburg *Zwischen den Städten*.

Gegen Mittag war Grafenberg auf dem Weg in die Bördemetropole.

„Beeil dich, Junge! Pass auf, dass er uns nicht durch die Lappen geht", hatte Rodehutskors ihn zur Eile angetrieben.

Mittlerweile hatte Grafenberg seinen Wagen geparkt und stand hinter einem blühenden Fliederbusch im Regen. Er fluchte leise. Spätestens jetzt wurde ihm klar, warum Rodehutskors ihm den Job der Observation zugeschoben hatte. Das konnte eine feuchte Angelegenheit werden. Schon jetzt zog ihm die Kälte in den Körper. Minuten später drang das Wasser langsam durch seinen garantiert wasserdichten Anorak und lief ihm in kleinen, kalten Rinnsalen den Rücken herunter. Und langsam fiel er auf, hinter seinem Fliederbusch hockend. Einige Kinder waren dreimal an ihm vorbei gelaufen. Dann blieben sie sehen. Und wieder kurze Zeit später traute sich ein kleines Mädchen ihn zu fragen:

„Onkel, warum stehst du hinter dem Busch?"

Grafenberg war völlig entnervt. Er kam hervor und ging fünfzig Meter die Straße hinunter. Dabei versuchte er, das Haus des Verdächtigen im Auge zu behalten. Dann drehte er sich um und bemerkte, dass ihm die Gruppe Kinder im Abstand von fünf Metern gefolgt waren. Scheiße, dachte er, wie werde ich die Blagen nur wieder los? Danach sah er wieder zu dem Haus und bekam gerade noch mit, dass ein Mann darin verschwand. Adrenalin schoss ins Blut. Verdammt, das musste Brückmann sein! Und er selbst lief pitschnass durch die Warburger Straßen. Im Schlepptau jede Menge johlender Kinder, wie der Rattenfänger.

Wütend drehte er sich zu der Gruppe um, zog einen Zehn-Euro-Schein aus der Tasche und hielt ihn dem Mädchen entgegen.

„Wenn ihr mir ein Eis holt, bekommt ihr auch alle eins."

„Ein Eis, bei diesem Wetter? Das ist doch viel zu kalt", meinte das kleine Mädchen.

„Okay, ich möchte ein Eis", sagte Grafenberg. „Worauf habt ihr Lust?" Jedes der Kinder wollte etwas anderes.

Grafenberg sah immer wieder nervös in Richtung des Brückmannschen Wohnhauses. Die Tür ging wieder auf und der Mann trat auf die Straße. In der Hand hielt er eine Reisetasche.

Grafenberg wurde klar, dass ihm nun ganz schnell was einfallen musste, um die lästige Kinderschar loszuwerden.

„Okay, Okay, jeder darf sich etwas kaufen. Aber nur für einen Euro. Und mir bringt ihr ein Eis mit."

„Was für eins?", fragte das Mädchen.

Grafenberg sah die Straße hinauf. Er begriff, dass Brückmann in zwanzig Sekunden aus seinem Blickfeld verschwinden würde.

Wieder an das Mädchen gewandt, sagte er: „Schokolade". Zwang das Kind fast dazu, den Geldschein, den er immer noch in der Hand hielt, anzunehmen und sprintete los. Die Kinder sahen ihm verdutzt nach. Da standen sie nun mit ihren zehn Euro und verstanden die Welt nicht mehr. Ein Junge tippte sich mit dem Finger an die Stirn, während Grafenberg versuchte, möglichst unauffällig den Abstand zwischen sich und Brückmann zu verringern. Doch das war gar nicht so einfach. Brückmann bewegte sich zielstrebig mit großen ausladenden Schritten den Berg zur Neustadt hoch. Grafenberg fing an zu rennen. Nach einigen Minuten blieb Brückmann an einer Bushaltestelle stehen und wartete. Grafenberg stand wieder hinter einem Busch und wartete ebenfalls.

„Der wird doch wohl nicht mit dem Bus fahren?" dachte er. „Wie soll ich ihn dann weiter beschatten?"

In der Tat, Brückmann schien genau das vorzuhaben. Nach drei langen Minuten hielt ein Autobus. Wie über der Frontscheibe abzulesen war, fuhr der Bus zum Bahnhof.

„Der will zum Bahnhof", dachte Grafenberg. „Wo in aller Welt ist in Warburg der Bahnhof?"

Er musste zu seinem Golf. Der stand zum Glück nur hundert Meter von hier. Grafenberg spurtete zu seinem Auto, dabei überrannte er fast eine Frau mit einem Kinderwagen. Er konnte gerade noch stoppen und nutzte die Gelegenheit, nach dem Weg zu fragen. Dann, endlich am Auto angekommen, startete er hastig den Motor und bretterte mit fast siebzig Stundenkilometern durch die verkehrsberuhigte Innenstadt. Ein älterer Mann, der gerade die Josef-Wirmer-Straße überqueren wollte, konnte sich gerade noch durch zwei hastige Sprünge zum gegenüberliegenden Gehweg retten. Wütend schlug er mit seinem Stock nach dem Raser. Doch vergebens. Grafenberg war schon einige Meter weiter.

Fast zeitgleich mit dem Bus erreichte Grafenberg den Bahnhofsvorplatz. Nein, jetzt fährt der auch noch mit dem Zug, dachte er. Da kann ich nicht auch noch einsteigen.

Eventuell muss ich Rodehutskors anrufen, sobald ich herausgefunden habe, wo er hin will. Dieses Unterfangen war gar nicht schwer, denn Brückmann schien dem Bahnhofspersonal bekannt zu sein.

„Na, Rudi, wohin geht es denn heute? Wieder nach Paderborn oder noch mal ins Lippische?"

Brückmann sah sich um. Doch Grafenberg konnte sich rechtzeitig in einer Nische verstecken, so dass er nicht gesehen werden konnte.

„Nach Paderborn", sagte der Mann vor dem Fahrkartenschalter fast im Flüsterton.

„Jau, Rudi, geht klar. Fahrkarte zum Bischof", sagte der Fahrkartenverkäufer in der gleichen Lautstärke, wie bei der Begrüßung.

„Hat es dich auch erwischt? Ist aber auch ein Dreckswetter. Die Hälfte meiner Kollegen ist krank. Die Bahn spart ja sowieso schon an allen Ecken. Wenn dann so 'ne Erkältungswelle kommt, bricht der Betrieb bei uns im Laden gleich zusammen. Man darf es gar keinem erzählen, aber ich habe letzte Woche fast sechzig Stunden gearbeitet. Was willste denn machen, wenn alle krank sind. Da stehste doch deinen Mann, oder?"

Brückmann hatte anscheinend kein Interesse an einer Unterhaltung. Er schob das Geld in den Zahlteller und verzog sich nach draußen.

„Na, dem ist heute aber eine Laus über die Leber gelaufen", sagte der Fahrkartenverkäufer mehr zu sich selbst und widmete sich anderen Aufgaben.

Grafenberg kam aus seiner Nische hervor und folgte Brückmann nach draußen. Dieser stand in der hinteren Ecke des Bahnsteiges und telefonierte mit einem Handy. Das dauerte eine ganze Weile. Das Gespräch schien Brückmann sehr in Anspruch zu nehmen. Manchmal redete er so laut, das Grafenberg Wortfetzen in seinem Versteck aufschnappen konnte, obwohl er fast zwanzig Meter von ihm entfernt, hinter einer Ecke des Bahnhofgebäudes, stand. Nach Beendigung des Telefonates sah Brückmann auf die Uhr und ging an den Geleisen angespannt auf und ab. Außer Brückmann war noch ein weiterer Mann auf dem Bahnsteig. Er trug einen verschlissenen Anzug.

Nach weiteren fünf Minuten Wartezeit fuhr der Zug in den Bahnhof ein. Bevor Brückmann den Zug bestieg, ging er zu einem Papierkorb und ließ das Handy hineinfallen.

Warum macht er das denn?, schoss es Grafenberg durch den Kopf. Das hole ich mir gleich, wenn der Zug den Bahnhof verlassen hat.

Leider hatte auch der andere Mann gesehen, was Brückmann tat. Er stand nur drei Meter vom Mülleimer entfernt und war gleich zur Stelle. Der Zug hatte seine Türen noch nicht geschlossen, da klaubte er das kleine Telefon schon aus dem Behälter. Sah sich noch einmal um und ging dann mit schnellen Schritten zu einem Bus, der auf dem Bahnhofsvorplatz stand.

Grafenberg fluchte. Er konnte den Mann nicht mehr erreichen, denn als er ebenfalls zum Bus lief, schloss dieser schon seine Tür und setzte sich in Bewegung. Auch als er durch Winken dem Busfahrer mitteilte, dass er ebenfalls noch einsteigen wollte, macht dieser keine Anstalten zu stoppen.

Deutschland ist eine Dienstleistungswüste, dachte Grafenberg ärgerlich. Jetzt wurde es aber Zeit, Rodehutskors anzurufen. Der musste Brückmann in Paderborn am Bahnhof in Empfang nehmen. Sein Kollege war dem Verfolgten unbekannt. Also konnte er ganz anders agieren. Zum Beispiel gemeinsam mit ihm in einen Bus einsteigen. Außerdem war sich Grafenberg nicht klar darüber, ob Brückmann ihn bemerkt hatte oder nicht. In Sachen Observation musste der frisch gebackene Journalistenlehrling noch einiges lernen, das war ihm heute klar geworden. Außerdem war er mittlerweile nass wie ein begossener Pudel. Er war sich sicher, dass er nicht eine einzige trockene Faser mehr am Leibe trug.

55

Polizeidirektorin Margarete Bülow hatte ihre erste Feuerprobe bestanden. Sie hatte in ihrer neuen Funktion als Leiterin des ZDG und somit an oberster Stelle verantwortlich für die Koordination der Ermittlungsarbeit in Ostwestfalen, zu einer großen Besprechung geladen. Und keiner hatte unter irgendeinem Vorwand abgesagt. Thematisch ging es um die Mordfälle Hoppe in Detmold und Krüger in Paderborn. Persönlich anwesend waren neben den ZDGlern Bülow, Schulte und Muffen die Paderborner Potthast und von Grotenburg und aus Detmold Axel Braunert, Oliver Hartel und Bernhard Lohmann.

Punkt 15 Uhr an diesem düsteren, verregneten Mittwochnachmittag war die Runde komplett. Frau Bülow erklärte noch einmal den Wechsel in der Führung des ZDG, begründete diesen mit dem ausdrücklichen Wunsch Josef Schultes und fasste dann in knappen Worten den bisherigen Stand der Ermittlungen zusammen.

Es hatte innerhalb von vier Tagen zwei Morde in OWL gegeben. Gab es zwischen beiden Taten einen Zusammenhang? Sie forderte Schulte auf, seine Einschätzung dazu abzugeben.

„Der Zusammenhang liegt auf der Hand. Jochen Hoppe und Andreas Krüger kannten sich seit ihrer Jugendzeit. Beide gingen in dieselbe Klasse eines Warburger Gymnasiums, beide gehörten derselben Clique an. Eine Gemeinsamkeit, die übrigens auch für mich gilt. Es war meine Klasse und es war auch meine Clique. Um es vorweg zu nehmen, ich habe keine Erklärung dafür, warum die beiden ermordet wurden. Ich kann nur mitteilen, dass auch ich in der letzten Zeit bedroht worden bin. Die Bedrohung betraf auch eine meiner beiden Töchter. Das ist der übrigens der Grund, warum unsere Kollegin Maren heute nicht an dieser Besprechung teilnimmt. Sie hat sich bereiterklärt, den Personenschutz für meine Tochter zu übernehmen, wofür ich ihr außerordentlich dankbar bin."

Ein leichtes Gemurmel, das Schulte als zustimmend bewertete, folgte dieser für die meisten Anwesenden neuen Situation. Schulte fuhr fort:

„Es ist im höchsten Maße unwahrscheinlich, dass bei alldem kein Zusammenhang zu der Jugendclique bestehen könnte. Zumal es auch um das vierte Mitglied der Gruppe verwirrende Nachrichten gibt. Die Clique war nämlich erst mit Rudolf Brückmann komplett. Diesen Rudolf Brückmann habe ich auf beiden Beerdigungen getroffen. Bei der zweiten hat er mir erzählt, dass er schriftlich mit dem Tode bedroht worden sei. Ich hatte den Kollegen von Grotenburg gebeten, diesen Drohbrief von Brückmann abzuholen. Vielleicht erzählst du selber, was du vorgefunden hast."

Mit einer einladenden Geste forderte er den schüchternen von Grotenburg auf zu sprechen. Der räusperte sich umständlich und sprach dann leise:

„Nichts habe ich vorgefunden! Jedenfalls nicht diesen Herrn Brückmann und auch nicht den Brief. Nur Brückmanns alte Mutter. Obwohl wir eine klare Zeit ausgemacht hatten. Das war am Montagabend. Um es ganz kurz zu machen: Brückmann ist bis heute noch nicht wieder aufgetaucht. Die Warburger Kollegen sind weiterhin am Ball, aber mehr als ab und zu im Haus nachschauen, können sie nicht leisten."

Schulte übernahm wieder.

„Das wäre ja eigentlich Grund genug anzunehmen, dass Brückmann irgendetwas zugestoßen sein muss. Offiziell wird er auch als Vermisst geführt und gesucht. Inoffiziell müssen wir uns aber mit dem Gedanken vertraut machen, dass Brückmann nicht Opfer, sondern Täter ist. Warum, dazu komme ich gleich im Einzelnen.

Ich muss gestehen, dass ich persönlich große Schwierigkeiten habe, diese Vorstellung gelten zu lassen. Vielleicht sollte ich einmal kurz beschreiben, wie unsere Clique zusammengesetzt war. Man konnte damals mit Fug und Recht sagen, dass Andreas Krüger und ich das große Wort hatten. Wir hatten die verrückten Ideen, wir waren skrupellos und manchmal auch dumm genug, sie in die Tat umzusetzen. Jochen Hoppe erschien nach außen als eher ruhiger Vertreter. In Wirklichkeit war er nur fantasieloser als wir beiden. Er entwickelte zwar keine durchgeknallten Ideen, aber er schloss sich uns immer zufrieden an. Er war nie der Spielverderber. Das war meistens Rudolf Brückmann. Brückmann war seinerzeit ein hochbegabter Sportler, er war der größte, kräftigste und fitteste von uns. Dass er nebenbei auch noch der beste Schüler war, war nicht der unerheblichste Grund dafür, dass er innerhalb dieser Clique eine etwas isolierte Stellung innehatte. Er war brav, fleißig und völlig humorlos. Sein Berufswunsch war Bundeswehroffizier. Eigentlich wussten wir drei anderen nie so richtig, warum er überhaupt bei allem mitmachen durfte. Wahrscheinlich ganz schlicht und einfach deshalb, weil es nützlich war, so einen kräftigen Kerl dabei zu haben, wenn es hart auf hart ging, was öfter mal vorkam. Aber eigentlich war Brückmann ein Schaf im Wolfspelz, denn er war alles andere als aggressiv und verabscheute Prügeleien. Er war immer ein ausgeglichener Typ, nie sehr lustig, aber auch nie durchhängend. Deshalb habe ich solche Mühe, mir diesen Mann als Täter vorzustellen.

Na ja, diese Truppe hat sich nach dem Abitur zerstreut. Ich zumindest hatte plötzlich überhaupt keinen Kontakt mehr zu den drei anderen. Da ich aber beim besten Willen nicht erkennen kann, was zu unserer gemeinsamen Zeit der Auslöser für diese Morde bzw. für die Drohungen hätte sein können, muss die Ursache dafür in der Zeit nach mir liegen. Mit anderen Worten, wir müssen die Lebenswege von Hoppe, Krüger und Brückmann studieren, versuchen, Querverbindungen zu erkennen und richtig einzuordnen. Vielleicht stoßen wir dann auf etwas, das…“

„Aber warum denkst du denn, dass dieser Brückmann der Täter sein könnte?", fragte Bernhard Lohmann, während er ruhig auf seinem Stuhl saß und die Hände vor dem mächtigen Bauch verschränkt hatte. Schulte zögerte etwas, bevor er antwortete.

„Hauptsächlich aufgrund einer etwas waghalsigen Beschuldigung. Der Mörder Hoppes hatte, ihr erinnert euch, unmittelbar nach seiner Tat eine Geisel genommen, um aus dem Arbeitsamt zu fliehen. Diese Geisel glaubt sich nun an einen ganz speziellen Kleidungsgeruch des Mannes erinnern zu können. Er meint, diesen Geruch bei einer Jacke wiedergefunden zu haben, die nachweislich Rudolf Brückmann gehört. Ich gebe zu, das ist eine ungewöhnliche und wenig stichhaltige Beweisführung, aber ich kann sie auch nicht ignorieren. Mal ganz davon abgesehen, dass die Persönlichkeit dieses Zeugen etwas fragwürdig ist."

„Warum das denn, das höre ich zum ersten Mal?", hakte Oliver Hartel ein und kippelte ungeduldig mit seinem Stuhl hin- und her. Schulte wurde leicht rot. Diese Frage hatte er nicht gewollt, denn er konnte darauf keine stichhaltige Antwort geben. Aber sie stand nun mal im Raum.

„Weil der Zeuge jemand ist, der sich gern in den Vordergrund spielt", sprang Axel Braunert Schulte zur Seite und erntete von diesem dafür einen dankbaren Blick. „Er ist in diesen Fall sogar ganz besonders involviert. Einmal war er die Geisel von Hoppes Mörder, das steht außer Frage. Aber er hat sich auch mit einem Kompagnon zusammengetan und verkauft seine Geschichte der Presse. Da liegt der Verdacht nahe, dass er die Suppe am Köcheln halten will und deshalb scharf darauf ist, einen Verdächtigen zu präsentieren, bevor die Story in Vergessenheit geraten ist. Wir müssen das sehr genau prüfen."

Schulte nickte und sprach weiter.

„Die Zeugenaussagen zum Mordfall in Detmold waren, wie wir alle wissen, sehr widersprüchlich und sind nicht sehr nützlich. Zum Fall Krüger in Paderborn liegt uns allerdings seit gestern eine Beschreibung des mutmaßlichen Täters vor, die zwar auch sehr vage ist, aber dennoch ziemlich gut auf Rudolf Brückmann zutrifft. Zumindest schließt sie ihn nicht aus. Kollegen, wir haben nichts anderes als diese Spur. Nach meiner Meinung können wir nur eines tun: Uns intensiv mit dem Leben von Andreas Krüger und Jochen Hoppe beschäftigen und natürlich vor allem mit Rudolf Brückmann. Und wir müssen alles dransetzen, um Brückmann zu finden. Entweder um ihn vor Verbrechen zu schützen oder um ihn daran zu hindern, weitere Verbrechen zu begehen. Wie auch immer, wir müssen ihn finden. Habt ihr noch Fragen?“

Nach einer kurzen Pause hob Oliver Hartel die Hand.

„Ja! Welche Rollen spielen eigentlich dieser Grafenberg, also die Geisel vom Arbeitsamt, und dieser alte Mann? Rodehutskors, oder wie der heißt? Kennt den einer? Mir kommen die beiden reichlich windig vor.“

Schulte stellte zu seinem Erstaunen fest, dass Hartels negative Beschreibung Grafenbergs ihm diesen fast sympathisch machte. Axel Braunert meldete sich.

„Zu diesem Grafenberg kann ich etwas sagen. Er wohnt in Lemgo, ist von Beruf eigentlich Schauspieler, lebt aber von Auftritten seiner Kunstfigur Leo, der letzte Lipper. Er verkörpert sicher nicht die ideale bürgerliche Existenz, aber ich denke, dass der Mann sauber ist. Es gibt zumindest überhaupt keinen Grund, ihn auf die Liste der Verdächtigen zu setzen. Er ist nur ein wenig selbstverliebt und steht sehr gern im Vordergrund, wie gesagt. Das schwächt seinen Wert als Zeugen, ist aber absolut nichts Gesetzwidriges. Zu Rodehutskors…“. Er schilderte detailliert die Rolle, die Hermann Rodehutskors in den letzten Jahren durch seine Zusammenarbeit mit der Detmolder Polizei gespielt hatte und hob dessen Verdienste hervor.

„Der Mann ist über jeden Verdacht erhaben!“ krönte Schulte Braunerts Ausführungen. Braunert dozierte weiter:

„Nach unseren Erkenntnissen haben die beiden ein Pressebüro aufgemacht und versuchen lediglich, spannende Stories an die Presse zu verkaufen. Um Geld zu verdienen und nicht, um die Arbeit der Polizei zu stören."

Wieder hob Hartel die Hand. Willi Potthast stöhnte leise.

„Ist es wahr, dass die Kollegin Köster ein Verhältnis mit diesem Grafenberg hat? Ist unter diesen Bedingungen überhaupt noch die nötige dienstliche Verschwiegenheit gewährleistet? Muss sie nicht deshalb von dem Mordfall abgezogen werden?"

Schweigen. Die beiden Paderborner Kollegen und Muffen warteten interessiert ab, was jetzt kommen würde. Bei Bernard Lohmann pulsierte auffällig eine Stirnader, sein Kopf war puterrot. Axel Braunert nahm eine Körperhaltung ein, als beabsichtige er jeden Moment, Hartel an die Kehle zu gehen. Schulte, der Hartel und seine Art kaum kannte, starrte diesen entgeistert an. Doch bevor er lospoltern konnte, rief Frau Bülow laut und schneidend:

„Halt! Eine solche Debatte führen wir hier nicht, Herr Hartel. Wenn es stichhaltige Beweise geben sollte, dass ein Kollege Dienstgeheimnisse ausgeplaudert hat, dann wird dies auf einer anderen Ebene behandelt. Jedenfalls nicht hier und jetzt. Aber ich habe bewusst von Beweisen gesprochen, Herr Hartel. Nicht von Vermutungen. So, wenn es sonst keine Fragen mehr zu den Ausführungen von Herrn Schulte gibt, möchte ich nun darum bitten, dass wir den Vorschlag des Kollegen Schulte aufgreifen und die Aufgaben verteilen. Wer kümmert sich um die Biografie des Opfers Krüger?"

„Das machen wir Paderborner!", meldete sich Potthast. Frau Bülow nickte. Schulte ergänzte:

„Das bedeutet natürlich unbedingt, dass die beiden Witwen jeweils in die Ermittlungen einbezogen werden müssen. Kollegen, denkt bitte daran."

Alle nickten schweigend. Hartel schaute nur brummig an die Decke.

„Wer macht Hoppe und Frau?“

Braunert und Lohmann hoben die Hand.

„Brückmann?“

„Das würde ich gern selbst machen!“, sagte Schulte schnell, bevor ein anderer sich hätte melden können.

Die kommenden fünfzehn Minuten verbrachten die Teilnehmer mit Detailplanungen.

Dann hob Margarete Bülow den Kopf und sagte lange nichts. Es schien, als würde sie mit ihren leeren Augen jeden Einzelnen anschauen. Alle Anwesenden wussten, dass dies nicht möglich war, aber jeder fühlte sich dennoch beobachtet.

Schließlich durchbrach sie selbst die Stille und sagte sehr eindringlich:

„Meine Herren, Sie alle haben mitbekommen, dass der Detmolder Fall eine große Presseresonanz gefunden hat. Es ist sinnlos, dafür den Herren Rodehutskors und Grafenberg die Schuld zu geben. Die haben nur ihren Broterwerb betrieben. Wir müssen diesen Druck aushalten und wir müssen die Herausforderung dieser Fälle meistern. Mir ist klar, dass ein Führungswechsel in einer solchen Situation nicht gerade förderlich ist. Deshalb noch einige Anmerkungen zu den künftigen internen Abläufen und zu der Art, wie ich meine neue Rolle interpretiere. Ich weiß, dass alle hier hoch motiviert und kompetent sind und werde mich deshalb möglichst nicht in Ihre Ermittlungsarbeit einmischen. Meine Aufgabe in den nächsten Tagen wird darin bestehen, Ihnen allen bürokratischen Ballast von den Schultern zu nehmen, damit Sie den Kopf frei haben für die eigentliche Arbeit. Die Koordination zwischen den einzelnen Kreispolizeibehörden wird weiterhin Herr Schulte übernehmen. Er hat das Recht, von Ihnen jederzeit Auskunft über den Stand Ihrer Ermittlungen zu bekommen. Er ist für sie Ansprechpartner bei allem, was Sie nicht vor Ort selbst klären können. Das erspart Ihnen lange Instanzenwege und garantiert Ihnen, dass Ihre Wünsche schnellstmöglich entschieden werden. Hauptkommissar Schulte hat vor Ort mein volles Vertrauen. Ich danke Ihnen für den guten Start in eine erfolgreiche Zusammenarbeit! So, zum Schluss noch einige…“

Frau Bülow musste ihre Ansprache abrupt unterbrechen, die Männer drehten die Köpfe zur Seite, denn die Tür des Besprechungsraumes war aufgesprungen. Im Türrahmen stand, mit hochrotem Kopf, Frau Körner, die Sekretärin des ZDG.

„Entschuldigen Sie bitte die Störung“, begann sie schüchtern. „Aber da ist jemand für Herrn Schulte am Telefon. Es geht angeblich um Leben und Tod! Ich habe den Namen nicht richtig verstanden. Brückmann oder so ähnlich. Was soll ich tun?“

56

Alle standen wie erstarrt.

Schulte fasste sich als erster.

„Kommt mit in mein Büro!“, rief er seinen Kollegen zu.

Hektisch hastete die ganze Truppe über den langen Flur und quetschte sich in Schultes Büro. Frau Bülow hatten sie völlig vergessen. Die blinde Beamtin war nun darauf angewiesen, mit Hilfe ihres Stockes sich den Weg zu ertasten, schaffte dies aber erstaunlich schnell.

„Stellen Sie durch, Frau Körner!“, schrie Schulte viel zu laut in das Vorzimmer. „Ich stelle das Telefon auf Raumlautsprecher!“, zischte er wesentlich leiser seinen Kollegen zu. Dann holte er tief Luft, nahm den Hörer auf und meldete sich so unbefangen wie möglich mit „Schulte!“

„Hallo Jupp! Oder sollte ich besser hallo Seppel sagen?“, dröhnte eine kräftige Stimme über den Raumlautsprecher. „Geht es dir gut? Ich hoffe doch. Hier ist Rudi. Rudi Brückmann, aber das hast du wohl schon selbst rausgefunden, oder? Schlau, wie du bist."

„Rudi, wo bist du?", fragte Schulte aufgeregt. „Alles in Ordnung?"

Aus dem Lautsprecher kam ein etwas affektiertes Lachen.

„Seit wann interessierst du dich dafür, wie es mir geht, Seppel? Das war dir doch früher immer scheißegal!"

Schulte blickte in die Runde und traf auf aufmerksame, aber ratlose Kollegenaugen. Er selbst zuckte nicht minder ratlos mit den Achseln und bemühte sich, dies seiner Stimme nicht anmerken zu lassen.

„Rudi, hast du getrunken?"

Wieder dieses alberne Lachen.

„Getrunken? Ich? Weißt du nicht mehr, dass ich nie Alkohol getrunken habe? Ganz im Gegensatz zu dir und deinen versoffenen Freunden. Wäre ich nicht gewesen, dann hättet ihr euch damals noch das letzte bisschen Hirn weggesoffen. Ihr hättet mir dankbar sein sollen!"

Schulte bemühte sich, so ruhig wie möglich zu antworten. Gleichzeitig gab er Wolf Muffen ein Zeichen, dass er feststellen lassen solle, woher der Anruf kam. Muffen verstand sofort und verließ das Büro. Nun kam es für Schulte darauf an, Brückmann möglichst lange am Telefon festzuhalten.

„Ich verstehe nicht, was du damit sagen willst. Vielleicht sollten wir beiden uns mal in Ruhe unterhalten. Was meinst du?"

„Reden? Wir beiden? Nein, geredet worden ist genug. Nur einen guten Tipp habe ich für dich: Du brauchst mein Haus nicht mehr überwachen zu lassen, ich bin längst ganz woanders."

Jetzt war Schulte wirklich baff.

„Rudi, was redest du da? Niemand lässt dein Haus überwachen. Wie kommst du darauf?"

Brückmann lachte wieder unnatürlich laut.

„Für wie blöd hältst du mich eigentlich? Dein Wachposten hat sich so dusselig angestellt, der war nicht zu übersehen. Irgendwoher kenne ich den auch, ich komm noch drauf. Ist mir aber auch nicht so wichtig. Wichtig ist, dass ihr meine Mutter nicht mehr belästigt. Ist das klar?"

Gegen seinen Willen wurde Schulte langsam wütend.

„Nichts ist mir klar! Was willst du überhaupt? Kannst du dich nicht mal deutlich ausdrücken?"

„Du willst es deutlicher haben? Na gut, also los. Seppel, du bist eine miese Type. Du bist rücksichtslos, egomanisch und bis in die Wurzeln verkommen. Das warst du schon damals in der Penne. Deine Freunde hast du nur benutzt, sie waren für dich entweder Mittel zum Zweck oder sie waren für dich wertlos. Viel besser waren Kiste und Zinker auch nicht, aber du warst der Schlimmste. Weißt du noch, Seppel?"

Schulte hielt es für das Beste, darauf nicht zu antworten.

„Hast du es tatsächlich vergessen, Seppel? Kannst du dich nicht mehr entsinnen, was du mir angetan hast? Was ich dir zu verdanken habe? Dass du mein ganzes Leben verpfuscht hast? Hm? Keine Ahnung mehr? Dann muss ich dir wohl etwas auf die Sprünge helfen, Seppel. Denk doch mal zurück an das Liborifest 1976. Hast du verdrängt, wer es damals war, der dafür gesorgt hat, dass Kiste kurz vor der Rückfahrt noch mehrere Bier getrunken hat? Und wer ihn auch noch aufgehetzt hat, schneller zu fahren, als die scharfen Kurven kamen? Ja, ist der Groschen jetzt gefallen?"

Schulte atmete tief durch. Er fühlte sich entsetzlich.

„Rudi, das tut mir alles sehr leid! Ich weiß, dass ich für diesen Unfall mitverantwortlich war und habe mir deshalb jahrelang Vorwürfe gemacht. Aber das ist über dreißig Jahre her. Warum gräbst du jetzt diese Jugendsünden aus?"

„Jugendsünden? Für dich mag das eine Jugendsünde gewesen sein. Passiert und Schwamm drüber. Für mich hat dieser Unfall meine gesamte Lebensplanung versaut. Erinnerst du dich? Ich galt als talentiertester Leichtathlet in der

Region, ich wollte was erreichen, ich hatte konkrete Pläne, ich hatte eine große Zukunft vor mir. Die hast du mir durch deinen Leichtsinn aus den Händen gerissen. Ich trage von allen die geringste Verantwortung für den Unfall und ich war der einzige, der schwer verletzt wurde. Schweres Schädel-Hirn-Trauma. Bleibende Schäden. Kopfschmerzen, Schwindelgefühl, Sehstörungen. Das alles lebenslang. Meine Sportlerkarriere? Peng! Führerschein? Peng! Mein Berufswunsch Bundeswehroffizier? Peng! Frauen? Ich lag ja dauernd im Krankenhaus, während ihr euch vergnügt habt. Peng! Was willst du noch hören? Dass ich wegen dieser vielen Krankenhausaufenthalte mein Abi nicht geschafft habe? Dass ich deshalb nicht studieren konnte?“

Schulte brach kalter Schweiß aus. Am liebsten wäre er weggetaucht. Dies alles zu hören, dazu vor seinen gebannt lauschenden Kollegen, nichts zu seiner Rechtfertigung vorbringen zu können, denn es gab ja nichts zu rechtfertigen, machte ihn sprachlos.

„Rudi, ich…“

Doch Brückmann war nun nicht mehr zu bremsen.

„Ein Jahr später hatte ich trotz allem endlich eine Freundin. Karin, du erinnerst dich an Karin? Ich habe Karin geliebt, aber davon verstehst du ja nichts. Dann kam das Calenberger Schützenfest. Ich musste mal wieder für ein paar Tage ins Krankenhaus und konnte nicht mitkommen. Und dann kam ein gewisser Seppel, der nun nicht mehr so genannt werden wollte, weil er ja nun erwachsener geworden war. Erwachsen! Besoffen war er, wie immer! Besoffen, arrogant und rücksichtslos! Er hat sie damit geködert, dass er einen Moralischen habe, wie das damals hieß. Sie wollte ihn trösten. Viel zu anständig war sie, um seine schmutzige Taktik zu durchschauen. Er hat sich so gut trösten lassen, dass sie schwanger wurde. Meine Liebe war zerstört. Wieder lag alles in Scherben. Wieder warst du die Ursache dafür. Und wie hast du dich Karin gegenüber verhalten? Nicht nur, dass du nur wenige Stunden zuvor mit einer anderen schon einmal in den Büschen gewesen warst, was erst etwas später rauskam. Du hast dich auch einen Scheißdreck um das Kind gekümmert. Hast sie damit allein gelassen."

„Aber jetzt..."

„Nichts aber! Wenn deine Tochter Lena nach so langer Zeit und nach all dem, was du ihrer Mutter angetan hast, sich wieder mit ihrem widerwärtigen Erzeuger versöhnt, spricht das nur gegen sie. Sie hat dadurch ihre Mutter verraten und wird dafür bestraft werden. Verlass dich drauf! So wie alle anderen auch bestraft worden sind oder noch werden.

Kiste war mitverantwortlich, weil er unter Alkohol gefahren ist. Er hat dafür jetzt mit dem Leben bezahlt. Zinker war mitverantwortlich, weil er euch hat gewähren lassen und über meine Einwände nur gelacht hat. Auch er hat dafür bezahlt. Nur der Hauptschuldige fehlt noch. Seppel! Gibst du mir jetzt recht, dass du diese Woche nicht überleben darfst?"

In diesem Moment kam Muffen zurück und machte durch Nicken deutlich, dass alles getan worden war, um das Telefon des Anrufers zu identifizieren. Schulte solle weiterreden. Dann ging er wieder. Doch Brückmann kam Schulte zuvor.

„Übrigens, die Null, die mich in Warburg beschatten sollte, habe ich abgehängt. Mit einem ganz normalen Linienbus! Haltet ihr mich für so dumm, oder warum schickt ihr mir einen solchen Loser! Sind das die Fähigkeiten, die man braucht, um Polizist zu werden, Seppel? Dann ist es kein Wunder, dass du bei dieser Truppe gelandet bist. Wenn ihr mich überhaupt jemals dingfest machen solltet, dann vielleicht später einmal. Aber erst, wenn ich dich zur Strecke gebracht habe!"

Mit diesen Worten legte Brückmann auf.

Keiner sagte ein Wort. Frau Bülow tastete sich vor zu Schulte und drückte ihm schweigend die Hand. Kurz darauf kam Muffen zurück.

„Schade! War etwas zu knapp! Wir haben nur herausgefunden, dass es sich um einen Anruf aus Warburg handelte. Es wurde mit einem Handy telefoniert. Vielleicht können wir es noch genauer orten. Warum seid ihr denn alle so still? Was war denn?“

57

Josef Schulte atmete tief durch und schaute seine Kollegen der Reihe nach an.

„Na, dann lasst uns mal an die Arbeit gehen!“

„Jupp, was redest du da?“, schrie Axel Braunert geradezu. „Du musst jetzt erstmal an deine Sicherheit denken! Diesen Kerl werden wir schon in die Finger kriegen. Deine Tochter ist bei Maren in guten Händen. Aber du solltest jetzt dringend aus der Öffentlichkeit verschwinden!“

Beifälliges Murmeln von allen Seiten. Schulte schüttelte den Kopf.

„Nein! Wir müssen angreifen. Ihn vor uns hertreiben und sehen, dass wir ihn so schnell wie möglich an den Haken bekommen. Das ist für alle der beste Schutz vor ihm! Außerdem wüsste ich gar nicht, wo ich mich verstecken sollte. Hier im Büro? Das wird ihn auch nicht hindern, vom Parkplatz aus durch die Fensterscheibe zu schießen. Nein, es gibt keine Sicherheit, solange Brückmann frei herumläuft.“

„Jupp hat recht!“, brummte Bernhard Lohmann. „Ich würde es genau so machen. Untätig herumsitzen, während die Kollegen auf die Jagd gehen? Unmöglich!“

Nach einigen Minuten war auch die Polizeidirektorin Frau Bülow einverstanden damit, dass Schulte weiterhin ganz normal seinen Dienst tat, ungeachtet der Gefährdung seiner Person. Man beschloss, dass Schulte unmittelbar nach dieser Besprechung zusammen mit dem jungen von Grotenburg die Witwe Krüger in Paderborn besuchen solle. Gleichzeitig würde Axel Braunert die Witwe Hoppe in Detmold aufsuchen. Für den stellte sich aber noch eine Frage:

„Sagt mal, was hat Brückmann denn mit dem Loser gemeint, der ihn beschatten sollte? Davon weiß ich bis jetzt noch gar nichts. Wer hatte denn das übernommen?“

Doch dazu konnte ihm keiner etwas sagen. Niemand wusste etwas von einer Beschattungsaktion in Warburg. Auch Schulte konnte nur eine Vermutung äußern:

„Wahrscheinlich hat Brückmann in seinem Wahn etwas verwechselt. Vermutlich ist irgendjemand zufällig um mehr als zwei Straßenecken hinter ihm hergelaufen und schon fühlt der edle Rächer sich verfolgt.“

Eine Stunde später, es war Mittag geworden, hielt Schultes Auto vor dem Haus von Frau Krüger. Ohne daran zu denken, wie makaber es sein musste, mit diesem ehemaligen Leichenwagen, dessen Seitenscheiben noch die weißen Palmwedel zierten, direkt vor das Haus eines erst kürzlich Verstorbenen zu parken, stiegen Schulte und von Grotenburg aus und bewunderten die schöne Villa in der Paderborner Mallinckrodtstraße. Sie mussten dreimal klingeln, bis eine attraktive Frau Anfang vierzig, elegant, aber dezent gekleidet, die Tür öffnete. Von Grotenburg musste sich nicht vorstellen, da er bereits mit Frau Krüger gesprochen hatte. Sie nickte ihm freundlich zu und lud ihn ein, hereinzukommen. Schulte wurde sehr viel reservierter empfangen, durfte aber auch eintreten. Als alle drei im edel eingerichteten Wohnzimmer Platz genommen hatten, schaute sich Schulte die Ehefrau seines ehemaligen Freundes näher an. Sie gefiel ihm als Frau ausnehmend gut. Sie war im besten Alter, sprach eloquent und ihre strahlenden blauen Augen verrieten eine große geistige Regsamkeit.

„Frau Krüger, Sie hatten meinem Kollegen ja schon bei dessen ersten Besuch dankenswerterweise Angaben zu Ihren Besitzverhältnissen und zur Situation Ihrer Ehe gemacht.

Heute möchten wir Sie bitten, uns etwas über Ihren verstorbenen Mann zu erzählen, der…“

Schulte gab sich, da sie genervt stöhnte, als alter Jugendfreund ihres Mannes zu erkennen und umriss in knappen Worten die Verbindung der beiden mit Krügers mutmaßlichem Mörder.

„Ich habe Andreas seit unserem Klassentreffen vor fünfundzwanzig Jahren nicht mehr gesehen. Wie ist seitdem sein Leben verlaufen? Gab es irgendwann noch einmal einen Rudolf Brückmann in seinem Umfeld?“

Die blonde Frau dachte nach. Dann referierte sie flüssig und ohne groß nachdenken zu müssen, Krügers Biografie.

„Aber ich kann mich an keinen Rudolf Brückmann erinnern. Vielleicht hat Andreas es nur nicht für erforderlich gehalten, darüber zu sprechen, aber ich habe den Namen eben zum ersten Mal gehört.“

Auch auf Schultes Frage, ob der Name Jochen Hoppe ihr bekannt sei, verneinte sie entschieden. Schulte brachte ihr so schonend wie möglich die Tatsache bei, dass auch dieser Hoppe, ebenfalls ein alter Freund ihres Mannes, ermordet worden sei.

Die Frau zeigte erste Ansätze von Nervosität. Sie schnappte sich hektisch eine auf dem Wohnzimmertisch liegende Zigarettenschachtel, zog mit zittrigen Fingern eine Zigarette heraus und gestattete von Grotenburg, ihr Feuer zu geben.

„Andreas hatte schon manchmal über die alten Schulzeiten gesprochen, aber dann hat er immer irgendwelche Spitznamen verwendet. Einen habe ich mir gemerkt. Den haben sie Seppel genannt. Von dem hat Andreas aber immer ziemlich schlecht geredet. Ich glaube, er war froh, mit dem nichts mehr zu tun zu haben. Kannten Sie den auch?“

Schulte schluckte und vermied es, von Grotenburg anzuschauen.

„Entfernt!“

Bevor er sich verabschieden konnte, fragte sie nervös:

„Glauben Sie denn, dass dieser Brückmann auch jetzt noch gefährlich ist? Was ist das für ein Typ? Bin ich auch in Gefahr?“

Schulte überlegte eine Weile, bevor er antwortete.

„Machen Sie sich keine Sorgen! Sicher ist er gefährlich, aber nur für ganz bestimmte Leute, an denen er sich rächen will. Sie gehören nicht dazu.“

Sie schien etwas beruhigt zu sein. Schulte gab ihr seine Handynummer.

„Falls Sie mich brauchen oder etwas Wichtiges mitzuteilen haben, rufen Sie mich an.“

58

Das Mittagessen war wie immer hervorragend gewesen. Jedesmal, wenn seine Frau Else etwas kochte, schwor Hermann Rodehutskors ihr ewige Liebe. Natürlich nur im Geiste. Im Alltag war der alte Journalist mit solchen heroischen Aussagen vorsichtig geworden. Wohl dosiert musste man mit diesen Schwüren umgehen, das hatte ihn das Leben gelehrt.

Dennoch war die Zeit nach dem gemeinsamen Essen bei Rodehutskorsens eine der angenehmen Zeiten des Tages. Als seine Kinder noch zu Hause wohnten, wurde in dieser Zeit alles besprochen, was der Tag so mit sich gebracht hatte. Der Herr des Hauses hatte seine Zigarre geraucht, was heute leider nicht mehr möglich war. Auch bei seinen Frauen, wie er Mutter und Töchter nannte, waren Raucher zur Persona non Grata erklärt worden. Die Zigarre wurde von seiner Familie, wenn überhaupt, seit längerer Zeit nur noch auf der Terrasse und in Rodehutskors Arbeitszimmer geduldet. Und das auch immer mit einem entsprechenden Kommentar verbunden.

Dem leidenschaftlichen Raucher ging dieser Gesundheitswahn, wie er den Lobbyverlust der Raucher nannte, ziemlich auf die Nerven. Aber was sollte er machen? Er konnte sich gegen den starken gesellschaftlichen Trend wider den blauen Dunst nicht durchsetzten. Also ließ sich Rodehutskors von seiner Frau eine schöne Tasse Kaffee servieren und verzichtete, innerlich murrend, auf die Zigarre.

Frau Rodehutskors wollte gerade den neuesten Tratsch aus Berlebeck erzählen, da vibrierte das Handy ihres Mannes.

„Kannst du dieses Ding nicht wenigstens beim Essen abschalten?“, fragte sie verärgert. Doch sie bekam keine Antwort. Ihr Mann klappte das kleine Gerät auf und meldete sich. Hörte sich an, was sein Gegenüber zu sagen hatte und antwortete:

„Ich fahre sofort los!“

Er klappte das Telefon wieder zusammen, ließ es in seiner Hemdtasche verschwinden, trank noch einen Schluck Kaffee und verbrannte sich den Mund. Fluchend griff er zur Jacke und sagte seiner wütend dreinblickenden Frau:

„Tut mir leid, Else, ich muss sofort los! Bei dem kleinen Grafenberg ist ein Wasserrohr gebrochen und er ist gerade in Warburg.“

„Du kannst mir viel erzählen“, antwortete seine Frau wütend. „Was soll das überhaupt? Früher, als Michael noch bei seinen Eltern wohnte, hast du kein gutes Haar an ihm gelassen und seit einem halben Jahr seht ihr euch fast jeden Tag. Da ist doch was im Busche! Du verheimlichst mir doch was.“

„Ich hab jetzt keine Zeit dir das zu erklären. Und früher hatte ich Angst, dass er unserer Adelheid den Kopf verdrehen würde. Die war ja wie gestochen, wenn es um den Jungen ging. Aber jetzt, wo sie unter der Haube ist...“

Seine Frau zeigte ihm ärgerlich einen Vogel. Dann sagte sie:

„Noch unter der Haube! Noch!“

Rodehutskors, der auf heißen Kohlen saß, starrte seine bessere Hälfte an.

„Wie, noch?“

„Adelheid lässt sich scheiden!“

„Wie, Adelheid lässt sich scheiden? Seit wann weißt du das?“

„Seit zwei Monaten.“

„Und wieso erzählst du mir davon nichts?“

„Erzählst du mir etwa alles?“, antwortete seine Frau ärgerlich.

Rodehutskors winke ungehalten ab.

„Wir reden später darüber. Ich habe es jetzt wirklich eilig.“

Rodehutskors klaubte einen Autoschlüssel von einem Schränkchen im Flur, schnappte sich seinen Regenmantel und verließ das Haus. Er hasste es, wenn seine Frau ihm in den unpassendsten Momenten irgendwelche Hiobsbotschaften präsentierte, nur um sich an ihm zu rächen, wie er vermutete. Jedenfalls war klar, dass der Haussegen in den nächsten Tagen schief hängen würde. Es sei denn, er bliebe jetzt zu Hause, um mit seiner Frau einige Unklarheiten aus dem Wege räumen. Doch dazu war jetzt keine Zeit. Grafenberg hatte ihm gerade mitgeteilt, dass Brückmann per Bahn auf dem Weg nach Paderborn war. Er musste ihn unbedingt am Bahnhof abfangen und herausfinden, wo er hinging. Aber das hätte er seiner Frau niemals sagen können. Dann hätte sie ihre Koffer gepackt und hätte ihn im hohen Alter noch verlassen.

Rodehutskors jagte seinen Passat über die Gauseköte, als würde er an einem Bergrennen teilnehmen und parkte sein Auto zwanzig Minuten später in der Grunigerstraße in Paderborn. Er sah auf die Uhr und dachte, Rekordzeit! Jetzt hatte er noch zehn Minuten. Dann würde der Zug mit Brückmann in den Bahnhof einfahren.

Rodehutskors zündete sich eine Zigarre an und überquerte die Bahnhofstraße. Er war gelassen. Brückmann kannte ihn nicht. Daher konnte er einfach auf den Bahnsteig marschieren und so tun, als wolle er jemanden vom Zug abholen. Was in gewisser Weise ja auch stimmte.

Der Zug kam mit zehn Minuten Verspätung. Brückmann, den Rodehutskors mühelos erkannte, stieg aus dem zweiten Wagen aus und ging zum Bahnhofsvorplatz. Rodehutskors tauchte in den Passantenstrom ein und ließ sich von ihm treiben. Er überquerte wieder die Bahnhofstraße und stellte sich an die Bushaltestelle vor dem Arbeitsamt. Von hier aus konnte er Brückmann gut und unauffällig beobachten. Der studierte einen Busfahrplan. Dann wartete er jedoch nicht weiter, sondern setzte sich zu Fuß in Bewegung, die Grunigerstraße entlang. Rodehutskors ging parallel zu ihm auf der anderen Straßenseite. Auch als Brückmann in die Riemekestraße und dann direkt in die Ferdinandstraße abbog, konnte der Journalist ihm unauffällig folgen. An sich hätte er jetzt sicherheitshalber an einen zweiten Verfolger übergeben müssen. Doch den Partner gab es nicht. Also musste Rodehutskors besonders vorsichtig agieren. Am Jahnplatz öffnete er seinen Regenmantel. Der Schweiß lief ihm den Rücken hinunter. Als er mit hinreichendem Abstand die Neuhäuser Straße überquerte, zog er zum ersten Mal sein Taschentuch aus der Hose und wischte sich damit über den hochroten Kopf. An den Paderwiesen bemerkte er, dass sich an seinen Füßen die ersten Blasen bildeten. Rodehutskors hätte heulen können. Er war ein alter Mann. Wieso ließ er sich auf ein solches Abenteuer ein? Da plötzlich drehte sich Brückmann um. Der Journalist konnte gerade noch hinter einem massiven Kriegerdenkmal verschwinden. Er musste noch vorsichtiger agieren. Brückmann schien mit der Möglichkeit zu rechnen, dass er beschattet wurde. Rodehutskors wartete etwas, ließ sogar zu, dass eine Gruppe Büsche ihm die direkte Sicht auf seine Zielperson nahmen. Als der Verfolgte ihn nicht mehr sehen konnte, versucht Rodehutskors zu rennen, um nicht noch mehr Abstand zu Brückmann zu bekommen. Seit er in Bad Salzuflen vor Jahren eine Fastenkur gemacht hatte, hatte er sich nicht mehr so schnell bewegt wie in diesem Moment. Er fluchte, denn als die Büsche endeten, musste er feststellen, dass seine Laufeinlage Brückmanns Vorsprung nicht verkürzt hatte. Aber er hatte den Abstand gehalten. Wenigstens etwas, versuchte er sich zu motivieren. Am Nordbahnhof dachte Rodehutskors das erste Mal über einen Herzinfarkt nach. Seine Lungenflügel klatschten seinen Gedanken Beifall. Diese Verfolgung schien die Rache für jede einzelne Zigarre zu sein, die er in seinem Leben geraucht hatte. Dann, weitere zehn Minuten später, blieb Brückmann vor einem Haus am Dr.-Rörig-Damm stehen. Er sah sich noch einmal prüfend um. Rodehutskors hatte es wieder geschafft, sich im letzten Moment in einer Hauseinfahrt zu verstecken. Brückmann sah ihn nicht. Er friemelte einen Schlüssel aus der Hosentasche und öffnete die Haustür. Geschafft, dachten beide. Brückmann zog die Haustür hinter sich zu und Rodehutskors setzte sich auf die Bank in einem Bushaltehäuschen. Dem Tod näher als dem Leben, zog er sein Handy aus der Tasche und rief Grafenberg an.

„Junge!“, schnaufte er. „Er ist in einem Haus am Dr.-Rörig-Damm verschwunden.“ Der Rentner schnappte wieder nach Luft und gab dann die genaue Adresse durch.

„Ruf die Polizei an und schick sie her! Ich bleibe hier und beobachte das Haus.“

Zu mehr wäre Rodehutskors auch nicht in der Lage gewesen. Er versuchte, soviel Sauerstoff wie möglich in seine Lungen zu pumpen und hatte mörderische Herzschmerzen.

59

Offenbar war Jochen Hoppe zu seinen Lebzeiten seiner Ehefrau gegenüber etwas mitteilsamer gewesen als Andreas Krüger. Zumindest konnte seine Witwe mit den Namen Krüger, Brückmann und Schulte etwas mehr anfangen, als Axel Braunert sie in ihrem blitzsauberen Zuhause besuchte. Der gutaussehende, fast gleichaltrige Polizist hatte auf die sehr ordentlich, aber etwas bieder wirkende Mitvierzigerin, einen günstigen Eindruck gemacht und so lud sie ihn ins Wohnzimmer ein und kochte Kaffee.

„Kennen ist übertrieben“, seufzte sie, während sie Braunert eine Tasse Kaffee einschenkte.

„Aber Jochen, also mein Mann, hat schon ab und zu mal über diese alten Zeiten gesprochen. Und wenn er von seiner alten Clique sprach, dann waren es immer diese drei Namen.“

„Hat er denn in der letzten Zeit noch einmal Kontakt mit einem von ihnen gehabt?“

Frau Hoppe überlegte lange.

„Nein! Nicht, dass ich wüsste. Er hat zumindest nichts davon erzählt. Und wenn Ihr Verdacht zutrifft, dass es einer von denen war, die meinen Mann...“, sie drehte ihr Gesicht etwas zur Seite, um ihre Emotionen nicht zu zeigen, doch ihre zitternden Hände verrieten mehr als sie ahnte.

„Also ich meine, wenn er seinen..., seinen Mörder“, sie sprach dieses Wort so leise aus, dass Braunert es mehr erraten musste, als dass er es hätte hören können, „vorher schon getroffen hätte, dann würde er sich wahrscheinlich irgendwie Sorgen gemacht oder so. Das hätte ich dann aber gemerkt. Sie müssen wissen, ich kenne meinen Mann seit fast fünfundzwanzig Jahren. Im Herbst haben wir, nein, hätten wir, Silberhochzeit gehabt. Da merkt man, ob der andere was mit sich herumschleppt oder nicht. Jochen war ja immer ein bisschen brummelig, keiner von diesen Gutelaune-Typen.

Aber für seine Verhältnisse war er gerade in der letzten Zeit recht guter Stimmung."

Sie schien sich dessen so sicher zu sein, dass Braunert konstatierte:

„Also können wir ausschließen, dass er vorher bedroht worden ist. Der Mord kam für ihn offenbar völlig unvorbereitet. Hat er denn nicht mal versucht, irgendwas über seine alten Freunde herauszufinden?"

„Doch, vor vielen Jahren mal. Er hatte ja über seine Arbeit Zugang zu allen möglichen Daten. Aber viel mehr als deren Berufe hat er auch nicht herausgefunden. Mehr hat ihn auch nicht interessiert, glaube ich. Für ihn war das mehr so eine Art Wettbewerb: Wer von uns war am erfolgreichsten?"

„Was hat denn Ihr Mann von den drei anderen so erzählt? Wie hat er sie eingeschätzt?"

„Oh!", Frau Hoppe blickte kurz nachdenkend an die Zimmerdecke, schaute Braunert dann mit einem leichten Lächeln an. „Das war sehr unterschiedlich. Diesen Krüger hat er immer bewundert. Der hatte wohl immer tolle Ideen und hat anscheinend auch was aus seinen Ideen gemacht. Jedenfalls war er wohl beruflich sehr erfolgreich, wie mein Mann wusste. Woher er das wusste? Keine Ahnung. Jedenfalls hat er von dem immer nur Gutes berichtet. Ist ja schon komisch, dass der jetzt auch ..., ja, dass er auch umgebracht worden ist."

Sie nahm geräuschvoll einen Schluck Kaffee und schwieg. Braunert befürchtete bereits, dass der Gesprächsfaden gerissen sei, als sie fortfuhr:

„Dieser Brückner, oder Brückmann, muss ja ein komischer Kauz gewesen sein. So eine Art Außenseiter. Supersportler, aber furchtbar langweilig. Konnte anscheinend mit Frauen gar nichts anfangen. Wie Jochen mir erzählt hat, ist aus ihm auch später nichts Richtiges geworden. Wohnt wohl noch bei Mutti, wenn ich mich recht erinnere. Jochen hatte jedenfalls kein bisschen Respekt vor ihm."

„Und dieser Schulte? Was war mit dem?“ Braunert vermied es, sie darauf hinweisen, dass eben dieser Schulte Leiter der Ermittlung war.

„Der? Das muss ja auch ein Spinner gewesen sein! Der war der verrückteste von allen, hat Jochen immer gesagt. Furchtbar leichtsinnig sei der gewesen. Und etwas arrogant. Aber bei Frauen hatte er wohl einen Schlag, obwohl er von den Vieren der unattraktivste war, wie Jochen meinte. Was aus dem geworden ist, weiß ich nicht mehr. Wahrscheinlich auch nicht Anständiges. So ein Chaot, wie der war.“

Braunert unterdrückte ein Schmunzeln.

„Wir haben das Büro Ihres Mannes in der Agentur für Arbeit gründlich durchsucht, haben aber nichts gefunden, was im Zusammenhang mit der Tat stehen könnte. Falls Sie hier im Haus irgendetwas finden, was für uns hilfreich sein kann, Briefe, Notizen oder ähnliches, dann rufen Sie uns bitte schnell an. Ja?“

60

Der Arbeitstag war wie im Fluge vergangen. Am frühen Morgen hatte er mit Gunda Luitjens telefoniert und seinen Besuch für das kommende Wochenende abgesagt. Er hatte zur Zeit einfach dafür den Kopf nicht frei. Natürlich war sie enttäuscht, da war sich Schulte sicher. Denn es war ihr letztes Wochenende in Osnabrück. Am Montag würde sie wieder in Aurich ihren Dienst aufnehmen. Aber sie hatte sich tapfer damit abgefunden, dass Schulte ihr einen Besuch „so bald wie möglich" in der ostfriesischen Hauptstadt versprach. Als er den Hörer niedergelegt hatte, empfand er einerseits starkes Bedauern, andererseits war er froh, dies nun geklärt zu haben und sich am Wochenende um seine bedrohte Tochter kümmern zu können. Deren Segeltour, die den Zweck gehabt hatte, sie für gewisse Zeit aus der Gefahrenzone zu bringen, sollte an diesem Nachmittag zu Ende gehen. Dann hieß es wieder aufpassen. Auch im fernen Greifswald war Lena nicht völlig sicher, soviel war ihm schon klar. Und er konnte nicht die ganze Verantwortung Maren Köster überlassen. Nein, er würde selbst an die Ostsee fahren und den Bodyguard spielen. Mehrfach hatte Schulte an diesem Vormittag schon versucht, seine Tochter oder Maren Köster ans Handy zu bekommen, hatte jedoch nie eine Verbindung bekommen. Dies war nicht sonderlich beunruhigend, denn die beiden waren hoffentlich irgendwo auf der weiten Ostsee im Funkloch. Er würde es wieder und wieder versuchen. Danach kam die lange Besprechung, die mit dem Anruf Brückmanns ein so überraschendes Ende gefunden hatte. Der Besuch bei der Witwe Krüger war zwar nicht völlig enttäuschend gewesen, hatte aber auch nicht das gebracht, was er sich erhofft hatte.

Trotz aller Sorgen und Pflichten hatte er es sich dann doch nicht nehmen lassen, den Rest des Nachmittags freizunehmen, um Fritzmeier zum Flughafen nach Paderborn zu bringen. Versprochen war versprochen! Um kurz vor zwei bremste sein alter Volvo auf dem Fritzmeierschen Hof. Der Herr dieses Anwesens hielt sich in seiner Küche schon startbereit. Er hatte sich in seinen besten und einzigen schwarzen Anzug geworfen, sogar mit Krawatte, sah aber dennoch so unglücklich aus, als solle er in diesem schwarzen Anzug direkt zum Schafott geschickt werden. Schulte pfiff bewundernd.

„Mensch Anton! Du hast dich ja schick gemacht. So habe ich dich ja seit deinem achtzigsten Geburtstag nicht mehr gesehen. Da werden die Mädels auf Kreta aber Augen machen. Pass nur auf, dass die Kerle nicht eifersüchtig werden."

„Hör bloß auf! Am liebsten würde ich hier bleiben. Wenns nich so verdammt schade ums schöne Cheld wäre, würde mich keiner in sonne fliegende Klapperkiste kriegen. Dat ich mich dat auf meine alten Tage noch antun muss. Wenn dat man alles chut cheht!"

„Mann, jetzt freu dich doch einfach! Du hast einen tollen Urlaub vor dir. Hier regnet es, auf Kreta scheint die Sonne. Ich beneide dich! Wo hast du denn deinen Koffer? Wir müssen uns beeilen, ich bin ein bisschen spät dran."

Fritzmeier führte ihn ins Wohnzimmer, wo ein großer sperriger Koffer stand und eine alte Reisetasche. Schulte wuchtete alles in den Kofferraum seines Autos. Während er bereits hinter dem Lenkrad saß, stand Anton Fritzmeier immer noch traurig da und schaute sich seinen Hof und sein Haus und seine Wiesen und Felder auf eine Art an, als sei es das letzte Mal. Als müsse er nun endgültig von all dem Abschied nehmen. Schulte unterdrückte energisch den Impuls, zu grinsen. Tatsächlich empfand er in dieser Situation auch mehr Mitgefühl als Häme mit diesem alten Mann. Er war ja selbst kein großer Reisender. Grund dafür war nicht nur der durch die doppelten Unterhaltszahlungen stets sehr enge finanzielle Spielraum gewesen. Er hatte einfach keine

Lust gehabt! Eigentlich war Fritzmeier in diesem Punkt ein Seelenverwandter.

Die Strecke bis zum Paderborner Flughafen erschien Schulte unendlich lang zu sein. Seine tröstend gemeinte Behauptung, dass Autofahren weitaus gefährlicher sei als Fliegen, führte nicht dazu, seinen nervösen Beifahrer ruhiger zu machen. Fritzmeier kommentierte jeden kleinen Fahrfehler, jedes Ruckeln, jedes harte Bremsen und war ständig davon überzeugt, zu schnell unterwegs zu sein. Als der Volvo vor dem Flughafengebäude anhielt, lagen die Nerven beider Männer blank. Fritzmeier wollte sofort wieder umkehren. Schulte musste ihn förmlich zu seinem Terminal schubsen und moderierte anschließend das Einchecken. Irgendwann kam der Augenblick, als Anton Fritzmeier allein durch die Absperrung gehen musste und kurz vor der Tür zur Passkontrolle noch einen letzten Blick auf Schulte warf. Ein Blick, der von Resignation bis hin zum Vorwurf des Verrats alles beinhaltete. Dann verschwand er mit eingezogenem Kopf in der Tür. Schulte schluckte. Wenn alles schief ginge und das Flugzeug wirklich abstürzen sollte, würde er diesen Blick nie vergessen. Nie!

61

Gottseidank! Der Wechsel hatte hervorragend geklappt. Rodehutskors hatte Brückmann in Paderborn am Bahnhof übernommen. Hatte sogar die Wohnung ausfindig gemacht, in der er sich versteckte.

„Jetzt ist es an der Zeit, die Polizei einzuschalten", hatte der alte Journalist zu ihm am Telefon gesagt. „Wir haben einen guten Job gemacht. Die nächsten großartigen Stories haben wir in der Kiste. Das wird wieder eine schöne Stange Geld geben. Und der blasierte Schulte wird sich wundern. Darum finde ich es gut, wenn die Detmolder Polizei den Tipp bekommt, wo sich Brückmann aufhält und zwar von dir. Dich kann er ja nicht gut leiden. Da finde ich es ein nettes Schmankerl, wenn ausgerechnet du der Polizei sagst, wo sich der Mann, den die gesamte ostwestfälische Polizei sucht, versteckt."

Grafenberg musste nicht lange überzeugt werden und so wählte er, gleich nachdem Rodehutskors aufgelegt hatte, die entsprechende Telefonnummer. Er wurde weiter verbunden und nach kurzer Zeit hatte er einen gewissen Kommissar Hartel am Telefon. Grafenberg sagte dieser Name nichts. Umgekehrt war das anders. Hartel wusste gleich, dass er hier den Mann am Telefon hatte, der seiner Lieblingsfeindin Köster nahe stand.

„Das ist ein Typ, der gerne im Mittelpunkt steht", hatte er Braunerts Charakterisierung von der letzten Dienstbesprechung noch im Ohr.

„Herr Grafenberg", fragte Hartel freundlich. „Was kann ich für sie tun?"

„Es geht um den Mordfall vom Arbeitsamt. Ist jemand von der Einsatzleitung zu sprechen? Hauptkommissar Schulte vielleicht? Ich habe eine wichtige Mitteilung zu machen."

Hartel räusperte sich wichtigtuerisch. „Sie werden schon mit mir vorlieb nehmen müssen. Aber Ihre Information ist bei mir in besten Händen, das kann ich Ihnen versichern. Also noch Mal: Was kann ich für Sie tun?“

„Ich glaube, in diesem besonderen Fall kann ich etwas für Sie tun“, griff Grafenberg die Wortwahl von Hartel auf.

„Wie darf ich das verstehen, Herr Grafenberg?“

„Ich kann Ihnen sagen, wo sich ein gewisser Herr Brückmann aufhält.“

„Sehr interessant! Wie kommen Sie an diese Informationen?“

„Ich habe eben einen heißen Tipp bekommen. Sie werden verstehen, dass ich den Namen meiner Informanten nicht weitergebe“, erwiderte Grafenberg mit einer Floskel, die er schon in so vielen Filmen gehört hatte.

„Also gut, wo, denken Sie, finden wir Brückmann?“

Grafenberg nannte ihm die Adresse in Paderborn.

Wieder räusperte sich Hartel geräuschvoll.

„So, dann brauchen wir aber erst einmal Ihre Daten. Name, Geburtsdatum, Wohnort und so weiter. Damit es nachher keine Missverständnisse gibt, Sie verstehen?“

Als Grafenberg, mittlerweile wutschnaubend, ihm alles genannt hatte, bekam er noch eine weitere Belehrung mit auf den Weg.

„Und unternehmen Sie nichts auf eigene Faust, verstehen Sie? Das sind keine Abenteuer für Zivilisten. Für solche Einsätze gibt es uns, die Fachleute. Wir verstehen davon etwas mehr.“

Damit beendete Hartel das Telefongespräch ohne weitere Fragen. Dann überlegte er, was zu tun sei. Er war außer Lohmann der einzige Polizist im Hause, der an diesem Fall dran war. Sollte er sich mit Lohmann abstimmen? Auf keinen Fall, entschied er. Er würde zum Chef gehen. Wer weiß, wofür es gut ist, wenn er Erpentrup ins Vertrauen zog. Vielleicht schlägt er ja vor, dass wir den Zugriff in Paderborn machen, dachte Hartel. Vielleicht würde Erpentrup sich dazu durchringen, dem ZDG in Bielefeld eine lange Nase zu zeigen. Der Chef und er, zusammen im Einsatz an der Front, das hatte doch was!

Kommissar Hartel machte sich auf zu Erpentrups Büro. Der Polizeioberrat saß gelangweilt an seinem Schreibtisch und las Zeitung. Als er Hartel wahrnahm, legte er sie zur Seite und sagte:

„Ah, Kommissar Hartel, der einzige Lichtblick in diesem Laden. Was kann ich für Sie tun?"

Hartel wuchs um mindestens zehn Zentimeter.

„Herr Oberrat, ich habe eben einen ziemlich seltsamen Anruf bekommen. Von einem gewissen Herrn Grafenberg. Ein seltsamer Typ. Ich glaube, der arbeitet in so einer selbst gestrickten Presseagentur. Mit irgend so einem Presseopa zusammen. Und ist darüber hinaus der Freund, Liebhaber, wie auch immer von unserer allseits beliebten Frau Köster. Ich will ja niemanden verdächtigen, aber völlig ausgeschlossen ist es ja nicht, dass hier das Loch nach außen war. Sie wissen schon, als letztens so viele Informationen an die Presse geflossen sind. Wie gesagt, ich will nichts behaupten. Aber man denkt sich ja seinen Teil."

Erpentrup hörte interessiert zu. So, so, dachte er, die kleine Köster hat dafür gesorgt, dass die Presse mich durch den Dreck zieht. Na, das merke ich mir. Man trifft sich immer zwei Mal im Leben.

„Und, was wollte dieser Grafenberg von Ihnen?"

„Er hat behauptet, dass er wüsste, wo sich die gesuchte Person, dieser Brückmann aufhält."

„Und wo soll das sein?"

„Irgendwo in Paderborn. Ich habe mir die Adresse aufgeschrieben. Die Straße heißt Dr.-Rörig-Damm oder so ähnlich."

„Vergessen Sie es, Hartel. Das ZDG Bielefeld, die Paderborner Kripo und die Stukenbrocker sind gerade auf dem

Weg nach Warburg. Großeinsatz! Die haben diesen Brückmann geortet. Die Meldung kam eben rein. Da wollte Sie einer auf den Arm nehmen!“

Hartels Hoffnung, gemeinsam mit Erpentrup dem ZDG ein Schnäppchen zu schlagen, fiel in sich zusammen wie ein Kartenhaus.

62

Es war ein anstrengender Tag gewesen und Margarete Bülow freute sich auf den Feierabend. Ihr tat Schulte leid. Denn er stand ja nicht nur als Vater und Bedrohter unter Druck, sondern auch alle Kollegen, ob er sie mochte oder nicht, bekamen jetzt einen sehr detaillierten Einblick in sein Privatleben. Doch er hielt sich sehr gut, fand sie. Er versuchte eine gewisse Gelassenheit an den Tag zu legen und bemühte sich weiter um die nötige Offenheit, auch in seinen sehr persönlichen Angelegenheiten.

Da wurde sie durch lautes, hektisches Klopfen gestört. Im nächsten Moment kam Hauptkommissar Wolf Muffen, ohne das Herein abzuwarten, aufgeregt in ihr Büro gestürmt.

„Wir haben den Aufenthaltsort von Brückmann! Er ist in einem Haus in der Bernhardistraße in Warburg“, berichtete er aufgeregt.

„Gut, dann rufen Sie Potthast an. Der soll mit seiner Truppe den Zugriff in Kooperation mit den Warburger Kollegen vorbereiten und durchführen!“

Margarete Bülow war erleichtert. Sollte es möglich sein, diesen Fall jetzt schnell und unkompliziert zu lösen? Der Täter war bekannt. Der hatte sich selbst geoutet.

Der Paderborner Hauptkommissar war wie elektrisiert, als ihn Muffens Telefonanruf erreichte. Er ließ sich alles berichten und bat anschließend um ein Fax mit den genauen Angaben. Dann informierte er die Paderborner Einsatzleitung.

Er bat sie, Verstärkung aus Stukenbrock anzufordern. Die Warburger Polizei rief er ebenfalls an. Sie sollten mit zivilen Autos verstärkt Streife fahren und das Haus mit aller Vorsicht observieren. Dann telefonierte er mit Schulte.

63

Jupp Schulte kaufte sich eine Zeitung und setzte sich in das Flughafen-Café. Er hatte sich gerade etwas zu essen bestellt, als sein Handy wimmerte. Verärgert über die Störung überlegte er kurz, es einfach zu ignorieren, meldete sich dann aber doch.

„Hallo, Herr Hauptkommissar! Hier spricht Frau Krüger. Sie waren doch heute Mittag mit ihrem jungen Kollegen bei mir, erinnern Sie sich?“

Schulte bestätigte dies.

„Sie haben mir gesagt, ich solle sie anrufen, wenn ich etwas gefunden habe, was für Sie interessant sein könnte. Ich habe jetzt tatsächlich was gefunden. Zwei Briefe und eine Waffe. Aber nicht bei mir zuhause, sondern in unserer Jagdhütte im Haxtergrund, hier bei Paderborn. Mein Mann und ich sind doch beide Jäger, müssen Sie wissen. Ich denke, es ist notwendig, dass sie selbst sehen, unter welchen Umständen ich alles gefunden habe. Das ist nämlich sehr merkwürdig. Wann können Sie kommen?“

Schulte überlegte. Eigentlich passte das ganz gut. Da er sowieso auf dem Weg zurück nach Detmold an Paderborn vorbeifahren musste, konnte er gut einen kleinen Abstecher machen.

Aber erst würde er in aller Ruhe sein Essen verspeisen. Soviel Zeit musste sein.

„Gerade habe ich etwas zu Essen bestellt. Keine Ahnung, wie schnell das hier geht. Danach fahre ich sofort los, versprochen. Ich kenne mich zwar in der Gegend nicht so gut aus, aber ich denke, dass ich in ca. anderthalb Stunden bei Ihnen sein kann. Es wäre dann“, er blickte kurz auf die große Uhr im Café, „so rund halb sieben. Ist das in Ordnung?“

„Mir wäre es lieber, Sie kämen etwas später. Sagen wir um zwanzig Uhr!

„Ist mir auch recht.“

„In Ordnung, dann erwarte ich Sie um acht, Herr Hauptkommissar. Sie müssen übrigens vor der Brücke schräg rechts hoch fahren, dann an einer kleinen Kreuzung wieder links, über eine Brücke und sich dann halb rechts halten. Dann geht's etwas bergab. Unten im Tal, hinter der letzten Kurve, führt links ein kleiner Weg in den Wald. Da müssen Sie rein. Neben dem Weg ist übrigens ein Reitplatz. Sie schaffen das schon. Ich erwarte Sie!“

Schulte musste sich nun trotz des Hungers beinahe zwingen, still zu sitzen und auf sein Essen zu warten. Die Neugier machte ihn fiebrig. Was mochte die Frau gefunden haben? Würden die Fundsachen dazu beitragen, diesem ganzen Spuk endlich ein Ende zu machen? Endlich wieder Ruhe zu finden? Als das Essen kam, stocherte er lustlos darin herum. Sein Magen verlangte nach einem großen Schnaps, aber nicht nach fester Nahrung. Während er noch überlegte, ob er den Rest einfach stehen lassen sollte, bimmelte das Handy schon wieder.

Es war Potthast.

„Wir haben den Aufenthaltsort von Brückmann. Er hält sich in einem Haus in Warburg auf. Es steht in der Bernhardistraße. Treffpunkt der Einsatzleitung ist der Marktplatz in der Altstadt. Komm dahin! Falls der Zugriff schon läuft, wenn du ankommst, warte dort! Mach bitte keine Einzelaktionen! Bis später! Ich bin ziemlich unter Druck.“

Schulte wischte sich den Mund ab, suchte die Kellnerin und drückte ihr einen viel zu großen Geldschein in die Hand. Für Wechselgeld hatte er keine Zeit mehr.

64

Zwanzig Minuten später bewegten sich zwei Kolonnen Polizeifahrzeuge mit Blaulicht und über dreißig Kollegen an Bord Richtung Warburg. Auch Schulte hatte versprochen, sich sofort auf den Weg zu machen.

In Potthast war der Jäger erwacht. Jetzt nur keinen Fehler machen! Das Gelände musste weitläufig abgesperrt werden und dann würde der Zugriff erfolgen. Brückmann würde keine Möglichkeit haben, zu entkommen.

Als die Polizeifahrzeuge in den Burggraben einbogen, wurde das Blaulicht ausgeschaltet. Sammelpunkt und Ausgangspunkt der Operation war der Marktplatz in der Altstadt. Sie wurden von einem Warburger Polizisten in Empfang genommen. Die ganze Operation schien reibungslos über die Bühne zu gehen. Alle verantwortlichen Personen sammelten sich an Potthasts Auto. Ein Warburger Kollege berichtete, dass der entsprechende Altstadtbereich mittlerweile weiträumig abgesperrt sei. Dann breitete er eine Karte im Maßstab eins zu fünfhundert auf der Motorhaube aus. Potthast deutete auf das Haus, in dem sich das Zielobjekt aufhalten sollte. Dann teilte er die Gruppen ein.

„Sie nehmen sich fünf Mann und begeben sich in die Straße Hintere Mauer Süd. Drei Männer begeben sich in die Vikarigasse, drei in die Büssengasse, drei in die Eisenhofstraße, drei in die Arnoldigasse und drei in die Geißmarstraße. Ebenfalls drei Männer postieren sich in der Straße, Ikenberg und fünf in der Straße An der Mauer. Der Zugriff erfolgt über die Bernhardistraße!"

Eine blonde Polizistin, sie war eine Einsatzleiterin aus der Stukenbroker Truppe, fragte: „Und was machen wir mit den weiblichen Polizisten? Schicken wir die nach Haus oder führen die den Zugriff aus?"

Potthast sah die Kollegin einen Moment blöde an. Bis er endlich begriff.

„Wenn ich Männer meine, meine ich natürlich auch die weiblichen Kolleginnen. Ich bin eben schon ein alter Mann“, grinste er, „und bitte um Nachsicht. Also alle Männer und Frauen auf ihre Plätze!“

Die Polizistin hob anerkennend ihren Daumen und zwinkerte Potthast zu. In diesem Moment kam ein Leichenwagen mit quietschenden Reifen auf den Marktplatz gebrettert. Der Fahrer unternahm keinen Versuch, irgendwie ordentlich einzuparken, sondern ließ das Auto mitten auf dem Platz stehen und stellte den Motor ab. Hastig stieg er aus und ging eilig auf die Gruppe um Potthast zu. Es war Jupp Schulte.

„Tut mir leid, Kollegen, aber ich bin auf dem Weg hierher von drei unterschiedlichen Polizeistreifen angehalten worden. Keiner der Kollegen wollte mich durchlassen. Jedes Mal musste ich den Ausweis zücken. Hier kennt einfach keiner mein Auto.“

„Schon in Ordnung! Alle Personen sind auf ihrem Posten“, sagte Potthast kurz.

„Du bleibst am Besten bei mir. Ich erkläre und berichte dir alles auf dem Weg zum Zielobjekt.“

Keine zehn Minuten später hatte Potthast von allen Verantwortlichen die Meldung, dass sie ihren Platz eingenommen hätten. Er gab den Befehl zum Zugriff.

Holz splitterte, Glas zerbrach und die Scherben fielen klirrend zu Boden. Türen krachten, Tränengasgranaten wurden in Räume geworfen. Jemand schrie. Dann hörte Potthast eine metallene Stimme aus seinem Funkgerät:

„Der Zugriff war erfolgreich! Die Zielperson ist festgenommen.“

Augenblicklich fiel die Anspannung von ihnen ab. Erleichtert gingen sie zurück zum Altstadtmarktplatz. Sie waren kaum dort angekommen, da führten einige Polizisten in Kampfanzügen, einen älteren, schmächtigen und total eingeschüchterten Mann, der gefesselt war, auf den Platz.

„Wer ist das denn?“, fragte Schulte verwirrt.

„Die Zielperson Brückmann“, sagte einer der Männer.

„Das ist nicht Brückmann!“, rief Schulte. „Der ist mir bekannt. Aber diesen Mann hier kenne ich nicht!“ Der alte Mann schaute ihn hoffnungsvoll an.

„Wie heißen sie?“, wandte sich Schulte an den Festgenommenen.

„Funke“, sagte dieser eingeschüchtert. „Helmut Funke.“

Schulte begriff.

„Herr Funke, wo haben Sie das Handy her?“

„Ich habe heute ein Handy in einem Papierkorb im Bahnhof gefunden. Ich hatte gesehen, wie ein Mann damit telefonierte und es, bevor er in den Zug stieg, in den Mülleimer warf. Ich dachte, wieso macht er das denn? Das kam mir so komisch vor. Denn er hatte vorher noch damit telefoniert.

Na ja, ich habe es wieder herausgeholt. Und stellen Sie sich vor, es war noch total neu und hatte noch ein Guthaben von über dreißig Euro. Na, da habe ich es eingesteckt und heute Nachmittag einige Leute damit angerufen. Hätte ich gewusst, was das für Folgen haben würde… Aber, ich schwöre Ihnen! Ich fasse kein fremdes Handy mehr an.“

Im Kreise der Polizisten herrschte eine ziemliche Verlegenheit.

„Nehmt dem Mann die Fesseln ab!“, sagte Potthast. „Die Warburger Kollegen übernehmen ihn und checken ihn durch.“

Und an den Mann gewandt:

„Wenn es wirklich falscher Alarm war, können Sie in einer Stunde wieder nach Hause gehen.“

„Nach Hause gehen ist gut, Mann! Mein Haus ist Schrott.“

Potthast wirkte müde und erschöpft. Er rieb sich das Gesicht mit den Händen. Hob die Hand, winkte und sagte sehr leise: „Abflug!“

Dann ging er zu Schulte, um mit ihm die Lage zu erörtern.

„Kommst du noch mit nach Paderborn?“

„Ich komme später, muss erst noch meinen Hund versorgen und Fritzmeiers Hühner. Der ist nämlich heute nach Kreta geflogen. Sein erster Urlaub im Leben. Und dann noch mit dem Flugzeug. Aber ich habe um zwanzig Uhr noch einen Termin mit Frau Krüger. Wenn das bei ihr schnell geht, kann ich mich ja noch mal bei dir melden. Ansonsten sehen wir uns morgen.“

Kurz vor Altenbeken leuchtete das Display seines Handys und ein Summton ertönte. Schulte nahm das Gespräch an.

„Rodehutskors hier!“, dröhnte es ungehalten aus dem Gerät. „Wo bleiben sie denn?“

Schulte war komplett verwirrt. Mit einem Anruf des alten Journalisten hatte er überhaupt nicht gerechnet, nach ihrem Streit vor einigen Tagen. Wenn Rodehutskors ihn zu einem Versöhnungsbier eingeladen hätte, okay. Das hätte gepasst. Aber wieso blökte der ihn so an? Und was wollte er überhaupt von ihm?

„Keine Ahnung, wovon Sie reden! Was meinen Sie eigentlich?“

Nun war Rodehutskors gar nicht mehr zu halten. Er sprach jetzt so laut, dass Schulte sich gewünscht hätte, seine Freisprechanlage würde die Möglichkeit bieten, den Ton leiser zu drehen.

„Hat dieser junge Rotzlümmel, dieser Hartel, ihnen nicht Bescheid gesagt?“

Schulte wusste von nichts und bat um weitere Erklärungen.

„Ich habe vor über drei Stunden versucht, sie anzurufen, habe Sie aber nicht erreicht. Dann hat mein Kollege Grafenberg, den Sie ja auch kennen und schätzen, bei der Polizei in Detmold versucht. Hat aber nur diesen Bengel ans Telefon gekriegt. Eigentlich war ich davon ausgegangen, der Polizei einen Gefallen zu tun, aber der hat Grafenberg behandelt, als sei er ein dummer Wichtigtuer und ihn ausgehorcht, als hätte er einen Selbstmordanschlag angekündigt. So ein Blödmann!"

„Aber was haben Sie denn von mir gewollt?"

„Einen heißen Tipp wollte ich Ihnen geben! Wie sie diesen Brückmann fassen können. Den suchen sie doch, oder?"

Schulte war völlig baff.

„Was sagen Sie da? Wissen Sie denn, wo er ist?"

„Ja, genau das weiß ich! Ich stehe hier ganz in der Nähe des Hauses, in dem er Unterschlupf gefunden hat. Sie können ihn haben. Ich präsentiere ihn auf dem Silbertablett. Nur kommen müssen sie, verdammt noch mal. Kommen! Und nicht nur davon reden, dass sie jemanden schicken."

„Hat Hartel versprochen, Leute zu schicken?"

„Natürlich hat er das! Er wollte sich kümmern. Ich solle solange warten und nichts auf eigene Faust unternehmen, hat er über Grafenberg ausrichten lassen. Als wenn ich alter Mann hingehen und mich mit so einem gefährlichen Kriminellen herumprügeln würde. Grafenberg ist übrigens an der Aktion auch beteiligt. Wir haben Brückmann in Warburg aufgespürt. Grafenberg hat ihn dort beobachtet. Als er nach Paderborn gefahren ist, habe ich ihn am Bahnhof übernommen. Ich beschatte ihn schon den ganzen Nachmittag über. Stehe mir die Beine in den Bauch und friere mir den Arsch ab. So ein Job ist nichts mehr für einen alten Man wie mich. Jetzt müsst ihr den Rest machen. Aber beeilt euch! Das Haus steht in Paderborn am Dr.-Rörig-Damm."

Rodehutskors gab ihm die Adresse durch.

Schulte war immer noch unsicher, ob er das nun wirklich gehört hatte oder ob seine Fantasie mit ihm durchgegangen war.

„Herr Rodehutskors, ich werde sofort alles in Bewegung setzen. Bitte warten Sie dort auf die Polizei und weisen sie die Leute ein. Ich selbst versuche, so schnell wie möglich bei Ihnen zu sein."

Schulte rief Potthast an. Der und seine Truppe waren gerade auf dem Heimweg über die Autobahn A44. So kompakt wie möglich berichtete er seinem Kollegen vom Telefongespräch mit Rodehutskors.

„Ich fahre jetzt sofort nach Paderborn. Sag auch der Stukenbrocker Trachtengruppe Bescheid, dass sie heute Abend noch was zu tun bekommt. Wir sehen uns am Dr.-Rörig-Damm!“

65

Es war Punkt neunzehn Uhr, als Jupp Schulte mit quietschenden Reifen bremste, um den einzigen freien Parkplatz vor einer Volksbank am Paderborner Dr.-Rörig-Damm zu erwischen.

Er hatte nach dem Anruf von Rodehutskors sofort den Weg nach Paderborn eingeschlagen. Unterwegs hatte er große Sorge gehabt, überhaupt dort anzukommen. Schon in Warburg sagte ihm ein Blick auf den Tankanzeiger, dass er dringend Benzin brauchte. Er hatte dann aber andere Dinge im Kopf gehabt und das Tanken völlig vergessen. Nun leuchtete bereits seit Willebadessen die Reservetankanzeige rot auf. Schulte hatte dieses Problem erfolgreich verdrängt und war einfach weitergefahren.

Er sprang aus dem Auto und lief zu der Stelle, die er als Treffpunkt mit Rodehutskors vereinbart hatte. Der alte Journalist saß in seinem Auto, einem silbergrauen Passat, und wartete bereits auf ihn.

„Endlich kommt einer von euch!“, begrüßte er den armen Schulte, der nun wirklich nichts zu dem Schlamassel konnte.

„Da serviert man euch einen Verbrecher auf dem Silbertablett und ihr seid nicht in der Lage, ihn abzuräumen. Es kommen doch hoffentlich noch mehr von euch, oder?“

Schulte zerbiss eine passende Antwort auf diese ebenso aggressive wie ungerechtfertigte Attacke und sagte knapp:

„Sind unterwegs! Welches Haus ist es denn?“

Rodehutskors zeigte auf ein Haus in Sichtweite. Es handelte sich um ein freistehendes dreigeschossiges Mehrfamilienhaus in einer Nebenstraße des Dr.-Rörig-Dammes. Während der dichtbebaute Damm eine Art kleine City für den Paderborner Stadtteil *Stadtheide* darstellte, waren die Nebenstraßen etwas lockerer bebaut. Schulte war zufrieden, denn dieses Haus ließ sich umstellen, was die Fluchtmöglichkeiten von Brückmann praktisch ausschloss. Wenn er tatsächlich in diesem Haus war, dann würden sie ihn auch erwischen.

„Was macht Sie denn so sicher, dass Brückmann tatsächlich in dem Haus ist?“, fragte er, bemüht, nicht allzuviel Gift zu versprühen.

„Weil ich gesehen habe, wie er rein gegangen ist. Und da er eine Einkaufstüte mit Lebensmitteln dabei hatte, gehe ich davon aus, dass er sich für längere Zeit hier einrichten will. Wenn die Polizei gleich meinen ersten Anruf ernst genommen hätte, dann säße der Kerl längst hinter Schloss und Riegel. Aber…“

Schultes Geduld war am Ende.

„Jetzt ist es aber gut, Herr Rodehutskors! Hier hat ein einzelner Beamter versagt, nicht der ganze Apparat. Wir haben in den letzten Stunden keine Siesta gemacht, sondern hatten einen Einsatz in Warburg. Bleiben Sie fair! Und wenn Sie auf mich persönlich sauer sind, dann sprechen Sie es aus. Ich kann ’ne Menge vertragen!“

Rodehutskors war baff. Mit einer so emotionalen Reaktion Schultes hatte er nicht gerechnet. Mit wesentlich moderaterer Stimmlage antwortete er:

„Ja, ich bin sauer auf Sie, weil Sie mich letztens so vor die Wand haben laufen lassen. Das macht man nicht mit einem alten Bekannten, mit dem man schon so manches Abenteuer zusammen erlebt hat. Sie haben mich behandelt wie einen Volltrottel. So was nehme ich übel, Herr Schulte."

Schulte rieb sich müde die Augen. Er wusste, dass Rodehutskors Recht hatte.

Aber war das jetzt der richtige Zeitpunkt, um solche Debatten zu führen?

„Sie haben Recht! Ich hätte mehr Vertrauen zu Ihnen haben sollen. Zumal sich Ihr Verdacht ja anscheinend als richtig erwiesen hat. Tut mir leid. Aber lassen Sie uns ein andermal in Ruhe darüber reden. Dahinten kommt Potthast mit seiner Truppe. Wir sollten uns zu erkennen geben!"

Er winkte Potthast zu, der langsam den Dr.-Rörig-Damm hinunterfuhr. Schulte stellte ihm Rodehutskors vor, der nun auch Potthast zeigte, wo Brückmann sich versteckt hatte und zwei Minuten später war die Straße abgeriegelt und das Haus komplett umstellt.

„Ich habe ihn am frühen Nachmittag in der oberen Etage am Fenster gesehen. Sie brauchen also nicht alle Stockwerke zu durchsuchen", gab Rodehutskors an Potthast weiter.

„Prima Arbeit für einen Zivilisten!", lobte ihn Potthast. Schulte war erleichtert, als er sah, wie der alte Herr sich über dieses Lob freute.

„Wo ist denn eigentlich der andere Teil des Pressebüros?", fragte er.

„Dieser Mann mit der empfindlichen Nase, Ihr Kollege Grafenberg?"

„Den habe ich in Detmold gelassen. Vergessen Sie nicht, dass Brückmann ihn kennt. Wenn der ihn hier auf der Straße rumlungern sehen würde, dann wäre er sofort alarmiert. Deshalb habe ich den Job alleine übernommen".

Das leuchtete Schulte ein.

„Okay! Sie müssen mir anschließend sowie mal in Ruhe erzählen, wie Sie in den ganzen Fall reingekommen sind und was Sie angetrieben hat. Da blicke ich überhaupt nicht durch! Aber jetzt geht es los, vermute ich!"

Schulte hatte die Leitung der Festnahmeaktion komplett Potthast überlassen. Der war hier der Platzhirsch und sollte es auch bleiben.

Potthast kam der Zufall zu Hilfe. Denn gerade als das Haus komplett umstellt war und die Polizisten sich anschickten, notfalls die Haustür mit Gewalt zu öffnen, sprang diese auf und eine alte Dame mit einer großen Einkaufstasche trat heraus. Schockiert starrte die Frau auf die große Schar der Polizisten, bekam aber vor Schreck kein Wort heraus. Potthast nutzte die Situation und stürmte mit seinen Mannen sofort ins Haus. So leise wie möglich liefen sie die Treppen bis zur dritten Etage hoch und blieben vor der Wohnungstür stehen. Auf dem Klingelschild stand ein anderer Name, aber das Risiko, einen Fehler zu machen, musste Potthast eingehen. Er konnte nur hoffen, dass Rodehutskors die richtigen Schlüsse aus seinen Beobachtungen gezogen hatte. Potthast holte tief Luft, dann gab er seinen Männern die Anweisung, die Tür aufzubrechen. Zwei kräftige Beamte nahmen einen kurzen Anlauf und rammten die Tür mit den Schultern. Den Rest erledigte ein Polizist mit einem Stemmeisen. Dann stürmte die Truppe in die Wohnung.

Niemand im Wohnzimmer. Niemand in der Küche. Niemand im Schlafzimmer und niemand im Bad. Die Wohnung war leer!

Der enttäuschte Potthast fluchte wie ein Bierkutscher. Der Kühlschrank war gefüllt, auf dem Bett lag eine Hose und Strümpfe. Im Kleiderschrank hing einiges an Männerkleidung. Potthast fand neben dem Telefon einen Anrufbeantworter. Sicherheitshalber drückte er auf die Abhörtaste. Eine Frau, die sich nicht namentlich vorstellte, sprach:

„Es hat geklappt! Sei pünktlich an Ort und Stelle. Das Werkzeug ist bereits da. Du brauchst nichts mitbringen!“

Sonst nichts. Potthast schaute ratlos drein. Das könnte wichtig sein oder auch nicht. Auf jeden Fall konnte er damit im Augenblick nichts anfangen. Er schaute sich weiter um.

Auf dem Küchentisch brannte in einem Stövchen sogar noch ein Teelicht. Offenbar war Brückmann unmittelbar vor dem Zugriff aus der Wohnung verschwunden. Potthast blieb nichts anderes übrig, als nun sämtliche Wohnungen dieses Mehrfamilienhauses zu durchsuchen. Einen Hausdurchsuchungsbefehl konnte er nicht abwarten, hier war Gefahr im Verzuge. Was, wenn Brückmann einen Mitbewohner als Geisel genommen hatte? Es konnte und es musste sofort gehandelt werden. Er ließ seine Truppe wieder ausschwärmen.

Zwanzig Minuten später verließen die Polizisten gesenkten Hauptes das Haus. Die Aktion war erfolglos geblieben!

Niemand litt darunter mehr als Hermann Rodehutskors. Als Potthast ihm erzählte, dass dies bereits der zweite Fehlschlag an diesem Tag sei, fühlte er sich schuldig. Von Grotenburg versuchte, die Dinge gerade zu rücken.

„Machen Sie sich keine Vorwürfe! Ihr Tipp war ja offensichtlich gut. Brückmann war tatsächlich in dieser Wohnung. Sie haben nur leider nicht mitbekommen, dass er kurz vorher verschwunden ist. Aber auch das ist Ihnen nicht vorzuwerfen, denn er ist vermutlich aus der Hintertür entkommen. Und Sie konnten ja nicht gleichzeitig vor dem Haus und hinter dem Haus observieren."

Als die Polizisten abgezogen waren und er mit Schulte allein war, brummte Rodehutskors:

„Okay! Aber warum ist er aus der Hintertür entwichen? Wahrscheinlich, weil er bemerkt hat, dass hier auf der Straße ein alter Trottel herumlungert, der sein Haus beobachtet. Also habe ich doch alles falsch gemacht!"

Schulte schmunzelte.

„Sie haben sich nichts vorzuwerfen. Aber wenn Sie unbedingt was gut machen wollen, dann können Sie ja Ihre guten Kontakte zur Presse nutzen und dafür sorgen, dass die beiden erfolglosen Aktionen heute nicht auch noch uns in die Schuhe geschoben werden."

Rodehutskors versprach, sich darum zu kümmern. Schulte schaute auf seine Armbanduhr.

„Oh, schon halb acht! Ich muss mich jetzt beeilen! Ich habe noch einen verdammt wichtigen Termin. Um acht Uhr in einer Jagdhütte im Haxtergrund, hier bei Paderborn. Wir sehen uns!"

Schulte hetzte zu seinem Volvo und startete den Motor. Sofort blinkte wieder die Anzeige auf. Sein Tank war restlos leer! Er schlug wütend auf das Lenkrad, kletterte wieder aus dem Wagen und berichtete dem nun seinerseits amüsierten Rodehutskors von seinem Problem.

„Keine Sorge!", lachte der Journalist. „Ich habe doch Zeit. Wir tauschen einfach die Autos. Sie fahren mit meinem Wagen zu dem Termin und ich suche in aller Ruhe eine Tankstelle mit Ihrem Auto. Und in zwei oder drei Stunden treffen wir uns in Detmold und tauschen wieder. Aber erst, nachdem Sie mir die Benzinkosten wieder erstattet haben. Hier ist mein Schlüssel, der silbergraue Passat dort, das ist meiner."

Schulte hätte ihn umarmen können. Da dies aber weder seiner noch Rodehutkors' Art entsprach, bedankte er sich nur.

„Der Mann ist doch in Ordnung!", dachte er und startete den Passat.

66

Zwanzig vor Acht war es, als Schulte den blitzsauberen, liebevoll gepflegten Passat quer durch das Paderborner Stadtzentrum steuerte. Seine Ortskenntnisse von Paderborn waren begrenzt. Ein anderer hätte vermutlich einen effektiveren Weg Richtung Haxtergrund gefunden. Er wusste nur, dass er erst zur Universität und dann auf der Warburger Straße weiter fahren musste. Irgendwie fand er die Route über das Kasseler Tor und von da an war es nicht mehr schwierig, die Uni zu finden. Er ließ diesen mächtigen Komplex rechts liegen und fuhr geradeaus über die kurz darauf folgende große Kreuzung. Nach etwas mehr als einem Kilometer mit leichter Steigung war er aus dem Stadtgebiet heraus. Die Straße ließ sich gut fahren, der Passat war durchzugsstärker als sein alter Volvo. Und schon war's passiert! Er hatte die Abfahrt schräg rechts übersehen und fuhr nun über die große Haxtergrundbrücke. Er würde bei nächster Gelegenheit wenden müssen. Mitten auf der Brücke fiel ihm fast schockartig ein, dass an dem Brückengeländer auf der rechten Seite sein alter Freund Krüger gehangen hatte. Beinahe hätte er vor Schreck den Wagen verrissen. Er fing sich wieder und schaute sich nach einer Wendemöglichkeit um. Direkt hinter der Brücke führte eine kleine Straße links herein und eine noch kleinere rechts zu einem Wäldchen. Schulte fuhr nach links, stoppte und setzte das Auto zurück. Dann gab er wieder Gas und fuhr erneut über die Brücke. Diesmal in die andere Richtung. Wieder krampfte sich sein Magen zusammen, als er auf der Mitte der Brücke nach links schaute. Er hatte verdammt hoch über dem Talgrund gehangen, sein alter Kumpel. Verdammt hoch! Diesmal passte Schulte gut auf und bog direkt nach der Brücke links ein. Dies war die Abzweigung schräg rechts, von der Frau Krüger gesprochen hatte. Kurz darauf kam er an eine kleine Kreuzung. Rechts eine Abzweigung zum kleinen Flugplatz Haxterberg, geradeaus ging es steil hinunter zur legendären *Waldgaststätte Weyher*. Schulte erinnerte sich an die Wegbeschreibung und bog nach links. Die schmale Straße war eine Brücke, die hoch über die Bundesstraße führte und an deren Ende gleich vier kleine Straßen abzweigten. Er versuchte, sich zu konzentrieren. Was hatte sie gesagt? Halb rechts halten! Diese Straße hieß laut Straßenschild die *Warburger Straße*. Schulte freute sich darüber, dass seine Geburtsstadt selbst hier eine Rolle spielte, war stolz auf seinen Orientierungssinn und gab wieder Gas. Die Straße führte kurvig bergab. Es begann zu regnen.

67

Zur gleichen Zeit hatten die Polizisten um Hauptkommissar Potthast am Dr.-Rörig-Damm ihre Fahrzeuge bestiegen und fuhren nacheinander ab. Potthast war ganz bis zum Schluss geblieben. Er wollte noch eine Stunde von seinem unauffälligen Privatwagen aus das Haus beobachten. Für den Fall, dass Brückmann zurückkam. Um kurz vor Neun sollte von Grotenburg ihn ablösen. Hermann Rodehutskors, der durch den Misserfolg ein wenig aus dem Gleichgewicht gekommen war, und auch wohl keine große Lust hatte, mit Schultes Leichenwagen durch die Gegend zu fahren, leistete ihm Gesellschaft. Die beiden Männer saßen wegen des einsetzenden Regens in Potthasts Auto und plauderten, als Potthast irgendwann ganz nebenbei fragte:

„Wo ist Jupp Schulte eigentlich hin? Sein Auto steht doch noch am Damm. Hat er Ihnen was gesagt?“

Rodehutskors lachte. „Der Gute ist wirklich ein Chaot. Er hatte noch einen ganz wichtigen Termin, aber kein Benzin mehr. Ich habe ihm meinen Passat angeboten und darf dafür gleich in seiner makabren Kiste nach Hause fahren. Tanken muss ich dieses Ding auch noch. Meine Frau kriegt einen Todesschrecken, wenn ich damit nach Hause komme.“

Potthast schmunzelte.

„Typisch Jupp! Aber sagen Sie mal, was hat er denn für einen wichtigen Termin? Hier in Paderborn?“

Rodehuts musste kurz nachdenken, bevor er antworten konnte.

„Nicht direkt in Paderborn. Er hat was von einem Haxtergrund gesagt, gibt es hier sowas?“

Als Potthast nickte, erinnerte sich Rodehutskors weiter.

„Da muss es eine Jagdhütte geben. Dort wollte er sich mit jemandem treffen, der ihm etwas sehr Wichtiges zeigen wollte. Keine Ahnung, wer dieser Jemand ist und was er Schulte zeigen will.“

Potthast hatte auch keine Ahnung, worum es gehen könnte. Aber irgendetwas machte ihn stutzig. Er schwieg eine Weile, sah dann Rodehutskors nachdenklich an und sagte leise:

„Es gibt im Haxtergrund keine Jagdhütte. Ich kenne mich da ziemlich gut aus und möchte wetten, dass dort nirgendwo eine Jagdhütte ist.“

Wieder dachte er nach. Dann fiel ihm ein, dass Schulte ihm am Nachmittag von seinem Termin mit Frau Krüger erzählt hatte. Wollte er sich etwa mit ihr im Haxtergrund treffen? In einer Jagdhütte?

Potthast kratzte sich am Kopf.

Und es dauerte wieder einige Sekunden, bis er zu begreifen schien und wie zu sich selbst sprach:

„Entweder hat Jupp sich vertan, oder…, oder er ist auf dem Weg in eine Falle!“

68

Vorsichtig lenkte Schulte den silbergrauen Passat in die kleine, bergab führende Straße und ließ den Wagen rollen. Plötzlich flackerte in seinem Gedächtnis das Fragment einer Erinnerung auf. Eine Erinnerung an... ja, an was denn eigentlich? Er kam nicht drauf. Aber er war sicher, mit dieser Gegend etwas zu verbinden. War er schon mal hier gewesen? Aber wann und warum? Ärgerlich schüttelte er die Gedanken ab. Er musste sich auf die Straße konzentrieren, die durch den Regen sowieso nicht gut zu erkennen war. Vor ihm lag eine scharfe, lang gezogene Linkskurve. Schulte fuhr vorsichtig, was eigentlich nicht seine Art war. Aber es war nicht sein Auto und die Vorstellung, Rodehutskors ein verbeultes Auto zurückbringen zu müssen, behagte ihm nicht. Ob er es wollte oder nicht, aber diese Erinnerungen quollen wieder hoch, drängten an die Oberfläche, platzten dort aber wie Seifenblasen und verschwanden wieder.

Rechts vom ihm ging es bergab, links war ein bewaldeter Hang.

Dann sah er vierzig Meter vor sich eine Rechtskurve. Die Erinnerungen wurden deutlicher. Dreißig Meter. Auf der linken Seite der Straße, im Bereich der Kurve, war eine schmale, freie Fläche, dahinter schien ein Weg in den Wald zu führen. Das musste es sein! Dort musste es zur Jagdhütte gehen. Zwanzig Meter. Das Bild vor seinem geistigen Auge wurde klarer. Immer klarer! Und unangenehmer! Schulte bremste stark ab, lenkte den Passat nach links in den schmalen, unbefestigten Waldweg und gab Gas. Bis er direkt vor sich einen Mann stehen sah. Einen großen Mann. Und wie ein Blitz flammte nun die Erinnerung auf, wurde zu einem deutlichen Bild. Viel zu deutlich! Urplötzlich wusste Schulte, wo er war und warum er hier war.

Es blieb ihm keine Zeit mehr, den Rückwärtsgang einzulegen. Keine Zeit mehr, irgendetwas anderes zu seinem

Schutz zu unternehmen. Er konnte nur fassungslos zuschauen, wie der breitbeinig dastehende Mann ein Gewehr hochriss.

69

Hauptkommissar Willi Potthast war weder ein Freund schneller Entschlüsse noch tollkühner Alleingänge. Aber in diesem Fall blieb ihm keine Wahl. Seine noch vor zehn Minuten so stattliche Polizistentruppe hatte sich aufgelöst, war in alle Himmelsrichtungen unterwegs. Auch sein Assistent von Grotenburg war auf dem Weg nach Hause. Bis er die ganze Truppe wieder zusammengetrommelt hätte, wäre es vermutlich zu spät für seinen alten Freund und Kollegen Jupp Schulte. Denn, auch wenn es nur eine Intuition war, zweifelte Potthast keine Sekunde daran, dass Schulte in eine Falle gelockt worden war. Es passte alles zusammen. Es gab dort keine Jagdhütte. Brückmann war vor etwa einer Stunde aus seinem Haus verschwunden. Alles sprach dafür, dass er es war, der Hoppe und Krüger ermordet hatte. Und mit großer Wahrscheinlich war er es, der Schultes Tochter und ihn selbst bedroht hatte. Und der alle Zeit der Welt gehabt hatte, sich irgendwo im Haxtergrund auf die Lauer zu legen. Jeder andere Erklärungsversuch verblasste angesichts dieser Zusammenhänge. Potthast war im Alarmzustand. Er blaffte Rodehutskors, der überhaupt nicht verstand, worum es ging, an:

„Los, steigen Sie aus! Ich muss sofort los! Schulte ist in Gefahr! Kapieren Sie das denn nicht?“

Rodehutskors starrte ihn überrascht an, machte aber keine Anstalten, auszusteigen. Da riss Potthast endgültig der Geduldsfaden. Wenn der alte Mann nicht aussteigen wolle, dann würde er eben mitfahren müssen. Zeit für Diskussionen hatte Potthast nicht mehr. Er startete den Motor, trat das Gaspedal voll durch und beschleunigte so stark, dass seinem Beifahrer vor Schreck kurz die Luft wegblieb.

Der ortskundige Potthast fuhr nicht durch die Innenstadt. Er raste den Dr.-Rörig-Damm hoch, dass die Regenpfützen in alle Richtungen spritzten, bog dann rechts in die Augustdorfer Straße ein, überquerte die Detmolder Straße und ballerte durch den Ostring und Westfalenring bis zur Warburger Straße. Unterwegs musste der fassungslose Rodehutskors zusehen, wie der einhändig lenkende Polizist im Höllentempo fahrend über Handy mit seinem Mitarbeiter von Grotenburg sprach und Hilfe anforderte. Dann herrschte er Rodehutskors wieder an:

„Machen Sie das Handschubfach auf!“

Rodehutskors gehorchte ohne Widerworte. Er stand unter Schock.

„Holen Sie das verdammte Ding da raus!“

Der alte Mann griff hinein und zog etwas Dunkles und sehr Schweres heraus. Zu seinem Entsetzen erkannte er, dass es sich um Potthasts Dienstpistole handeln musste.

„Halten Sie die Pistole gut fest. Keine Angst, die ist gesichert. Wenn ich Bescheid sage, geben Sie mir das Ding. Aber ohne zu zögern, klar?“

70

Wie ein Blitzlicht flammte das Mündungsfeuer auf.

Jupp Schulte war sich bewusst, dass dies seine letzte Wahrnehmung sein würde. Gleich würde es dunkel und still werden. Doch es gab einen scharfen und sehr lauten Knall, der Passat wackelte, als habe er einen heftigen Schlag bekommen. Und dann sah Schulte nichts mehr. Die Frontscheibe bestand nur noch aus feinen weißen, wie durch ein Wunder noch zusammenhängenden Teilchen. Und knapp rechts von ihm klaffte ein kleines, aber deutlich erkennbares Loch in der Scheibe. Dann wieder ein Knall. Und zwei Sekunden später noch einer. Schulte spürte, wie der Wagen vorn langsam absackte, als beide Vorderreifen die Luft verloren. Nun gab es für ihn kein Zurück mehr. Er saß in einem Hinterhalt! Dieser Mann würde sich kaum damit zufrieden geben, das Auto zu zerstören. Und hilflos in der Falle zappelnd den Gnadenschuss zu erwarten, erschien ihm in diesem Augenblick als schlechteste Lösung. Dann lieber mit wehenden Fahnen untergehen!

Schulte drückte die Fahrertür auf und warf sich seitlich aus dem Auto. Er wollte sofort wieder aufspringen und sich mit einem Hechtsprung ins Unterholz werfen. Aber dieser schreckliche Mann stand bereits ebenso breitbeinig wie eben direkt über ihm und hielt ihm die Mündung seines Gewehres vor die Stirn. Schulte blieb regungslos liegen. Er wagte kaum zu atmen. Aber er schaute hoch. Und er sah, was er zu sehen in den letzten Sekunden vor dem Abbiegen auf den Waldweg zu sehen befürchtet hatte. Über ihm stand Rudolf Brückmann. Sein alter Bekannter Rudi. Bereit und willens, ihn im nächsten Augenblick kalt lächelnd zu erschießen.

Schulte rührte keinen Finger und sagte nichts. Er wollte Brückmann keinen Anlass zu irgendeiner Handlung geben. Auf Zeit zu spielen, auf eine mentale Schwäche seines Gegners zu hoffen, war Schultes einzige Chance. Allerdings musste er ganz schnell einsehen, dass Brückmann keinerlei Anzeichen mentaler Schwäche erkennen ließ. Mit fester und ruhiger Stimme gab er plötzlich einen Befehl:

„Los! Steh auf!“

Er machte einen Schritt rückwärts und ließ Schulte ausreichend Zeit, wieder in die Vertikale zu kommen.

„Hände über den Kopf! Und dann gehst du langsam und gleichmäßig los. In diese Richtung!“

Brückmann zeigte in die Richtung, die von der Straße wegführte, einen schlammigen, unbefestigten und von groben Traktorspuren fast komplett zerstörten Weg entlang. Schulte ging betont langsam los, bemüht, keine hektische Bewegung zu machen. Nun erst konnte er sich kurz umschauen. Links von ihm war eine mit Büschen und kleinen Bäumen bestandene Böschung, die bergan ging. Rechts konnte Schulte einen großen Reitplatz mit aufgestellten Hindernissen erkennen. Vermutlich wegen des immer stärker werdenden Regens war niemand auf dem Platz zu sehen.

Sie waren etwa hundert Meter gegangen, ohne ein weiteres Wort zu sprechen, als sich vor Schulte undeutlich die Silhouette eines Hochsitzes abzeichnete. Brückmann schien nun am Ziel zu sein, denn er rief laut:

„Halt!“

Und eine Sekunde später:

„Umdrehen!“

Schulte gehorchte wortlos. Seine Gedanken rasten, suchten nach Lösungen. Aber ihm war klar, was kommen würde. Was unerbittliche Konsequenz aus den beiden Morden an Hoppe und Krüger sein würde, was durch die Drohanrufe schon angekündigt worden war. Und es gab nichts, was Schulte hätte tun können. Brückmann hatte ihn nun da, wo er ihn haben wollte. Und dann sprach Brückmann leise und bedrohlich:

„Weißt du, wo du bist, Seppel? Hast du diese Straße eben wiedererkannt? Ich gebe ja zu, dass sich hier einiges verändert hat. Damals gab es noch keine Brücke über dieses Tal. Wir mussten umständlich die scharfen Kurven runter fahren, mitten in der Nacht. Weißt du noch? Kannst du dich daran erinnern, was hier passiert ist? Vor einunddreißig Jahren? Oder ist dein Gedächtnis so schlecht, dass ich nachhelfen muss?"

Oh, nein. Schulte Gedächtnis war nicht schlecht. Sehr genau erinnerte er sich. Viel zu krass war die Erinnerung an das schreckliche Geräusch quietschender Reifen, als *Kiste*, der eigentlich Andreas Krüger hieß, die Kurve nicht mehr geschafft hatte. Der sie viel zu schnell angegangen war, weil er zu viel getrunken hatte. Und weil Josef Schulte, der damals *Seppel* genannt worden war, ihn aufgehetzt hatte. Viel zu laut die Erinnerung an das widerwärtige Geräusch berstenden Blechs, als das Auto voll in die steil ansteigende Böschung auf der linken Straßenseite geknallt war. Und dann diese furchtbare Stille. Sekunden danach. Als Schulte gedacht hatte, alle außer ihm seien tot. Viel zu deutlich das Bild, als Jochen Hoppe, damals *Zinker* genannt, und Andreas Krüger aus dem total zerstörten VW Käfer gekrabbelt waren und er selbst nicht heraus gekonnt hatte. Er hatte auf dem Rücksitz gesessen und Rudi Brückmann, der vor ihm auf dem Beifahrersitz saß, hatte nach wie vor kein Geräusch von sich gegeben und sich auch nicht gerührt.

Er hatte dadurch Schultes Fluchtweg blockiert. Viel zu feucht auch die Erinnerung an das Blut, das alle an den Händen gehabt hatten, als sie Minuten später zusammen versucht hatten, Rudi Brückmann aus dem Auto zu ziehen, um ihn in eine stabile Seitenlage zu bringen.

Schulte schüttelte sich. Ein dicker Klumpen Eis schien in seinem Magen Pirouetten zu drehen. Was konnte er tun? Es gab hier keinen Schutz. Kein Erdloch, in das er sich werfen, keinen dicken Baum, hinter den er springen, keine Menschen, die er zur Hilfe rufen könnte. Nichts! Etwa zehn

Meter vor ihm stand der Hochsitz, … unerreichbar! Denn Brückmann stand, mit dem Rücken zum Hochsitz, dazwischen. An ihm und seinem Gewehr hätte Schulte vorbei gemusst. Aussichtslos! Es half nur eines: Reden! Reden und hoffen, dass irgendeine Art von Wunder geschah.

„Okay, Rudi! Ich habe damals Mist gebaut. Keine Frage. Aber denk mal daran, wie alt wir waren. Wir waren doch noch halbe Kinder. Ich habe doch damals gar nicht genug Verstand gehabt, um das alles zu überschauen. Wir…“

„Schluss!“, schrie Brückmann, wobei sich seine kräftige Stimme fast überschlug. „Ich will das alles nicht hören!“

Dann sackte seine Stimme wieder auf das Normalmaß herunter.

„Es interessiert mich nicht, ob du eine schwere Kindheit hattest oder ob dich an dem Unfalltag deine Migräne geplagt hat. Für mich gibt es nur Tatsachen. Und Tatsache ist, dass ihr drei euch nach dem Unfall den Rotz von der Nase gewischt habt und das Leben ging weiter, als wäre nichts passiert. Ihr habt eure Lebensträume verwirklichen können, seid durch nichts daran gehindert worden. Nur mich, dem einzigen Unschuldigen an dem Unfall, hat es voll erwischt! Für mich war danach nichts mehr wie vorher. Ich musste mich mit einem Dasein als Behinderter zufrieden geben. Weißt du, wie das ist, jeden Tag Kopfschmerzen zu haben? Wenn du jeden Moment damit rechnen musst, dass dir schwindelig wird und du zu Boden gehst? Nein? Weißt du nicht? Ha! Woher denn auch? Dir hat doch immer die Sonne auf den Arsch geschienen. Aber damit ist jetzt Schluss. Wenn du da oben“, er zeigte zum wolkenverhangenen Himmel, „auf Andreas und Jochen triffst, dann grüß sie von mir. Am Ende war es Rudi, der Spaßverderber, der Verlierer, das Muttersöhnchen, der gewonnen hat.“

„Was hast du denn gewonnen, du Spinner?“, Schulte hatte keine Nerven mehr für taktische Raffinessen. „Du hast schon zwei Morde auf dem Gewissen. Ich war dir bereits ganz dicht auf den Fersen. Wenn ich nicht mehr bin, übernimmt sofort ein Kollege meine Rolle. Spätestens morgen haben sie dich und dann wirst du den Rest deines erbärmlichen Daseins in Eickelborn verbringen. In einer Gummizelle! Gewinner sehen für mich anders aus!“

Brückmann lief rot an. Seine Hände krampfen sich um das Jagdgewehr. Doch dann entspannte er sich wieder etwas und er lächelte sogar.

„Du hast doch keine Ahnung! Diesmal habe ich das große Los gezogen. Niemand wird mich erwischen. Ich habe nun alles, was ich immer wollte. Meine Rache ist erfüllt. Ich besitze bald genug Geld und dazu noch die Liebe einer schönen…“

Jetzt erst tauchte bei Schulte die Frage nach dem Verbleib von Frau Krüger auf. Wo war sie? Sie wollte ihn doch an der Straße erwarten? Hatte dieser Verrückte etwa…

„Was hast du mit Frau Krüger gemacht?“, schrie er Brückmann an. „Hast du sie umgebracht, du Drecksack?“

Wieder lächelte Brückmann überlegen.

„Umgebracht? Warum sollte ich die Frau umbringen, der ich all das Gute zu verd…“

Es gab für ihn keine Chance mehr, den Satz zu beenden. Schulte hatte nur einen kurzen, scharfen Knall gehört. Dann sah er schreckensstarr zu, wie sich auf Brückmanns Brust ein großer roter Fleck rasend schnell ausbreitete. Der große Mann ließ seine Waffe fallen, fasste sich mit der rechten Hand an die Brust, starrte Schulte mit weit aufgerissenen Augen einige ewig währende Sekundenbruchteile lang an. Er schwankte. Dann klatschte der massige Körper auf den lehmigen, regengetränkten Wiesenboden und rührte sich nicht mehr.

Schulte stand vor ihm, unfähig irgendetwas zu unternehmen, während der Regen weiterhin auf ihn herabprasselte, als sei nichts geschehen. Und er hätte wohl noch länger so gestanden, hätte ihn nicht eine feine, hohe Stimme aus seiner Erstarrung gerissen. Die Stimme kam von oben. Schulte riss den Kopf hoch, schaute auf den Hochsitz. Dann sah er sie. Das Jagdgewehr zeigte direkt auf ihn.

„Es ist nicht gut, wenn Männer so viel reden! Manchmal muss man sie wirklich stoppen, bevor sie anfangen, sich zum Idioten zu machen."

Die Stimme kannte Schulte. Er wischte sich die Regentropfen aus den Augen, schaute wieder in die Höhe. Dann wusste er, wer Brückmann erschossen hatte.

„Ja, damit hätten Sie nicht gerechnet, oder?", sprach Frau Krüger beinah sanft zu ihm.

Schulte schüttelte den Kopf. Damit hatte er wahrhaftig nicht gerechnet. Doch, noch schemenhaft, aber an Deutlichkeit zunehmend, zeichnete sich für ihn ein Bild der vielschichtigen Obsessionen ab, zwischen denen Brückmann zerrieben worden war.

„Warum haben Sie ihn erschossen? Sie standen doch auf der selben Seite?"

Ihr etwas hysterisches Lachen legte viel mehr von der Anspannung frei, unter der sie stand, als sie preisgeben wollte.

„Ich hatte auch gar nicht vor, ihn zu töten. Er sollte seine Rache haben, dass hatte ich ihm versprochen. Deshalb habe ich Sie hierhin gelockt. In die Falle. Dann wollte ich ihn auszahlen und nie wieder sehen. Aber als ich gerade erleben musste, dass dieser Vollidiot nicht seine Klappe halten kann, wurde mir klar, welche Gefahr er für mich zeitlebens darstellen würde. Dem musste ich einfach einen Riegel vorschieben. Das verstehen Sie doch, oder?"

Sie hatte bei diesen Worten die Waffe etwas gesenkt. Bei Schulte flammte leichte Hoffnung auf. Doch dann redete sie schon weiter:

„Um Sie tut es mir fast ein bisschen leid. Sie haben ja nur ihren Job gemacht. Persönlich habe ich nichts gegen Sie, das müssen Sie mir glauben. Aber ich kann Sie unmöglich am Leben lassen, nach all dem, was Sie nun wissen. Wenn es Sie noch interessiert, dann will ich…, verdammt!“

Urplötzlich riss sie die Waffe wieder hoch und feuerte sie ab.

71

Hauptkommissar Willi Potthast war gefahren wie ein Irrsinniger. Sein bedauernswerter unfreiwilliger Beifahrer hatte alle Hoffnung sausen lassen, diesen Höllenritt lebend zu überstehen, als Potthast urplötzlich bremste. Sie hatten die beiden scharfen Kurven, die zum Talboden des Haxtergrundes führten, hinter sich gelassen und Potthast fuhr nun fast im Schritttempo. Regen und die einsetzende Dämmerung ließen keine gute Sicht zu.

„Hier muss irgendwo ein Weg abzweigen!“, murmelte Potthast. Als er an den Gebäuden des Reitvereines bereits vorbeigefahren war, bremste er wieder und wendete. Langsam ließ er nun den Wagen wieder zurückrollen und bog rechts in einen schmalen unbefestigten Waldweg ein. Er hatte nur wenige Meter sein Auto durch den schlammigen Weg gequält, als es nicht mehr weiter ging. Vor ihm stand ein Auto und versperrte den Weg.

„Das ist ja mein Auto!“, rief Hermann Rodehutskors, als er den silbergrauen Passat erkannte.

Die beiden Männer stiegen aus und gingen durch den Schlamm zu dem unbemannten Fahrzeug. Als Rodehutskors seinen Wagen von vorn sah, schrie er vor Schreck laut auf.

„Was ist denn hier passiert?“

Potthast bedeutete ihm durch hektische Handzeichen, leise zu sein. Das fiel Rodehutskors denkbar schwer, aber er bezwang sein Bedürfnis, die Wut über das zerstörte Auto in alle Welt hinaus zu schreien.

„Gehen Sie zurück zu meinem Auto. Setzen Sie sich rein und achten Sie auf mein Handy. Wenn Grotenburg anruft, der ist auf dem Weg hierher, dann erklären Sie ihm, wo wir sind. Und Sie bleiben im Auto. Ich fürchte, das hier ist nichts für Sie. Dafür gibt es Polizisten. Verstanden?"

Rodehutskors nickte und machte sich auf den Rückweg. Der Hauptkommissar entsicherte seine Dienstwaffe und ging vorsichtig weiter. Er war etwa achtzig Meter gegangen, als er einen Schuss hörte.

Sofort suchte Potthast Deckung hinter einem Ahornbaum. Als kein weiterer Schuss folgte, versuchte er, aus seiner Deckung heraus zu erkennen, was da, etwa vierzig Meter vor ihm, vor sich ging. Es dauerte eine Weile, bis seine Augen das Dämmerlicht und den Regen durchdrungen hatten. Dann sah er einen Hochsitz. Und davor stand ein Mann. War das Schulte? Konnte wohl sein. Die Statur passte. Aber was war denn das da? Auf dem Hochsitz? Stand da nicht jemand mit einem Gewehr und zielte genau auf diesen Mann? Ja, es gab keinen Zweifel mehr. Vierzig Meter vor ihm stand sein Kollege Jupp Schulte und wurde mit einem Gewehr bedroht! Und was lag da vor seinen Füßen? War das ein Mensch? War der tot? Potthast musste handeln.

Er hatte keine Chance, aus dieser Entfernung einen gezielten sicheren Schuss auf den Menschen im Hochsitz abzugeben. Aber er konnte Schulte Feuerschutz geben und darauf hoffen, dass sich dieser erfahrene Bulle dann selbst zu helfen wusste. Doch der Mensch auf dem Hochsitz kam ihm zuvor. Nur drei Meter von Potthast entfernt schlug ein Projektil zischend in einen Baumstamm. Das hatte ihm gegolten! Er war entdeckt worden. Nun feuerte auch Potthast einen ersten Schuss in grobe Richtung des Hochsitzes ab. Dann sah er, wie Schulte sich erst hinwarf, dann unter den Hochsitz hechtete. In diesem Augenblick hörte Potthast hinter sich ein Schrittgeräusch.

72

Schulte warf sich, einem Reflex folgend, auf den Boden. Doch der Schuss hatte offenbar nicht ihm gegolten, denn die Frau legte bereits wieder an und schoss erneut. Der Gewehrlauf zeigte aber nicht auf Schulte, sondern in die Richtung, aus der Schulte gekommen war. Und aus eben dieser Richtung wurde zurückgeschossen. Schulte erkannte das Schussgeräusch einer großkalibrigen Pistole. Einer Pistole, wie sie die Polizei benutzt.

Er blickte hoch zu der Frau, sah, dass sie mit zusammengekniffenen Augen herauszufinden versuchte, wer der Pistolenschütze war. Schulte fühlte sich unbeobachtet und nutzte dies blitzschnell aus. Er sprang auf, rannte einige Schritte auf den Hochsitz zu und warf sich mit einem mächtigen Hechtsprung zwischen die Holzpfähle, die den Hochsitz trugen.

Frau Krüger hatte von seiner Flucht offenbar nichts mitbekommen, denn sie schoss noch einmal in Richtung Straße. Wieder wurde zurückgeschossen. Schulte schaute sich um. Dann beschloss er, alles zu wagen. Er rappelte sich hoch und machte einen Schritt zu der Seite des Hochsitzes, an der die roh gezimmerte Leiter stand.

Entsetzt drehte Potthast sich um, bemüht, durch den dichten Regen etwas zu erkennen. Er hielt sich schussbereit, die Nerven bis zum Zerreißen angespannt. Dann sah er seinen Mitarbeiter von Grotenburg auf ihn zukommen. Erleichtert winkte er ihn heran, klärte ihn kurz über die Verhältnisse auf und wies ihn an, zu schießen, was die Dienstwaffen hergaben, um Schulte ein Maximum an Feuerschutz zu bieten.

War es Zufall oder ahnte der unbekannte Pistolenschütze, was er plante? Auf jeden Fall schoss dieser nun aus allen Rohren. Und lenkte damit die gefährliche Frau ab. Schulte wunderte sich kurz, wie eine Pistole dies alles leisten konnte. Aber er nutzte diesen Feuerschutz, ergriff die Leiter und schwang sich auf die unterste Sprosse. Zwei Sprossen höher konnte er Brückmanns Mörderin bereits sehen. Sie stand mit dem Rücken zu ihm und zielte. Schulte schnellte die noch verbleibenden Sprossen hoch und war bereits dabei, den Holzboden des Hochsitzes zu betreten, als Frau Krüger, durch ein Geräusch hinter ihrem Rücken aufgeschreckt, sich blitzschnell umdrehte und ihm in die Augen starrte. Es ließ sich nicht sagen, wer von beiden erschrockener war. Einen kurzen Augenblick lang war keiner in der Lage, etwas zu tun. Dann riss die Frau wieder ihre Waffe hoch. Doch bevor sie abdrücken konnte, gab es ein hässliches Geräusch von berstendem Holz und ein Brett in Höhe ihres Kopfes flog ihr splitternd um die Ohren. Für einen winzigen Augenblick ließ sie sich ablenken, blickte erschrocken auf das Loch in der Holzwand. Es war nur eine Sekunde, vielleicht zwei. Aber die genügten Schulte, um die letzten Energien abzurufen, einen kraftvollen Sprung nach vorn zu machen und sich auf die Frau zu stürzen, die der Wucht seines Angriffs nichts entgegenzusetzen hatte.

Urplötzlich war alles vorbei! Potthast und von Grotenburg sahen, wie Schulte einen Arm aus dem Hochsitz herausstreckte und sie heranwinkte.

73

Schulte überließ es dem jungen Kommissar von Grotenburg, Frau Krüger Handschellen anzulegen und sie so lange in Potthasts Auto unterzubringen, bis das mittlerweile angeforderte Polizeifahrzeug kam, um sie abzuholen. Die Gefangene sah übel zugerichtet aus. Dies war aber weniger dem Angriff Schultes zuzuschreiben als dem zersplitternden Brett. Sie blutete an der Schläfe und an der linken Wange. Die mittellangen und normalerweise lockigen Haare hingen durch den heftigen Regen in nassen Strähnen herunter. Den edlen Lederjanker hatte es ganz böse erwischt. Die Frau schien mit ihren Nerven völlig am Ende zu sein. Sie ließ sich von Grotenburg mehr tragen als begleiten. Dabei lachte sie laut und überdreht, warf dem Kommissar schmachtende Blicke zu und meinte in gespielten bedauernden Tonfall:

„Ist ja direkt schade um Sie! So ein schöner Mann und dann bei der Polizei! Tss!“

Grotenburg war klug genug, darauf nicht einzugehen und verfrachtete sie ins Auto.

Potthast betrachte Schulte von oben bis unten.

„Alles in Ordnung mit dir?“, fragte er.

Schulte nickte, sagte aber nichts, sondern ging zum dem leblos daliegenden Brückmann.

„Ich habe ihn schon untersucht“, kam ihm Potthast zuvor. „Er ist tot!“

Schulte stand vor seinem alten Jugendfreund und zerbiss einen Fluch zwischen den Zähnen. Warum nur musste immer alles so enden? Er atmete mehrfach tief durch, um die Fassung zu bewahren. Potthast, der Schultes innere Zerrissenheit spürte, versuchte, ihn wieder in die Spur zu bringen.

„Mensch Jupp! Dieser Kerl hat noch vor wenigen Minuten vorgehabt, dich kaltblütig zu töten. Du wirst doch jetzt wohl kein Mitleid mit ihm haben. Außerdem warst nicht du es, der ihn erschossen hat. Mach dir jetzt bloß keine Vorwürfe!“

Schulte stand noch lange schweigend da, mit hängenden Schultern, den Kopf gesenkt. Als er das herannahende Martinshorn eines Polizeifahrzeugs hörte, drehte er sich langsam um und schaute Potthast mit roten Augen an. „Wenn du nicht gekommen wärst, läge ich jetzt da! Danke, Willi!"

Mit so was konnte Willi Potthast überhaupt nicht umgehen. Er hüstelte verlegen und brummte dann:

„Los! Lass uns sehen, dass wir aus dem Regen rauskommen. Hier können wir nichts mehr ausrichten. Ich nehme dich mit zurück in die Stadt."

Auf dem Weg zum Auto kamen ihnen mehrere Polizisten und zwei Sanitäter mit einer Trage entgegen. Die Beamten schienen Potthast zu kennen, denn sie grüßten höflich. Hinter ihnen her stolperte ein weiterer Mann, den Potthast ebenfalls kannte. Es war der Notarzt, der gleich feststellen würde, dass er den weiten Weg umsonst gemacht hatte.

Als Schulte am übel zugerichteten Passat vorbeikam, fand er dort Rodehutskors vor, der dem armen Fahrzeug traurig das Dach tätschelte. Die beiden Männer blickten sich an. Schulte zuckte bedauernd mit den Achseln.

„Sorry! Aber Sie können solange mein Auto benutzen, bis dieses hier wieder repariert ist!"

„Was?", rief Rodehutskors, „ich soll mit diesem alten Leichenwagen herumfahren? Meine Frau wird mich entmündigen lassen. Nee, nee, Herr Schulte. Ich habe doch noch einen Firmenwagen. Damit kann Grafenberg mich herumkutschieren. Solange ich nicht wieder mit Ihnen fahren muss, Herr Potthast, ist mir alles recht."

Potthast war irritiert, verstand dann aber.

„Und wie kommen Sie in die Stadt zurück?"

„Ich habe meinen Kompagnon Grafenberg schon angerufen. Der ist bereits unterwegs und holt mich ab. Keine Sorge!"

Als Schulte ihm zum Abschied die Hand gab, erwähnte Rodehutskors mehr beiläufig:

„Aber wenn Sie das dringende Bedürfnis haben, etwas wieder gut zu machen, Herr Schulte, dann schlage ich vor, Sie geben mir morgen ein größeres Interview. Gern auch exklusiv!"

Schulte grinste müde und wandte sich ab. Er hatte noch etwas ganz wichtiges zu tun. Als Potthast das Auto wieder zurück auf die Warburger Straße gelenkt hatte, nahm Schulte sein Handy und wählte die Nummer seiner Tochter Lena. Es gab keinen Grund mehr für sie, sich Sorgen zu machen. Je früher sie das wusste, desto besser.

74

Am nächsten Morgen hätte Jupp Schulte gern blau gemacht. Er war wie zerschlagen gewesen, als ihn sein Wecker aus dem Schlaf gerissen hatte. Am gestrigen Abend, direkt nach den Vorfällen im Haxtergrund, war es ihm unmöglich gewesen, nach Haus zu fahren und sich ins Bett zu legen. So hatte er seinen Kollegen Willi Potthast überredet, mit ihm noch ein wenig um die Häuser zu ziehen. Die beiden Männer im besten Alter hatten dann einige Paderborner Kneipen aufgesucht und ihre angegriffenen Nerven beruhigt. So sehr beruhigt, dass Schulte aus Mangel an Fahrtüchtigkeit beschlossen hatte, bei Familie Potthast zu übernachten. Zuhause in Detmold wartete niemand auf ihn.

Mit Willi Potthast durch Kneipen zu ziehen, war eine Herausforderung für Schulte. Der leidenschaftliche Schützenbruder war jetzt während der Schützenfestsaison gut im Training und hatte kaum genug bekommen können. Schulte war ungleich mehr mitgenommen worden von den letzten Tagen und hatte schon vor Mitternacht sichtbar abgebaut.

Mit Potthast nach einer solchen Nacht am Frühstückstisch zu sitzen, war dann aber erst recht eine einzige Demütigung für Schulte geworden. Nichts war diesem äußerlich so solide wirkenden braven Beamten und Ehemann von der nächtlichen Sauftour anzumerken gewesen. Er hatte fröhlich plappernd am Tisch gesessen und sein üppiges Frühstück verzehrt, während Schulte, lustlos brummend, über eine Tasse schwarzen Kaffee nicht hinausgekommen war. Dann waren beide Männer in die Paderborner Riemekestraße zur Kreispolizeibehörde gefahren.

Dort saß in einer Zelle Frau Krüger, die während der Nacht ärztlich betreut worden war. Sie hatte jetzt zwar noch eine wenig hübsche Schramme an der linken Wange, schien aber sonst nicht weiter beschädigt worden zu sein. Zumindest nicht äußerlich. Verzweifelt versuchte sie, die selbstbewusste, erfolgreiche Vorzeigefrau zu geben, aber es gelang ihr nicht mehr. Sie hatte sich vor dem ersten Verhör, so gut es ging, zurecht gemacht. Aber unter der gut erhaltenen äußeren Hülle steckte an diesem Morgen eine einsame Frau, die kaum in der Lage war, ihre Nerven unter Kontrolle zu bekommen. Das prächtige Gebäude war aus allen Fugen geraten.

Bei diesem ersten Verhör kam erwartungsgemäß nicht viel heraus, da ihr Anwalt alle Fragen rigoros abblockte. Schulte verlor bald die Geduld und ließ die Paderborner Kollegen allein mit den beiden. Er war zu sehr involviert, hatte zuviel Substanz verloren, als dass er nun ruhig und professionell ein Verhör mit der Person hätte führen können, die ihn noch vor etwa zwölf Stunden hatte kaltblütig erschießen wollen. Er fuhr, diesmal mit seinem eigenen Auto, nach Detmold, fuhr nach Hause, versorgte seinen Hund und legte sich noch eine Stunde aufs Ohr. Dann fuhr er weiter zu seinem Büro in Bielefeld. Er schrieb einen umfassenden Bericht und legte ihn Frau Bülow vor.

Am späten Nachmittag schob er dienstliche Gründe vor und fuhr zur Kreispolizeibehörde nach Detmold, wo er auf eine putzmuntere und bestens gelaunte Maren Köster traf, die vor einer Stunde aus Greifswald kommend hier aufgelaufen war.

„Habe selten so angenehm gearbeitet!“, plapperte sie fröhlich. „Ein paar wunderschöne Tage auf See, und das, ohne dafür Urlaub nehmen zu müssen. Saubere Luft. Ruhe. Nette Leute. Ich fühle mich super gut erholt. Also Jupp, wenn du noch mal solche Aufträge zu vergeben hast, dann scheu dich nicht und sag mir Bescheid.“

Schulte schüttelte den Kopf.

„Nee, danke! Der Anlass dazu hat mir gar nicht gefallen. Sag mal, wie geht es denn Lena? Und wann kommt sie?“

„Och, der geht es mittlerweile auch wieder ganz gut. Sie hat sich wahrhaftig wacker gehalten. Ganz der Papa! Aber sie will noch eine Woche bei ihrer schwangeren Schwester bleiben und die ein wenig hätscheln. Jupp, Jupp! Dass du nun schon Opa wirst. Unfassbar! Wo du doch noch so jugendlich wirkst!“

Lachend tätschelte sie ihm den leichten Bauchansatz. Schulte wusste nicht recht, wie er dies alles richtig einordnen sollte.

Zuhause auf dem Fritzmeier'schen Hof war es ohne den Hausherrn sehr still. Wie mochte es Fritzmeier wohl im Augenblick ergeben? Hatte er sich locker gemacht und genoss nun den ersten richtigen Urlaub seines Lebens? Wahrscheinlich nicht, dachte Schulte. Vermutlich schmeckte ihm das Essen nicht, sprachen die Leute zu ausländisch, war es zu heiß. Und mit Sicherheit hatte er jetzt schon wieder Panik vor dem Rückflug. Schade, er hätte dem alten Knaben wirklich ein paar wunderbare Tage gegönnt.

Am Abend rief Willi Potthast ihn an.

„Mann, war das ein anstrengender Tag! Wenn wir heute morgen gedacht hatten, diese Frau kippt uns gleich aus den Schuhen, dann hatten wir uns getäuscht. Die hält was aus, verdammt noch mal! Sie gibt, natürlich, den Mord an

Brückmann zu. Da bleibt ihr ja auch nichts anderes übrig, da es dafür dich als Augenzeugen gibt. Aber mit dem Mord an ihrem Ehemann und erst recht mit dem Fall Hoppe will sie rein gar nichts zu tun haben. Das war Brückmann ganz allein, meint sie. Mal schauen, was wir ihr da anhängen können. Wahrscheinlich hat sie, was Hoppe angeht, sogar Recht. Von Grotenburg hat heute aber schon gut recherchiert. Anscheinend hat ihr Mann sie nach Strich und Faden betrogen. In jeder Beziehung. Nicht nur mit anderen Frauen, auch finanziell. Fast alles, was sie mit in die Ehe gebracht hatte, und das war nicht wenig, hat er verspekuliert. Muss ein ziemliches Arschloch gewesen sein, dein alter Kumpel. Übrigens, dass sie dich erschießen wollte, streitet sie ebenfalls vehement ab. Das hättest du falsch verstanden. Sie hätte nur furchtbare Angst vor Brückmann gehabt und ihn deswegen getötet. Wenn du mich fragst, ich glaube ihr kein Wort. Aber noch können wir ihr das nicht nachweisen."

An diesem Abend ging Schulte früh ins Bett. Er fühlte sich nicht gut. Eine Erkältung war im Anmarsch. Anscheinend hatte er gestern Abend zu lange im Regen gestanden. So was sollte er in seinem Alter nicht mehr machen.

75

Eine Woche war vergangen seit den Vorfällen im Haxtergrund. Es war früher Samstagabend und es war ausnahmsweise gutes Wetter. Nicht wirklich heiß, aber trocken und angenehm temperiert. Die Detmolder Innenstadt war voll mit gut gelaunten Passanten, die Biergärten quollen über und wer keinen Tisch bestellt hatte, der musste sehen, wo er blieb.

Jupp Schulte hatte dies geahnt, seinen Widerwillen gegen langfristige Planungen überwunden und einen großen Tisch im Biergarten der Detmolder *Schloßwache* reservieren lassen. Nirgendwo kann man schöner einen lauen Frühsommerabend verbringen als unter diesen alten majestätischen Bäumen, im noblen Ambiente des Detmolder Schlossparkes.

Seine Tochter Lena war gegen Mittag in Detmold eingetroffen und die beiden hatten beschlossen, ihr Wiedersehen mit einem leckeren Abendessen zu feiern.

Da beide gesellige Typen waren, hatten sie beschlossen, dazu einige Protagonisten ihres gemeinsamen Abenteuers einzuladen.

Auch Gunda Luitjens hätte er gern dabei gehabt, aber die war schon seit Tagen wieder zurück in Ostfriesland. Er würde sie demnächst einmal besuchen.

Jetzt war es kurz vor acht Uhr. Vater und Tochter saßen bereits am großen Biertisch, der spielend Platz für zehn Leute bot und hatten ein Glas Wein vor sich stehen. Sie waren froh, noch etwas Zeit für sich zu haben, denn es gab einiges zu berichten. Schulte, der von Ina, seiner anderen Tochter, kaum etwas wusste, war froh über jede Information. Er hatte bereits in den letzten Tagen beschlossen, einige Tage frei zu nehmen und nach Greifswald zu fahren. In wenigen Wochen würde er seinen fünfzigsten Geburtstag feiern. Wenn alles gut ging, dann könnte er gegen Ende des Jahres Opa sein. Als frischgebackener Fünfzigjähriger! Wenn das kein Anlass war, die alten und tiefen Risse in seinen familiären Beziehungen zu kitten, was dann?

Ihm blieb keine Zeit mehr, seinen Gedanken nachzuhängen, denn vom Schlosspark her kamen nun Maren Köster, Axel Braunert und Michael Grafenberg auf ihren Tisch zu. Schulte hatte kurz überlegt, ob er Grafenberg wirklich dabei haben wollte, aber irgendwie war der ja auch beteiligt am für Schulte glücklichen Ausgang der ganzen Geschichte. Lena und Maren Köster begrüßten sich sehr herzlich. Die beiden Frauen hatten sich schon während der gemeinsamen Woche auf See sehr gut verstanden. Schulte bestellte bestens gelaunt einige Flaschen Weißwein. Mit dem Essen wollten sie warten, bis alle zusammen waren. Zwischenzeitlich kam ein sehr gepflegt wirkender Mann mittleren Alters, den Schulte schon mal als Musiker erlebt hatte, an ihren Tisch, begrüßte seinen Künstlerkollegen Grafenberg und wurde der Runde als ein gewisser Dieter Kropp vorgestellt. Dieser so bieder wie ein Steuerberater wirkende Herr konnte auf der Bühne mit seiner Blues-Harp förmlich explodieren, war dort ein wahrer Irrwisch, eine Rampensau reinsten Wassers. Sein Hüftschwung war unerreicht. Er war gerade wieder gegangen, als es vom Eingangstor her laut ertönte:

„Da sind sie! Da hinten!“

Herein traten Willi Potthast und hinter ihm, gut gekleidet und prächtig gebaut, sein Mitarbeiter Heimfried von Grotenburg. Die beiden grüßten in die Runde und setzten sich dazu. War es Einbildung von Schulte oder war Axel Braunert tatsächlich etwas errötet, als sich von Grotenburg neben ihn setzte? Potthast berichtete das Neueste von Frau Krüger.

„Das ist vielleicht ein Flintenweib! Aber heute Morgen hat sie endlich ein umfassendes Geständnis abgelegt. Jupp, du weißt ja bereits, dass ihr Mann sie belogen und betrogen hat, wo er nur konnte. Er hat tatsächlich, das ist nun gerichtsfest, beinah ihr komplettes Vermögen verzockt. Sie hatte ihm alles vertrauensvoll überlassen, ihm für alles eine Vollmacht erteilt. Schließlich war der gute Mann ja Anwalt, der musste doch wissen, wie man's macht. Sie war eine gute Zahnärztin, hatte aber von Geldangelegenheiten keinen Schimmer. Zum Dank für alles hatte er auch noch ständig irgendwelche Frauengeschichten. Dass sie stinksauer auf ihn war, kann ich gut verstehen."

Potthast hatte sich ein großes *Detmolder Landbier* bestellt und bekam es gerade gebracht. Er nahm einen mächtigen Schluck, wischte sich den Mund ab und sprach weiter:

„Dann lernte sie Brückmann kennen. Diesen Verrückten, den..."

„Verrückt würde ich nicht sagen", korrigierte ihn Schulte. „Er war eher eine arme Sau!"

Potthast schaute ihn nachdenklich an. „Okay, du musst es ja wissen! Sie erkannte sofort, welch abgrundtiefen Hass der für ihren Ehemann empfand und beschloss, dies für sich auszunutzen. Ich kann nicht sagen, womit sie ihn so unter Kontrolle gebracht hat. Brückmann scheint sie sehr verehrt zu haben. Es spricht einiges dafür, dass sie ihn mit sexuellen Versprechungen, die sie vermutlich nie eingehalten hätte, gefügig, ja geradezu abhängig, gemacht hat. Brückmann hatte ihrer Ausstrahlung und Tatkraft wahrscheinlich nichts entgegenzusetzen gehabt. Und er hat getan, was sie wollte. Darüber hinaus war er besessen von seinen eigenen Rachegedanken. Er ist dir, wie Frau Krüger behauptet, über Wochen auf Schritt und Tritt gefolgt. Selbst als du in Osnabrück warst, hat er dich beschattet. Was hast du denn da zu tun gehabt?"

Schulte winkte ab.

„Hat nichts mit dem Fall zu tun."

„Aber warum hat sie ihn dann erschossen?", fragte Lena Wiesenthal.

„Du kennst doch den Zauberlehrling von Goethe, oder?", warf Schulte ein. „Wie rief der arme Kerl doch voller Verzweifelung? Die ich rief, die Geister, werd ich nun nicht los!

Oder so ähnlich. So in der Art muss es Frau Krüger ergangen sein. Brückmann, den sie eigentlich nur für ihre Zwecke hatte benutzen wollen, hatte sich verselbstständigt. War zu einem unkalkulierbaren und unkontrollierbaren Killer geworden. Habe ich recht, Willi?“

„Ja, eigentlich war es ihr nur um ihren Ehemann gegangen. Den vorhergehenden Mord an Hoppe wird sie nicht gewollt haben, aber sie hat ihn hingenommen, um Brückmann bei der Stange zu halten. Aber als er dann auch noch einen Polizisten umbringen wollte, da bekam sie es mit der Angst zu tun. Sie wollte ihn bremsen. Aber sie hatte mit ihrer Hetze einen Zug ins Rollen gebracht, den sie nun nicht mehr stoppen konnte. Als sie, beim Gespräch mit Jupp, erkennen musste, dass der ihrem Brückmann schon recht dicht auf der Spur war, entschloss sie sich zum Großreinemachen. Jetzt wollte sie beide auf einmal loswerden. Jupp und Brückmann. Und so fädelte sie das Treffen der beiden im Haxtergrund ein.“

„Und fast hätte sie es auch geschafft, wenn ihr beiden nicht rechtzeitig gekommen wärt!“ Schulte erhob sein Weinglas. „Darauf lasst uns trinken!“

Eine angeregte Unterhaltung kreuz und quer über den Tisch kam in Gang.

Schulte blickte mehrfach auf seine Uhr und schien auf etwas zu warten.

„Erwartest du noch jemanden?“, fragte ihn Braunert.

„Ja, ich hoffe, die beiden kommen noch.“

Es dauerte noch eine Viertelstunde, da tauchte im Eingangsbereich des Biergartens der allen bestens bekannte Hermann Rodehutskors auf. Er winkte ihnen zu. Dann drehte er sich wieder um und schien auf einen anderen Mann einzureden, doch endlich hereinzukommen. Nun erschien hinter ihm ein alter Mann, den im ersten Augenblick außer Schulte niemand erkannte.

Anton Fritzmeier steuerte, wieder in seinem feinsten Sonntagsnachmittagsausgehanzug, braungebrannt und allerbester Stimmung, auf ihren Tisch zu.

Die Männer grüßte er weltmännisch mit einem Klopfen auf die Tischplatte, ließ es sich jedoch nicht nehmen, Lena Wiesenthal und Maren Köster herzhaft zu umarmen. Als die beiden neuen Gäste saßen, stöhnte Rodehutskors, zu Schulte gewandt:

„Das hat vielleicht gedauert, diesen Mann hierher zu bekommen. Mann, oh Mann!"

„Wieso?", fragte Schulte beunruhigt. „Hatte er keine Lust zu kommen?"

„Das nicht! Kommen wollte er schon. Aber erst fand er sich nicht gut genug rasiert, dann war sein Anzug nicht fuselfrei, schließlich musste er noch seine Schuhe putzen. Ich weiß beim besten Willen nicht, was in ihn gefahren ist. So was war ihm doch früher völlig schnuppe. Er hatte ja alle möglichen Schwächen, aber Eitelkeit gehörte nicht dazu".

Auch Schulte war überrascht. Er hatte keine Zeit gehabt, Fritzmeier selbst vom Flughafen abzuholen und hatte Rodehutskors, der Fritzmeier schon seit Jahren kannte, gebeten, dies zu übernehmen und ihn anschließend gleich zum Biergarten mitzubringen. Als sich endlich alle gesetzt hatten, kam die Kellnerin und nahm die Essensbestellung auf.

„Habt ihr nicht wat chriechisches?", fragte Fritzmeier keck die verblüffte Kellnerin. „So richtig schön mit Knopplauch. Mann, da hätt ich chetz so richtig Lust drauf!"

Schulte blieb der Mund offen stehen. Was war denn mit dem alten Mann los? Hatte der es nicht noch vor Tagen als unerträgliche Zumutung empfunden, griechische Küche vorgesetzt zu bekommen? Was hatte dieser Urlaub mit ihm gemacht? Als die Kellnerin gegangen war, beugte sich Schulte über den Tisch und sprach den schräg gegenüber sitzenden Fritzmeier an. Die Aufmerksamkeit Fritzmeiers zu ergattern, gestaltete sich aber schwieriger als erwartet, denn der alte

Herr war vollauf damit beschäftigt, die neben ihm sitzende Maren Köster mit Komplimenten zu überhäufen. Endlich drehte sich Fritzmeier zu ihm.

„Wie war denn der Urlaub, Anton? Erzähl doch mal!"

Fritzmeier formte Mittelfinger und Daumen zu einem O und schnalzte mit der Zunge.

„F-a-n-t-a-s-t-i-s-c-h!!! Sowat Schönes. Hätt ich nicht chedacht. Mach ich nächstes Jahr sofort wieder. So'n Wetter! Und dann dat blaue Meer. Jupp, dat chlaubse nich! Chanz toll!"

„Und das Essen hat dir auch geschmeckt? Ehrlich?"

Fritzmeier mimte den Empörten.

„Wenn ich's doch sage. Eins A, dat Essen! Ich cheb ja zu, an diesen Wein, diesen Rezzina, oder wie der heißt, habb ich mich nich chewöhnen können. Ich habb dann doch immer Bier chetrunken. Bier und diesen Uso. Immer kurz-lang, kurz-lang. Ham chanz schön chestaunt, die Kretaraner."

Jupp Schulte war beeindruckt. Dann fragte Maren Köster ihren Tischnachbarn Fritzmeier:

„Haben Sie denn auch Ausflüge gemacht? Ins Inselinnere?"

Fritzmeier schaute sie verträumt an.

„Jau! Einmal mitten Bus auf diese Lassiti-Hochebene. Mann, wie die da noch leben. Als ich nochen Kind war, da sind se hier in Lippe auffen Lande chenauso rumchelaufen. Die alten Frauen alle in schwatten Klamotten. Und die alten Kerle, so in mein Alter, die sitzen da den chanzen Tag lang auf ihren Stühlen im Schatten rum und quasseln. Mann, die ham ja 'n Leben! Ja, und dann ham wa auch noch viel Kultur chesehen. Macht man ja so in Chriechenland."

„Kultur?", Schulte konnte es nicht fassen. Erst der schicke Anzug, dann dies. „Wieso Kultur?"

„Ja, wieso nich Kultur? Weisse nich, dat Chriechenland die Wiege unserer Kultur is? Dat muss man sich doch ma ankucken. Kann doch nich jeder so'n Ignorant sein wie du!"

Gehirnwäsche! Das war die einzige Erklärung. Irgendeine ganz besonders perfide Form von Gehirnwäsche hatte hier stattgefunden, da war Schulte sicher.

„Wenn man die Kultur des Abendlandes verstehen will, muss man in Chriechenland chewesen sein, hat Elvira chesagt, und chanz besondern in …“

„Halt!“, rief Schulte dazwischen. „Wer ist Elvira?“

Fritzmeier wurde dunkelrot unter seiner Urlaubsbräune. Er nestelte etwas verlegen an seinem Bierdeckel herum. Doch er fing sich schnell wieder.

„Elvira is ’ne Frau! Wat habt ihr denn chedacht? Habb ich da kennenchelernt. Is nochen chanz junger Hüpfer, cherade erst siebzig cheworden. Willse noch mehr wissen?“

„Aber sicher!“, insistierte Maren Köster. Schulte war davon kurz irritiert, erkannte aber, dass es echte, von Sympathie getragene Neugier war, die sie nachfragen ließ und nicht etwa ein Versuch, sich auf Kosten Fritzmeiers lustig zu machen. Der schien dies zu spüren und antwortete unbefangen:

„Früher war se ma Lehrerin. Die wusste Bescheid über Chriechenland, könnter euch ja denken. Und ob ihr dat chlaubt oder nich, aber sie wohnt in Bad Salzuflen. Chanz inne Nähe. Und Sonntag in einer Woche will ich se da besuchen. Dann will se mir mal die Stadt zeigen. Sie kennt da ein chanz kleines schönes Café, hat se chesagt. Sag ma Jupp! Kannse mich da hinbringen? Deinen Leichenwagen musse aber draußen vore Stadt stehenlassen, der is mir peinlich!“